報復捜査

南　英男

Minami Hideo

JN179179

文芸社文庫

目次

第一章　元相棒の死

1

警報音が耳を撲《う》った。

救急車のサイレンだった。けたたましい。

米良《めら》剛《つよし》は眠りを破られた。

午睡《ごすい》だった。テレビをぼんやりと観《み》ているうちに、つい長椅子で寝入ってしまったようだ。居間は薄暗かった。いつの間にか、黄昏《たそがれ》が迫っていた。

一月中旬のある日だ。きょうも朝から寒い。外は寒風が吹きすさんでいる。

目黒区八雲《やくも》にある自宅マンションだ。

間取りは２ＬＤＫだった。分譲共同住宅で、専有面積はおよそ七十平米《へいべい》だ。七階である。独り暮らしには、充分なスペースだった。

妻の瑞穂《みずほ》は六年前の秋、旅行先の京都で交通事故死してしまった。享年《きょうねん》三十二だった。伴侶《はんりょ》を若くして喪《うしな》った悲しみは、いまも尾を曳《ひ》いている。夫婦は子宝に恵まれなかった。

米良は上体を起こした。

セブンスターをくわえ、使い捨てライターで火を点《つ》ける。愛煙家だった。一日に四十本前後は喫《す》う。酒も嫌いではない。

四十一歳の米良は現職の刑事である。

麻布《あざぶ》署生活安全課保安係の係長で、職階は警部補だ。大卒の一般警察官《ノンキャリア》の中で特に出世が早いとは言えない。むしろ、昇格は遅いほうだろう。

それでも、米良は別に焦《あせ》りは感じていなかった。もともと出世欲は強くない。刑事を天職とは思っていたが、上昇志向は稀薄《きはく》だった。

たった一度の人生だ。意に反する生き方をして少しばかり偉くなっても、虚《むな》しいだけだろう。それどころか、晩年、後悔するにちがいない。それでは哀《かな》しすぎる。愚《おろ》かでもあった。

米良は紫煙《しえん》をくゆらせながら、大きな欠伸《あくび》をした。

朝から何もすることがなく、来る日も来る日も時間を持て余していた。

実際、死にたくなるほど退屈だった。しかし、誰かを恨《うら》むわけにはいかない。

米良が問題を起こしたのは、去年十二月の半《なか》ばのことだった。実姉のひとり娘の風《かざ》野留衣《のるい》を薬物中毒死させた男友達の戸辺《とべ》一貴《かずたか》に暴力を振るってしまったのだ。

姪《めい》は昨春に都内のミッション系私立大学を卒業し、薬品メーカーで働いていた。OL一年生だった。

留衣は明るい性格で、誰からも好かれていた。頭も悪くなかった。目鼻立ちは整っていたが、ふっくらとした体型だった。

留衣は社会人になる半年ほど前から、減量に挑《いど》んだ。好物のスイーツを控え、ランニングにも励んだ。しかし、ダイエットには成功しなかった。

そんなこともあって、姪は学生時代から交際していた戸辺に痩《や》せられると言われ、無防備にも怪しげな錠剤を数杯のカクテルを飲んだ直後に服用してしまった。

数十分後に留衣はダイニングバーで意識を失い、担《かつ》ぎ込まれた救急病院で息を引き取った。死因は急性心不全だった。

姪には、先天性の心臓疾患《しっかん》があった。成分のよくわからない錠剤など服《の》むべきではなかった。留衣は細身になりたい一心で、錠剤を口に含んでしまったにちがいない。その女心が哀《あわ》れではないか。

遺体は東京都監察医務院で行政解剖された。留衣の胃から、合成麻薬MDMA《エクスタシー》の成分が検出された。

姪が戸辺と一緒に飲食したダイニングバーは、麻布署管内にある。戸辺は当然、留衣の心臓が正常ではないことを知っていたはずだ。にもかかわらず、合成麻薬を痩せ薬と偽《いつわ》って、親しい女友達に服用させた。

穿《うが》った見方をすれば、戸辺は留衣がＭＤＭＡを服んで急死するかもしれないと予想していたのではないか。そうだとすれば、未必《みひつ》の故意があったと考えられる。単純な他殺よりも悪質な犯罪だ。

米良は職務を後回しにして、戸辺の勤務先の大手流通会社を単独で訪ねた。

戸辺は、問題の錠剤は行きつけのスナックのママに分けてもらったと供述した。そのくせ、相手の氏名を明かそうとしなかった。

疑念が膨《ふく》らんだ。戸辺は、まともに米良の顔を見なかった。何か疚《やま》しさがあったからだろう。

米良は、いよいよ怪しんだ。

戸辺は錠剤が合成麻薬だとは夢にも思わなかったと繰り返すだけで、なかなか入手先を吐こうとしなかった。誰かを庇《かば》っている気配がうかがえた。

米良は焦《じ》れて、衝動的に戸辺の胸倉を摑《つか》んだ。

すると、戸辺が顔をしかめて舌打ちした。その瞬間、米良の内部で何かが爆《は》ぜた。

無意識に戸辺の足を払い、横倒しに転がしていた。

戸辺は呻《うめ》きつつ、ボールペンの先端を米良の右の臑《すね》に突き立てた。

痛みが憤《いきどお》りを招《よ》んだ。米良は戸辺を荒々しく摑み起こし、顔面に数発のパンチを浴びせた。手加減はしなかった。戸辺は悪態《あくたい》をついた。

米良の血が逆流した。戸辺を幾度も投げ飛ばし、蹴りまくった。

戸辺は鼻血を垂らしながら、米良を怒らせたことを震え声で詫《わ》びた。すっかり竦《すく》み上がっていた。

米良は戸辺を公務執行妨害《ぼうがい》罪で緊急逮捕し、麻布署に連行した。戸辺は取調室で犯意はひと欠片《かけら》もなかったと言い張り、それきり口を噤《つぐ》んでしまった。

警察は裁判所に令状を請求し、戸辺の自宅マンションの捜索をした。

室内には、十数錠の合成麻薬があった。それだけではなかった。エアガンの改造銃も見つかった。二十六歳の戸辺は中学生のころからガンマニアで、ネットで改造銃を手に入れたことを認めた。

だが、合成麻薬の入手経路についてはとうとう喋《しゃべ》らなかった。米良は、取りあえず麻薬取締法違反と銃刀法違反で戸辺を東京地検に送致した。

戸辺は年末に身柄を東京拘置所に移され、年明けから担当検事の取り調べを受けている。しかし、MDMA《エクスタシー》の入手先については沈黙を守りつづけていた。検事は未必の故意の立件《りっけん》を視野に入れて、現在も戸辺の取り調べを続行中だ。

米良の過剰防衛は、警察内部で問題になった。彼は懲戒免職処分を半ば覚悟していたのだが、本庁警務部人事一課監察の首席監察官と麻布署長の協議の末に三カ月の停職処分を科せられることになった。

米良の暴力沙汰は、マスコミには完全に伏せられた。

署長が別段、米良に温情をかけてくれたわけではない。内部の不祥事を公《おおやけ》にはしたくなかっただけだろう。

米良はなんとなく後ろめたかったが、ひとまず安堵《あんど》した。正直なところ、懲戒免職になったら、身の振り方に困る。

四十男が再就職先を見つけるのは容易ではない。警察ＯＢがいる警備保障会社や大型スーパーも受け入れてはくれないのではないか。

職場で不始末をした元警官は、どうしても不利になる。といっても、米良は見苦しい真似《まね》をしてまで現在の仕事にしがみつく気はなかった。

まだ独身だ。その気になれば、どんな仕事でも糊口《ここう》は凌《しの》げるだろう。

謹慎中は原則として、買物以外は外出を禁じられていた。年末から年始にかけて、禁欲的《ストイック》な暮らしを強《し》いられている。フラストレーションは溜《た》まりに溜まっていた。そろそろ羽を伸ばしたいものだ。

米良は決して堅物ではない。

それどころか、くだけた人間だ。酒には目がないし、女性も嫌いではない。ネオン街が恋しくなってきた。

米良は短くなった煙草《たばこ》の火を消し、長椅子から立ち上がった。居間の電灯を点けて、ベランダ側のカーテンを両側から引き寄せる。

「自由が丘に行って、久しぶりにアイリッシュ・パブで飲むか」

米良は声に出して呟《つぶや》いた。

ちょうどそのとき、コーヒーテーブルの上で刑事用携帯電話《ポリスモード》が鳴った。

米良はコーヒーテーブルに歩み寄り、ポリスモードを掴み挙げた。ディスプレイに目を落とす。

発信者は、新宿署刑事課強行犯《きょうこうはん》係の平賀誠吾《ひらがせいご》巡査部長だった。

三十四歳で、射撃術の名主だ。正義感も強い。米良は二年前まで、新宿署生活安全課防犯係の主任を務《つと》めていた。

「よう！　しばらくだな。平賀、変わりはないか？」

米良の胸に懐《なつ》かしさが拡《ひろ》がった。以前の職場では、割に平賀と親しくしていた。

「はい、相変わらずです」

「なんか声が沈んでるな。職場で不愉快なことでもあったか？」

「米良さんは、やっぱりご存じじゃなかったようですね。露木《つゆき》警部補が亡《な》くなりました」

「なんだって⁉　本当なのか？」

「ええ。きょうの午後四時過ぎに、西新宿三丁目のビル建設予定地で露木さんの射殺体が発見されたんですよ」

平賀が暗い声で告げた。

「信じられない、信じられないな」

「そうでしょうね。自分も同じ気持ちです。刑事課《うち》の強行犯係のメンバーが臨場《りんじょう》したんですが、露木さんは頭部を至近距離から撃《う》ち抜かれてたそうです。自分は別件の送致手続きがあったんで、現場には行けなかったんですよ」

「そうなのか」

米良は短い返事をした。視界が一瞬、色彩を失った。それほどショックは大きかった。

露木賢太《けんた》は数カ月前に満三十八歳になったばかりだった。大柄で、筋肉が発達していた。新宿署で働いていたころ、米良はちょくちょく露木とコンビで職務に当たった。聞き込みだけではなく、張り込みや尾行も一緒にこなした。

かつての相棒は熱血漢で、人情家でもあった。犯罪の摘発には決して手は緩《ゆる》めなかったが、検挙者の人権を無視するようなことはなかった。

被疑者の辛《つら》い生《お》い立ちや過去に同情し、涙することさえあった。ことに高齢の逮捕者には心優しかった。

米良は、新宿署勤務時代に露木に大きな借りを作っている。凶暴な上海《シャンハイ》マフィアの一員を張り込み中に相手に銃弾を見舞われたとき、とっさに露木が体当たりをして米良を庇《かば》ってくれたのだ。

そのとき、彼は脇腹に貫通弾を受けてしまった。三週間ほどで銃創《じゅうそう》は完全に治ったが、運が悪かったら、撃ち殺されていただろう。米良自身も命を奪われていたかもしれない。

露木はまさに命の恩人だった。

生きているうちに借りを返すつもりでいたが、それはできなくなってしまった。中し訳なさで身が縮む。せめて自分が犯人を割り出してやりたい。

「露木は、どんな事件《ヤマ》を追ってたんだ？」

「故買ビジネスを仕切ってる福建《フジエン》マフィアを内偵してたことは間違いないんですが、それとは別に露木さんは何かを調べてたみたいなんですよ。ですが、自分、詳しいことはわかりません」

「そうか」

「初動捜査の情報を流しましょうか？」

平賀が言った。

「いや、いい。おれが新宿署に出向くよ。じっとしてられないからな。で、遺体《ホトケ》は？」

「間もなく署に搬送《はんそう》されてくる予定です。明日の午前中に東京都監察医務院で司法解剖されることに決まりました」

「そう」

米良は短く応じた。

都内で殺人事件が発生すると、昭和二十三年まで二十三区の場合は東大か慶大の法医学教室で司法解剖が行われていた。いまは、東京都監察医院が司法解剖が担《にな》う。ただし、多摩地区など都下だと、慈恵《じけい》会医大か杏林《きょうりん》大で遺体にメスが入れられる。変死や行き倒れなど行政解剖が必要なときは、以前と同じように大塚の東京都監察医務院が受け持つ。

「露木夫人は妊娠五カ月目に入ってるらしいんですよ」

「それは知らなかったな。露木とは半年あまり会ってなかったし、奥さんのあずみさんとも一年以上会ってないんだ」

「そうですか。露木さん、結婚六年目でやっと子宝を授《さず》かったとすごく喜んでたんです」

「くそっ！　いったい誰が露木を……」

「こんなことになってしまって、とても残念です。自分、露木さんを目標にして職務にいそしんでたんですよね」

平賀がしんみりと言って、通話を切り上げた。米良は刑事用携帯電話を折り畳み、寝室に走り入った。

黒いタートルネック・セーターの上に茶色のシープスキンのコートを羽織《はお》り、首にチャコールグレイのマフラーを巻く。下は厚手のチノクロスパンツだ。色はオフホワイトだった。

米良は手早く部屋の戸締まりをして、七〇三号室を慌《あわ》ただしく出た。エレベーターで地下駐車場に降り、マイカーのマークX《エックス》に乗り込む。車体の色はグレイだ。

米良は車を発進させ、新宿署に向かった。

幹線道路は渋滞気味だ。米良は抜け道を選びながら、先を急いだ。

新宿署に着いたのは午後六時過ぎだった。

米良はマイカーを地下駐車場に駐《と》め、エレベーターで四階に上がった。刑事課のプレートが目に留《と》まっても、ノスタルジックな気分は湧いてこなかった。

光沢のある廊下を歩いていると、刑事課から平賀が現われた。

流行の細身のスーツに身を包んでいるが、さほど似合っていない。小太りだからか。

二人は廊下で向かい合った。

「さきほどはどうも！　あいにく強行犯係の人間は、中居《なかい》係長以下全員が出払っちゃってるんですよ」

平賀が先に口を開いた。

「堀切《ほりきり》刑事課長は？」

「在籍してます。そうだ、さきほど露木さんの亡骸《なきがら》が新宿署《こっち》に運ばれてきました。地下の安置室に……」

「そう。取りあえず課長に会ってみるよ」

米良は片手を軽く掲《かか》げ、刑事課に足を踏み入れた。

五十畳ほどの広さだ。各係はブロックに分かれている。別段、パーティションで仕切られてはいない。

米良は課長席に歩《ほ》を運んだ。

堀切清晴《きよはる》は五十三、四歳で、職階は警部である。五年前から新宿署の刑事課長の任に就《つ》いている。典型的な公務員タイプで、四角四面そのものだ。真面目一方だった。ジョークは通じないし、融通も利かない。

「ご無沙汰しています」

米良は型通りの挨拶《あいさつ》をして、デスクの前にたたずんだ。堀切が下脹《しもぶく》れの顔を上げた。

「自宅謹慎中の身で出歩いてもいいのか？」

「露木が殺されたと聞いたもんで、びっくりして駆けつけたんですよ」

「そっちが露木と仲がよかったことは憶《おぼ》えてるが、出すぎた真似はするなよな」

「はあ？」

「おまえさんは、もう新宿署《うち》とは縁が切れてるんだ。それにさ、強行犯係の刑事《デカ》でもない。露木を殺《や》った奴を個人的に検挙《アゲ》たい気持ちになったんだろうが、下手に動かれたんじゃ迷惑なんだよ」

「犯人《ホシ》に目星はついてるんですか？」

米良は探《さぐ》りを入れる。

「ノーコメントだ。そんなことより、米良、少しは大人になれよ。被疑者《マルヒ》がすぐに自《ウ》白《タ》わないからって、殴《なぐ》る蹴るはまずいだろうが」

「過剰防衛のことは反省してます」

「どうだかな。そっちは、新宿署《うち》にいるときも割に手を上げてた」

「そうでしたっけ？　昔のことは、すっかり忘れてしまったな」

「喰《く》えない奴だ。上司の水谷《みずたに》課長をあまり困らせるなよ。水谷さんとは以前、池袋署で一緒だったんだ。米良が懲戒免職になってたら、水谷さんは場末の所轄署に飛ばされてただろう。変わり果てた露木との対面は特別に認めてやるから、事件には絶対に首を突っ込まないでくれ。いいな？　故人の顔を見たら、早々に引き取ってほしいね」

堀切が言った。

米良は黙ってうなずき、すぐに刑事課を出た。エレベーター乗り場に直行し、地下一階に下《くだ》る。死体安置室は奥まった場所にあった。出入口の前には、若い制服警官が立っていた。顔見知りだった。

「許可は取ってある。遺体《ホトケ》に会わせてもらうぞ」

米良は制服警官に告げてから、死体安置室に入った。

仄暗《ほのぐら》い。照明は小さかった。

消臭剤のきつい香りが鼻腔《びこう》を衝《つ》く。十畳前後の広さだ。ほぼ中央にストレッチャーが置いてあった。

故人の体は白い布ですっぽりと覆《おお》われている。死者の顔も白布で隠されていて、見えなかった。

米良は合掌《がっしょう》し、白菊が数輪飾られているが、線香は手向《たむ》けられていない。

ほとんど同時に、露木の顔面に掛かっていた白い布をそっと捲《めく》った。

声をあげそうになった。

頭部の左半分が欠損している。額や頬にこびりついた血痕が生々しい。痛ましくて、長くは正視していられなかった。

犯人は、露木の後頭部に銃弾を撃ち込んだらしい。至近距離から撃たれても、たいてい射入孔《しゃにゅうこう》は小さいものだ。だが、必ず射出孔《しゃしゅつこう》は何倍も大きくなる。弾頭に切れ込みのあるホローポイント弾だと、骨や肉はミンチ状に飛び散る。

故人は半目を開け、虚空《こくう》を睨《にら》んでいた。唇も歪《ゆが》んでいる。恨めしげな死に顔だった。

さぞや露木は無念だったろう。

米良は下唇を強く嚙んだ。

悲しみが胸底《きょうてい》から迫《せ》り上げてきて、いまにも嗚咽《おえつ》が洩《も》れそうだった。天井を仰《あお》ぐ。

「おまえを必ず成仏《じょうぶつ》させてやる。おれが必ず犯人《ホシ》を取っ捕まえてやるから、少し待ってくれ」

米良は死者に語りかけながら、白布で土気色《つちけいろ》の顔を隠した。もう一度手を合わせ、ストレッチャーから離れる。

廊下に出ると、エレベーターホールの方から堀切と露木の妻のあずみが歩いてきた。三十三歳の未亡人は片腕を堀切に支《ささ》えられ、やっと歩いている。まるで病《や》み上がりの老女のような足取りだ。よく見ると、腹部がだいぶ膨らんでいた。

「このたびは突然のことで……」

米良は若い未亡人に近寄って、悔《く》やみの言葉を口にした。

「わたしは、これからどう生きていけばいいんでしょう？」

「当分、辛いだろうが、生まれてくる子供のためにも逞《たくま》しく生きてほしいな」

「ええ、そうしなければね。エコー検査でお腹の子が女とわかったとき、賢太さん、すごく喜んでくれたんですよ。一姫《いちひめ》二太郎《にたろう》は育てやすいそうだからと言って……」

あずみの語尾が涙でくぐもった。

米良は、なんとか慰めてやりたかった。だが、あいにく適当な言葉が思い浮かばない。

「賢太さんに子供の顔を見せてあげたかったわ」

「残念だね。奥さん、困ったことがあったら、なんでも遠慮なく相談してくれないか。露木、いや、露木君が命懸けで庇ってくれたんで、おれはこうして生きてられるんだ」

「その話は、賢太さから聞きました。考える前に自然に体が動いてたんだと言ってました」

「そう。ところで、奥さん、露木は何か個人的に捜査してなかった？」

「米良、いまはそんな質問をする場合じゃないだろうが！　神経がラフすぎるぞ」

堀切刑事課長が小声で窘《たしな》めた。

米良は何も言えなかった。ひたすら自分の無神経さを恥じる。

「おまえさんは、もう引き取ってくれ」

堀切が迷惑顔で言った。

米良は未亡人に目礼し、二人に背を向けた。堀切たちが死体安置室に入る気配が伝わってきた。

数秒後、あずみの悲鳴に似た泣き声が耳に届いた。

切なかった。米良は遣《や》り切れない気持ちで、地下駐車場に回った。マークXに乗り込む。

　エンジンを始動させたとき、上司の水谷晃生《あきお》から電話がかかってきた。課長は四十九歳で、職階は警部だった。

　米良は刑事用携帯電話《ポリスモード》を耳に当てた。

「おまえは謹慎中なんだぞ。勝手に外出してもらっては困るんだよ」

「いま、おれは自宅にいますが」

「嘘つけ！　少し前にな、新宿署の刑事課長から電話があったんだ。昔の相棒の露木って刑事が殺されたんで、新宿署に駆けつけたんだってな」

「堀切さんは課長に電話したのか」

「米良、何を考えてるんだ」

「え？」

「堀切さんは、おまえが露木殺しの事件を非公式に捜査する気でいるんじゃないかと警戒してる様子だったぞ。新宿署で被害者と仲がよかったというから、個人的に事件の捜査をする気になったんだな？」

「まさか……」

「おまえは停職中の身なんだ。米良の警察手帳《チョウメン》はわたしが預かってるし、手錠、特殊警棒、捕縄《ほじょう》、官給拳銃のシグ・ザウエルＰ230ＪＰも署内に保管してある。つまり、いまのおまえには捜査はできないし、逮捕権もない。無断で動いたら、違法捜査になる。そんな勝手なことをしたら、今度こそ警察から追放されるぞ」

水谷課長が忠告した。

「わかってますよ。分別のないことはしませんから、どうか安心してください」

「約束してくれるな？」

「ええ」

「おまえの無鉄砲ぶりには、署長もわたしも手を焼いてるんだ。お願いだから、しばらくおとなしくしててくれ」

「そうしますよ」

米良は澄ました顔で言い、通話終了キーを押した。非公式な弔《とむら》い捜査を諦《あきら》める気はなかった。何らかの方法で、すぐにも初動捜査情報を手に入れるつもりだった。

米良はギアをＤ《ドライブ》レンジに入れた。

2

人影は見当たらない。

西新宿三丁目の事件現場である。青梅《おうめ》街道から一本脇に入った通りに面していた。

ビル建設予定地は、整地されて間《ま》がないようだ。

道路側には高い囲い板がそびえている。だが、出入口は塞《ふさ》がれていない。

米良は買ったばかりの花束を抱え、ビル建設予定地に入った。

真っ暗だ。ライターの炎で足許《あしもと》を照らしながら、奥に向かう。敷地はかなり広い。優《ゆう》に六百坪はありそうだ。何台かブルドーザーやユンボが見える。

三方は高層ビルだった。この場所にも一年半後には商業ビルが建つらしい。

米良は進んだ。

右手前方に、夥《おびただ》しい数の靴跡がある。その場所で露木の射殺体が発見されたと思われる。

米良は歩きながら、長嘆息《ちょうたんそく》した。

吐いた息は、たちまち白く固まる。夜気《やき》は凍《い》てついていた。粒立《つぶだ》った空気が頬や首筋にぶつかってくる。痛いほどだった。

米良は首を縮めながら、足を速《はや》めた。

かすかに血臭《けっしゅう》が漂ってきた。遺体発見現場が近づいたようだ。

ライターが熱を帯びはじめた。右手の指先が異様に熱い。米良は、いったんライターの火を消した。

左腕に抱えた花束を右手に持ち替え、改めて左手でライターの火を点ける。炎を最大にすると、数メートル先に血溜《だ》まりが見えた。露木が射殺された場所だろう。

米良は血溜まりに接近した。

凝固《ぎょうこ》した血糊《ちのり》はあらかた砂で隠されていたが、ところどころ透《す》けて見える。流れた血の量は多かった。露木は血の海の中で発見されたのだろう。

米良は花束を地べたに置き、その場に屈《かが》んだ。改めて故人の冥福《めいふく》を祈る。

犯人の遺留品《いりゅうひん》は、初動捜査に当たった刑事たちがことごとく捜査資料として持ち去ったはずだ。それでも、米良は周辺に目を凝《こ》らさずにはいられなかった。

血溜まりの周りも子細《しさい》に観察してみた。

しかし、事件に関わりがありそうな物は何も落ちていなかった。加害者の足跡がどれかもわからない。

左手の指先が熱を帯びはじめた。

米良はライターの火を消し、レザーコートのポケットに収《おさ》めた。

夜空の星を見ながら、何分か時間を遣《や》り過ごす。

米良はライターが冷えてから、またもや点火した。米良はセブンスターをくわえ、火を点けた。花束の横に煙草を垂直に地面に突き立てる。

殺された露木は、ショートホープしか喫《す》わなかった。供《そな》えたセブンスターは線香代わりだった。

米良は両手を合わせ、しばらく動かなかった。

脳裏に、ありし日の露木の姿が次々に蘇《よみがえ》る。笑顔ばかりだった。

米良は目頭《めがしら》が熱くなった。

瞼《まぶた》を強く閉じると、涙がにじんだ。涙の雫《しずく》が頰を伝う。泣いたのは、六年ぶりだった。

妻の訃報《ふほう》が届いたとき、米良は子供のように泣きじゃくった。その翌年の初夏、父方の伯父が病死した。だが、米良は涙を零《こぼ》さなかった。

血縁者の死に接しても涙ぐまなかった自分が泣いている。露木は、それほど大切な存在だった。単に命の恩人ということではなく、かけがえのない相棒だった。それだけに、露木の死が惜しまれてならない。

煙草が燃えくすぶりはじめた。フィルターの近くまで灰になっていた。

米良はゆっくりと立ち上がり、靴の底でセブンスターの火を踏み消した。悲しみを振り切るような気持ちで、勢いよく歩きだす。

米良は事件現場を出ると、近くで聞き込みをしてみた。しかし、有力な手がかりは得られなかった。

午後四時前に銃声を耳にしたという者はいなかった。不審者を目撃した者さえ見つからなかった。

射殺犯は、袋掛《バギング》けで銃声を掻《か》き消したのか。銃身を毛布の類《たぐい》でくるんだり、銃口に液体入りのペットボトルを押し当てれば、かなり銃声は殺せる。

それとも、凶器はサイレンサー・ピストルだったのか。

ソ連邦が解体されてから、ロシア軍将校用の消音型拳銃マカロフPbが日本の闇社会に流れ込んでいる。これまでに警察が押収したロシア製のサイレンサー・ピストルはわずか数挺《ちょう》だが、その数十倍は暴力団に出回っているにちがいない。

米良はビル建設予定地の際《きわ》に路上駐車したマークXの運転席に入ると、刑事用携帯電話を手に取った。

初動捜査を担っている警視庁機動捜査隊に親しい捜査員がいた。花岡岳人《はなおかがくと》という名で、米良より一つ年下だ。職階は同じ警部補だった。

米良は、花岡のポリスモードを鳴らした。ツーコールで電話は繋《つな》がった。

「花岡ちゃんの班が西新宿の事件《ヤマ》の初動捜査を担当してるんだろう？」

「ええ、そうです。被害者《マルガイ》が新宿署の露木刑事だったんで、びっくりしましたよ。彼は、米良さんの昔の相棒だったんでしょ？」

「そうなんだ。新宿署にいたころ、おれは露木に大きな借りをこしらえてしまったんだよ」

「その話、噂で知ってます。露木刑事は米良さんをとっさに庇ったんで、マークしてた容疑者に脇腹を撃たれてしまったんですよね？」

「そう。弾《たま》が貫通してくれたんで、露木は三週間ほど中野の東京警察病院に入院するだけで済んだんだ」

「そうだったみたいですね」

「花岡ちゃんは、おれが停職中だってことを知ってるよな？」

「ええ、誰だったかに聞きました。姪っ子さんに合成麻薬を服《の》ませた男友達をだいぶ痛めつけてしまったとか？」

「そうなんだ。過剰防衛が問題になって、三カ月の自宅謹慎を言い渡されちまったんだよ。そんなわけで、出歩くことは禁じられてる。でもな、露木が殺されたと知って、じっとしていられなくなったんだ」

「米良さんの気持ち、わかりますよ」

「別に手柄を立てて名誉を挽回《ばんかい》したいってことじゃないんだが、おれは非公式に犯人捜しをしようと思ってる」

「そうなんですか」

「くどいようだが、手柄を横奪《ど》りする気なんかない。一日も早く犯人《ホシ》を割り出して、露木を成仏させてやりたいんだ。それだけなんだよ」

「しかし、こう言ってはなんですが、米良さんは二十代の後半に神田署の刑事課で強行犯係をやってただけで、その後はずっと生安課を渡り歩いてきたんでしたよね」

「ああ。確かにこっちは、殺人捜査に長《た》けてるわけじゃない。しかし、ド素人じゃないんだ。運がよければ、加害者を突きとめられると思う」

「米良さんは勘がいいから、犯人《ホシ》にたどり着けるかもしれないな」

「とにかく、少し動いてみたいんだ。実は、ちょっと前に現場を踏んだんだよ」

「動きが早いな」

花岡は感心した口ぶりだった。

「現場付近で少し聞き込みをしたんだが、収穫はゼロだった。そこで、花岡ちゃんに力を貸してもらう気になったんだよ。そっちに迷惑はかけないから、初動捜査情報を流してくれないか」

「弱ったな。米良さんには協力してあげたいけど、所轄の刑事課の立場もあるのでしよ？　機捜《うち》から情報が漏《も》れてるとわかったら、新宿署の堀切課長も強行犯係の中居係長も黙ってはいないと思います」

「花岡ちゃんの名前は決して出さないよ」

「それでも……」

「わかった。そっちの立場もあるだろうから、無理強《じ》いはよそう。おれが頼んだことは忘れてくれ。悪かったな」

米良は電話を切った。ポリスモードを折り畳む。

冷静に考えてみれば、身勝手な頼みだった。年下の花岡を巻き込むのは気の毒だ。自力で手がかりを摑むべきだろう。

だが、はるか年下の平賀には甘えたくない。どう動けば、真相に迫れるのか。

米良は溜息《ためいき》をついた。そのすぐ後、掌《てのひら》の中で刑事用携帯電話が着信音を発した。

反射的にディスプレイに目をやる。電話をかけてきたのは花岡だった。

「米良さん、いま、どこにいるんです?」

「事件現場の近くだよ」

「そうですか。自分は新宿署にいるんですよ。夕飯は、もう喰っちゃったんですか?」

「まだ喰ってないが……」

「なら、一緒に食事をしましょうよ。青梅街道に面している『ハイカラ亭』という洋食屋がありますよね?」

「その店なら、知ってる」

「午後七時半に店で落ち合いませんか」

「花岡ちゃん、無理するなって」

「とにかく、一緒に飯を食べましょう。『ハイカラ亭』の和風ハンバーグが喰いたくなったんですよ」

「夕飯を一緒に喰うだけなら、つき合おう。花岡ちゃんの顔を四、五カ月見てないからな。それじゃ、後《あと》で！」

米良は通話を切り上げ、左手首のオメガに視線を落とした。七時十二分過ぎだった。

指定された洋食屋は、数百メートル離れた場所にある。車なら、わずか数分で行けるだろう。

喫茶店で待ち合わせたわけではない。あまり早く店に着いても、困りものだ。自分だけ先にオーダーをすることもできない。米良はセブンスターを二本喫ってから、マークXを走らせはじめた。青梅街道に出て、『ハイカラ亭』をめざす。

数分で、創業五十年の洋食屋に達した。

ビルとビルの間にある『ハイカラ亭』は木造二階建てで、昭和時代の名残《なごり》を色濃く留《とど》めていた。外壁を這《は》う蔦《つた》はすっかり冬枯れしているが、それはそれで趣《おもむき》があった。

米良は車を店の斜め前のガードレールに寄せた。

車を降りたとき、新宿署のある方向から花岡が急ぎ足でやってきた。中肉中背だが、眼光は鋭い。

二人は小さく笑い合って、『ハイカラ亭』に入った。

間口《まぐち》はあまり広くないが、かなり奥行きがある。客席は、ほぼ埋まっていた。だが、奥まったテーブルは空席だった。

米良たちは、その席に落ち着いた。

テーブルと椅子はウィンザー調だった。いまや流行遅れのデザインになってしまったが、開店当時はモダンだったにちがいない。

二人は、どちらも和風ハンバーグライスを注文した。雑談を交わしているうちに、オーダーした物が運ばれてきた。

米良たちは相前後して、ナイフとフォークを手に取った。

「この和風テイストのデミグラスソースの味が絶品なんですよね。先代の大将が隠し味の醬油をたまたま多めに落としたら、この味になったらしいんですよ。偶然が産《う》み出した味だそうですが、最高でしょ？」

花岡が相槌《あいづち》を求めてきた。

「ああ、うまいな」

「ここのハンバーグなら、毎日、食べられるな」

「いくら好物でも、連日じゃ飽《あ》きがくるんじゃないか？」

「そうですかね」

会話が途《と》切《ぎ》れた。二人は黙々とナイフとフォークを使った。

米良はハンバーグライスを平らげると、二人分のコーヒーを頼んだ。待つほどもなくコーヒーが運ばれてきた。

「花岡ちゃん、電話でも言ったが、妙なサービス精神は発揮しないでくれよ。無理させると、こっちも辛くなるからな」

米良は言って、セブンスターをくわえた。

「無理なんかしませんよ。こちらは小心者ですから、大胆なことなんかできません。所轄署の連中を裏切るようなことをしたら、袋叩《ふくろだた》きにされちゃうでしょうからね」

「かもしれないな。花岡ちゃん、世間話をして別れようや」

「そうですね。力になれなくて、すみません！」

「いいさ。気にしないでくれ」

「コーヒー飲みながら、ちょっと仕事をさせてもらってもいいですか？」

「仕事？」

「ええ。きょうの聞き込みの要点を手帳に書き留めておきたいんですよ」

花岡がにやついて、ツイードジャケットの内ポケットから黒い手帳と豆鉛筆を取り出した。それから彼は卓上で手帳を拡げ、豆鉛筆を走らせはじめた。

綴《つづ》られた文字は、不自然なほど大きかった。読みやすくしてくれているのだろう。

米良は煙草を吹かしながら、記《しる》された文字を目で追いつづけた。

一一〇番通報が警視庁通信指令本部に入ったのは、きょうの午後三時五十六分だった。通報者は年配の男性だったが、名乗らなかった。散歩させていた柴犬《しばいぬ》がビル建設予定地に飼い主を導《みちび》いたようだ。

その犬が烈《はげ》しく吠《ほ》えたてたことによって、通報者は露木の射殺体に気づいた。あいにく遺体発見者は携帯電話もスマートフォンも持ち合わせていなかった。それで、公衆電話から事件の通報をしたらしい。

「えい、面倒だ」

花岡が急に豆鉛筆を投げ出した。

「おい、無理するなって」

「知ってることは喋っちゃいます」

「いいのか？」

「もう肚《はら》を括《くく》りました。でも、ここだけの話ってことにしておいてくださいね」

「それは心得てるよ」

「先に臨場したのは機捜《うち》でした。五、六分遅れて、所轄の面々がやってきました。うちの班が到着したとき、もう露木刑事は息絶えてました。体に温《ぬく》もりは残ってましたが、血糊は凝固しはじめてましたね」

「犯人《ホシ》の遺留品《ゲンリュウ》は？」

「足跡がくっきりと残ってました。靴のサイズは二十六センチで、ごく普通の紐靴《ひもぐつ》を履《は》いてたと思われます」

「現場に争った跡は？」

米良は畳みかけた。

「揉《も》み合った痕跡はありませんでした。加害者は、露木刑事と面識があるのかもしれませんね」

「そうだな。知人の物と思われる毛髪は？」

「現場で十数本の毛髪を採取したんですが、その中に犯人のヘアが交《ま》じっているかは不明です」

「そうか。付近の者が銃声を聞いたという証言は？」

「そうした目撃証言は得られませんでした。犯人は何らかの方法で銃声を掻き消したか、消音器を使ったんでしょう」

「ああ、おそらくな。花岡ちゃん、薬莢《やっきょう》は？」

「見つかってません。犯人が露木刑事を撃ち殺してから、薬莢を回収したんでしょう。そうしたことを考えると、どうも殺し屋《プロ》の犯行臭《ヤマくさ》いな」

「そうだったのかもしれない。新宿署の平賀から聞いた話だと、露木は福建《フジエン》マフィアの故買ビジネスの内偵調査をしてたようなんだが……」

「ええ、そうらしいですね。それで連中にマークしてることを覚《さと》られて、露木刑事は見せしめに殺害されたのかもしれません」

「そうなんだろうか。上海マフィアと違って、福建省出身の悪党《ワル》たちはそれほど凶暴性はないがな」

「そうなんですが、新宿署の生安課が百人町《ひゃくにんちょう》にある福建グループのアジトを家宅捜査したとき、孫《スン》という幹部は短機関銃《サブマシンガン》を連射して、まんまと逃走したらしいんですよ」

「それは、いつのこと？」

「去年の十二月上旬です。そのとき、福建グループの十一人が逮捕されて、大半は中国に強制送還させられたという話ですよ。そのうちの何人かは、向こうで死刑にされるかもしれないですね」

「その孫《スン》のことをもっと詳しく教えてくれないか」

「はい。偽名かもしれませんが、逃亡した男は孫一錦《スンイージン》と名乗ってたそうです。年齢は三十九で、頭から左眉《ひだりまゆ》にかけて刀傷があるという話でした」

「そう」

「孫《スン》は警察を目の敵《かたき》にしてるみたいですから、アジトをぶっ潰《つぶ》されたんで、新宿署の人間を憎んでたんじゃないかな」

「で、仕返しをする気になった？」

「ええ、もしかしたらね」

「だとしたら、その孫《スン》という男はこっそり新宿に舞い戻ってる可能性があるな」

「そうですね」

花岡が黒い手帳を懐《ふところ》に戻した。

「孫一錦《スンイージン》のことを少し調べてみるよ。これは未確認情報なんだが、露木は職務とは別に何か調べてたようなんだ。初動の聞き込みで、そういう証言をキャッチしてない？」

「いいえ、まったく。それが事実だとしたら、被害者《マルガイ》はいったい何を洗ってたんでしょうね？」

「おれにも見当がつかないんだ」

「そうですか。今回の事件《ヤマ》に福建マフィアのメンバーは関与してなかったら、その線も考えられますね」

「そうだな。差し当たって、おれは孫《スン》という奴の動向を探ってみる」

「司法解剖の所見が出たら、こっそり米良さんに情報を流しますよ」

「花岡ちゃんを巻き込むのはよそうと思ってたんだが、そっちに迷惑をかけることになってしまったな。ごめん！」

「あんまり気にしないでください。米良さんの心意気というか、俠気《おとこぎ》を知ったら、こっちも何か協力したくなったんですよ」

「運が悪かったと、諦めてもらうか」

米良は言って、コーヒーを啜《すす》った。ブラックのままだった。

3

新宿区役所通りに入った。

米良はマークXを職安《しょくあん》通りの方向に走らせた。本庁の花岡警部補と『ハイカラ亭』の前で別れたのは、六、七分前だ。

時刻は八時半近い。区役所の前を抜けてから、米良は何気なく左手の軒灯《けんとう》を見た。中華レストランの先に、ポリスグッズの店があった。

米良は模造警察手帳を買う気になった。

非公式捜査をするにも、聞き込みの際《さい》には身分を明かさなければならない。そうしなければ、たちまち相手に不審がられるだろう。

米良は車を路肩《ろかた》に寄せた。

運転席を出て、ガードレールを跨《また》ぐ。米良は十数メートル歩いて、ポリスグッズの店に入った。

最初に目についたのは、ずらりと並んだ制服だった。どの服にも階級章が飾られている。本物そっくりだ。

店内には、ポリスマニアらしい男たちが五、六人いた。二、三十代が目立つが、五十年配の男の姿もあった。

客の多くは、若き日に一度は警察官に憧《あこが》れたことがあるのではないか。ポリスマンになることは、それほど難しくない。高校か大学を卒業した健常者であれば、誰でも各都道府県の採用試験は受験できる。

ただ、極端に小柄であったり、先天的な疾患がある者は応募できない。また三親等《さんしんとう》の血縁者に犯歴があれば、採用試験は受けられない。日本国籍を有することが最低条件になっている。

さまざまな理由で夢破れた者たちがポリスグッズの店に通っているのだろう。この種の店があることは以前から知っていたが、足を踏み入れたのは初めてだった。

警察で使われている官給品は、おおむね揃《そろ》っていた。もちろん模造品だ。だが、どれも精巧な造りだった。ニューナンブM60の後継銃であるS&W《スミスウエッソン》M360J、手錠、捕縄、特殊警棒、FBI型警察手帳は真正品《しんせいひん》と見紛《みまが》うばかりだ。

米良は模造警察手帳だけを購入した。

写真を貼付《ちょうふ》する部分は空白になっていた。そこに客がおのおの自分の顔写真を貼り、偽警官になって変身願望を満足させろということだろう。

米良はポリスグッズの店を出た。

マークXの二十メートルほど後方に黒いスカイラインが駐めてあった。覆面パトカーだ。米良は身構える気持ちになった。

どこから尾行されていたのか。

『ハイカラ亭』で本庁第一機動捜査隊の花岡と落ち合っていたことも知られてしまったのだろうか。そうだとしたら、花岡を窮地に追い込むことになる。

米良は花岡を頼ったことを悔やみながら、スカイラインの車内をうかがった。

無人だった。尾行者は、どうやら近くで張り込んでいるらしい。米良は、さりげなく左右を見回した。だが、気になる人影は目に留まらなかった。

米良はガードレールを跨いで、マークXの運転席に乗り込んだ。

車を走らせはじめ、ミラーを仰ぐ。後方のスカイラインに走り寄る人影が見えた。体つきから察して、若い男のようだ。しかし、顔かたちは判然としない。

米良は低速でマークXを進めた。

黒いスカイラインが追尾《ついび》してくる。風林《ふうりん》会館の手前の交差点で赤信号に引っかかった。区役所通りと花道《はなみち》通りがクロスする交差点だ。暴力団新法が施行される前まで、このあたり一帯には常に暴力団関係者がたむろしていた。

だが、いまは日本のやくざはめったに見かけない。その代わり、不良外国人たちが行き来している。一般市民には危険地帯だ。

信号が青になった。

米良は車をふたたび走らせ、バッティングセンターの脇の裏通りに入った。七、八十メートル先の暗がりにマークXを停める。手早くヘッドライトを消し、エンジンも切った。

米良は素早く車を降り、物陰に身を潜《ひそ》めた。

一分も待たないうちに、左手から車のヘッドライトの光輪《こうりん》が近づいてきた。闇を透かして見る。黒いスカイラインだ。

米良は、ほくそ笑《え》んだ。

スカイラインは、マークXの十数メートル後ろに停まった。すぐにライトが消され、運転席のドアが開けられた。

米良は視線を伸ばした。

覆面パトカーから降り立ったのは荻司郎《おぎしろう》だった。新宿署生活安全課保安係の巡査長だ。確か二十九歳だ。米良が新宿署にいたころ、荻はまだルーキー扱いされていた。

米良は、荻の動きを見守った。

荻はマークXに駆け寄ると、身を屈めて車の中を覗《のぞ》き込んだ。それから彼は勢いよく走りだした。区役所通りとは逆方向に百メートルあまり駆け、ほどなく引き返してきた。肩を大きく弾《はず》ませている。

「荻、少しは体が暖まったか？」

米良は道路の中ほどまで進み出た。荻が驚きの声をあげた。明らかに狼狽《ろうばい》している。

「まだ尾行の勉強が足りないな。誰の指示で、おれを尾《つ》けた？」

「米良さん、勘弁してくださいよ」

「刑事課の堀切課長に命じられたのか？　それとも、強行犯係の中居係長の指示だったのかな」

「本当に勘弁してくれませんか。お願いですから、そういうことは訊《き》かないでください」

「今夜も冷えるな。おれは暗がりに突っ立ってたんで、指先がかじかんできたよ。おまえと殴り合えば、少しは全身の血行がよくなるだろう」

「ぼ、ぼくを殴るんですか⁉」

「公務執行妨害罪で、おれを逮捕《パク》ってもいいぜ。できるものならな」

「米良さんに手錠《ワッパ》なんか打てませんよ」

「なら、おれとファイトするんだな」

米良は挑発した。

「それもできません」

「おれは、おまえが口を割るまでパンチを繰り出す。荻、奥歯を喰いしばれ」

「米良さん、やめてくださいよ。あなたの動きを探《さぐ》れって言ったのは、生安課《せいあんか》の安東《あんどう》課長です。課長は堀切刑事課長に米良さんが露木さんの事件に首を突っ込むかもしれないと言われたとかで、ぼくにちょっと様子を探ってくれと言ったんですよ。ぼくが露木さんとコンビで動いてたんで……」

「おまえが露木とペアで動いてたのか」

「ええ、一年ちょっと前からね」

荻が答えた。

「それなら、露木が誰に殺《や》られたのか、おおよその見当はついてるんじゃないのかえ？」

「わかりません。ぼくにはわかりませんよ」

「露木が福建グループの故買ビジネスの内偵をしてたって情報は摑んだんだが、それは間違いないんだな？」

「はい。崔成光《ツイチョンクアン》って男が同郷人に盗《ギ》らせた宝石、高級国産車、家電製品なんかを保管してる大久保の倉庫で大っぴらに泥棒市を開いてるんで、内偵捜査してたんですよ」

「その崔《ツイ》の塒《ねぐら》はどこにあるんだ？」

「百人町一丁目二十×番地の『カーサ新大久保』という賃貸マンションの四〇五号室に住んでます。崔《ツイ》はまだ四十代なんですが、すっかり禿《は》げ上がってるんですよ。それに、ぎょろ目です。会えば、すぐにわかると思います」

「そうか。去年、新宿署の生安課は福建グループのアジトを手入れしたな？」

「はい」

「そのとき、孫一錦《スンイージン》って奴がサブマシンガンをぶっ放して、まんまと逃《フ》げ《ケ》たらしいじゃないか」

「ええ、その通りです。よくご存じですね。そのことはマスコミには伏せてあるんだよな。警察関係者から聞いたんでしょ？」

「うん、まあ」

「誰から聞いたんです？」

「ま、いいじゃないか。それより孫《スン》は仲間たちが検挙《アゲ》られたんで、新宿署の連中を逆恨《さかうら》みしてるんだってな？」

「そうみたいですね」

「故買屋の崔《ツイ》は当然、孫《スン》とつき合いがあったわけだ？」

「ええ、二人は親しかったはずですよ」

「そうか。逃亡した孫《スン》が密《ひそ》かに新宿に舞い戻ってるとは考えられないかね？」

「そういう噂が立ったことはありますが、結局、その裏付《ウラ》けは取れませんでした」

「そうなのか」

「米良さんは、孫《スン》が露木さんを殺害したと考えてるんですか？」

「いや、まだそこまでは……」

「そうですか」

「露木は署の職務と並行して、何か個人的に調べ回ってたという情報も耳に入ったんだが、それは事実なのか？」

米良は確かめた。

「ぼく、そのことは知りませんでした」

「そうかい。事件前の露木の様子はどうだった？　何かに怯《おび》えてるような様子は？」

「いいえ、そういう感じを受けたことはありませんでしたね」

「そう。話は前後するが、おまえはいつからおれを尾行してたんだ？」

「それは……」

荻が口ごもった。

「正直に答えないと、痛い思いをするぞ。それでもいいのかっ」

「暴力はやめてください。言います、言いますよ。米良さんが新宿署《うち》を出てから、ずっと追尾《ついび》してました」

「そうだったのか。尾行されてるとは思わなかったよ、ポリスグッズの店を出るまでな。荻に偉そうなことは言えないか」

「米良さん、ポリスグッズの店にどうして立ち寄ったんです？」

「ただの気まぐれさ」

「そうじゃないでしょ？　安東課長の話だと、米良さんは現在、停職中らしいですね。去年の師走に容疑者をぶっ飛ばしちゃって、過剰防衛で謹慎処分になったとか？」

「ああ、そうだよ。おれが暴力を振るった相手は、姪っ子に合成麻薬を服《の》ませてショック死させやがったんだ。ダイエットに効果がある錠剤だと嘘をついてな。だから、つい感情的になってしまったんだよ」

「そうだったんですか。うちの課長は、そこまで詳しくは教えてくれなかったんです。そういうことなら、米良さんがキレても仕方ないですね。自分らも、人の子ですから」

「そんなことより、おれが新宿署近くの『ハイカラ亭』で花岡と一緒に夕飯を喰ったことも知ってるんだな？」

　米良は問いかけた。

「ええ。花岡警部補から、露木さんの事件の初動捜査情報を入手したんでしょ？」

「そうじゃない。花岡とは、ただ夕飯を一緒に喰っただけだ」

「えっ、そうなんですか!?」

「ああ、そうだ。そうなんだよ。上司に余計な報告をしたら、荻を犯罪者に仕立てるからなっ」

「自分を犯罪者に？」

「そうだ。こっちは、十五年以上も刑事《デカ》をやってきた。その気になれば、おまえに濡衣《ぬれぎぬ》を着せることはたやすい。殺人犯にもレイプ犯にも仕立てられる。歌舞伎町にある性風俗店や暴力団に手入れの情報を流して、おまえが小遣い稼いでることにしてもいいな」

「そんな捏造《ねつぞう》はやめてください」

「前科《ホシ》をしょいたくなかったら、安東課長にはおれがまっすぐ自宅に戻ったと報告しておくんだなっ」

「弱ったな」

「おまえがどうしても点数稼ぎたいなら、好きにすればいいさ。だがな、おれが言ったことはただの威《おど》しなんかじゃないぞ。おまえが前科《マエ》持ちになったら、人生は暗転するだろうな」

「め、米良さん！」

荻が表情を強張《こわば》らせた。米良は目に凄《すご》みを溜《た》めた。

「文句があるんだったら、はっきり言ってみろっ」

「あなたは、ぼくの先輩だったわけですよね」

「二年前まで、荻はおれの下で働いていた。確かに先輩だな、おれは。それがどうだと言うんだ?」

「昔の部下というか、後輩刑事をいじめてもいいんですか？」

「別段、おまえをいじめてるわけじゃない。惻隠《そくいん》の情《じょう》を示してくれと頼んでるんだ。細かいことは省《はぶ》くが、殺された露木は命の恩人だったんだよ。おれは自宅謹慎中だが、じっとしてはいられない気持ちなんだ」

「それはそうでしょうがね」

「身勝手な言い分だが、おれのわがままを聞いてもらいたいんだよ」

「まいったなあ」

荻が途方に暮れたような顔つきになった。

「頼む」

「そう言われてもな」

「この通りだ」

米良は深く頭《こうべ》を垂れた。

荻が当惑した様子を見せる。米良は頭を上げなかった。

「先輩にそこまでされたら、協力せざるを得ないな。わかりました。上司にも強行犯係の連中にも、米良さんが不利になるようなことは言いません。ええ、約束します」

荻が意を決した口調で言い、右手を差し出した。米良は謝意を表し、荻の手を強く握り返した。

「犯人《ホシ》が早く見つかるといいですね」

荻が和《なご》んだ表情で言って、スカイラインに走り寄った。

米良は覆面パトカーが遠ざかってから、自分のマークXに乗り込んだ。脇道から職安通りに出て、新宿ハローワークの斜め先の交差点を右折する。

地元でハレルヤ通りと呼ばれている裏通りだ。

道なりに進めば、大久保通りにぶつかる。JR新大久保駅は、その左側にある。

百メートルほど車を走らせると、左手前方に『カーサ新大久保』が見えてきた。八階建てで、外壁は薄茶だった。米良は車をマンションの際《きわ》に停めた。シープスキンのコートの襟《えり》を立てて、すぐさま運転席から降りる。

米良はアプローチを大股で進んだ。マンションの出入口は、オートロック・システムになっていない。管理人もいなかった。

米良は集合郵便受けに目を向けた。

四〇五号室のネームプレートは空白になっていた。米良はエントランスロビーに入り、エレベーター乗り場に急いだ。

上昇ボタンを押すと、函《ケージ》の扉《とびら》が左右に割れた。米良はケージに乗り込み、四階に上がった。エレベーターホールにも歩廊《ほろう》にも人の姿は見当たらなかった。

米良は抜き足で、四〇五号室に歩み寄った。

歩廊側の窓は明るい。表札にも部屋の主の名は掲げられていなかったが、どうやら崔成光《ツイチョンクアン》は在宅しているようだ。

米良はインターフォンを鳴らした。

ややあって、スピーカーから男の声で応答があった。中国語だった。福建語だろうか。

「新宿署の者です。おたくは崔《ツイ》さんでしょ？」

「そうね。わたし、崔成光《ツイチョンクアン》です。警察、勘違いしてるよ。わたし、何も悪いことしてない。それ、本当ね」

「おたくを捕まえにきたわけじゃないんだ。ただの聞き込みですよ」

「あなた、何知りたいか？」

相手が癖《くせ》のある日本語で問いかけた。

「とにかく、ドアを開けてほしいな」

「あなた、本当に警察の人？　わたし、それ、知りたいよ」

「わかりました」

米良はポリスグッズの店で買ったばかりの模造警察手帳をコートのポケットから抓《つま》み出し、ドア・スコープに翳《かざ》した。

すると、クリーム色のドアが細く開けられた。

応対に現われた脂《あぶら》ぎった男は頭髪がなかった。額がてかてかと光っている。ぎょろ目だった。

「崔《ツイ》さんですよね？」

米良は言いながら、ドアを大きく押し開けた。すぐに三和土《たたき》に目を落とす。男物の革靴が一足あるきりだった。来客はいないらしい。

「あなた、名前は？」

崔《ツイ》が質問した。米良は、ありふれた姓を騙《かた》った。

「鈴木《すずき》さんか。下の名前も知りたいね」

「一郎《いちろう》です」

「生活安全課のメンバー？」

「そうです」

「わたし、あなたのこと、初めて見るよ。ずっと新宿署にいたか？」

「いましたよ。こっちは内勤が多かったんで、顔を知られてないんだろうな」

「そうかもしれないね。ところで、どんな用があるか。わたし、それ、早く知りたいよ」

崔《ツイ》が促《うなが》した。

「おたくは、新宿署の生安課にマークされてたことに気づいてたんでしょ？　露木と荻という二人の刑事がおたくにずっと張りついてたからね」

「そのこと、気づいてたよ。さっきも言ったけど、警察は誤解してる。わたし、誰からも盗品なんか買ってない。福建省から日本に来てる同郷人に働き口を紹介してるだけ。人材派遣《はけん》ビジネスしかしてないね。上海グループの奴らがおかしなデマを流してるだけよ。わたし、泥棒市なんか開いてない」

「その件で聞き込みに来たんじゃないんですよ。今日の午後四時過ぎに西新宿三丁目のビル建設予定地で露木刑事の射殺体が発見されたんだが、その事件のことは知ってるかな？」

「テレビのニュースで知ったよ。わたし、とっても驚いたね」

「実は、密告電話があったんですよ。犯行時刻に事件現場近くで崔《ツイ》さんの姿を見かけたという密告がね」

　米良は少し後ろめたさを覚えながら、もっともらしく鎌をかけた。フェアでなかったが、気持ちが急《せ》いていた。

「わたし、きょうはずっと部屋にいた。風邪気味なんで、外出しなかったね。その密告電話、でたらめよ」

「おたくのアリバイを証明できる人たちがいるのかな？」

「いるよ。一緒に暮らしてる女に確かめてみることね」

崔《ツイ》がそう言って、母国語で奥に呼びかけた。

待つほどもなく、三十歳前後の女が姿を見せた。同じ中国人で、梅香《メイシャン》という名らしい。崔《ツイ》は二年近く梅香《メイシャン》と同棲しているそうだ。

梅香《メイシャン》がたどたどしい日本語で崔《ツイ》が終日、自宅マンションにいたことを証言した。

「内縁の妻でも、身内と同じように警察は見てるんですよ。口裏を合わせる疑いもあるんでね」

米良は言った。

「そんなふうに他人《ひと》を疑うのはよくない。そうだ、この部屋に知人や友人が昼前から夕方まで六人も訪ねてきたね。その連中に確かめてもらえば、わたしが事件に関係してないことははっきりする。うん、そうね」

「六人とも中国の方なのかな?」

「四人はそうね。でも、二人は日本人よ」

崔《ツイ》が米良に言い、梅香《メイシャン》に中国語で何か指示を与えた。

梅香《メイシャン》がうなずき、奥の居室《きょしつ》に移る。待つほどもなく彼女は戻ってきた。メモ用紙とボールペンを手にしていた。

崔《ツイ》がメモ用紙とボールペンを受け取り、すぐ六人の来訪者と連絡先をメモした。

「この連中が、わたしのアリバイを証明してくれる。わたし、絶対に確認してもらいたいよ。人殺しと思われたくないからね」

「後《あと》で確認させてもらいますよ」

米良はメモを受け取って、言い重ねた。

「ところで、おたくは孫一錦《スンイージン》とは親しかったんでしょ？」

「ま、そうね」

「去年の十二月に福建グループのアジトが手入れを喰ったとき、孫《スン》は短機関銃を乱射して逃亡したんだよね？」

「その話、仲間から聞いたよ。あの男は短気だし、警察嫌いだから」

「孫《スン》の潜伏先、おたくは知ってるんじゃないの？」

「わたし、知らないよ。あいつとは割に仲がよかったけど、連絡ないね」

「孫《スン》が密かに新宿に舞い戻ってるという噂もあるんですよ」

「知らない。わたし、そんな噂は一遍《いっぺん》も聞いたことないね。本当よ。絶対に嘘じゃない」

崔《ツイ》が、むきになって言った。否定の仕方が不自然だった。この男は、孫一錦《スンイージン》の居場所を知っているのではないか。米良は、そう感じた。

刑事の勘だった。

「あなた、孫《スン》が露木という刑事を撃ち殺したと疑ってるのか。それ、ないね。孫《スン》は性格がきついけど、損得勘定もできる。あの男は日本の警察を憎んでたけど、ポリスを敵に回すほど愚かじゃないよ」

「そうですか。夜分にお邪魔しました。ありがとうございました」

米良は軽く頭を下げ、四〇五号室のドアを閉めた。

崔《ツイ》をマークする必要はありそうだ。米良はそう考えながら、エレベーターホールに向かった。

4

私物のスマートフォンを耳から離す。

六本目の電話をかけ終え、米良は徒労感に包まれた。

マークXの中だ。車は『カーサ新大久保』の斜め前の路上に駐めてある。

あと数分で、午後十時になる。

米良は崔《ツイ》から渡されたメモを見ながら、六人の来客にすべて電話をしてみた。

その結果、崔《ツイ》のアリバイは立証された。福建省育ちの故買屋が露木射殺事件の実行犯でないことは間違いなさそうだ。

しかし、米良はなんとなくすっきりとしなかった。崔《ツイ》が自分の手を汚してはいないことは確かだろうが、誰かに露木を葬《ほうむ》らせた可能性もあるかもしれない。

崔《ツイ》が何かを隠している気配は感じられた。もう少し張り込んでみたほうがよさそうだ。

米良は背凭《せもた》れを一杯に倒し、上体を密着させた。

そのままの姿勢で、『カーサ新大久保』のアプローチに視線を向ける。

張り込みは、自分との闘いだった。捜査対象者が動きだすまで、じっと待つ。焦《じ》れたら、ろくな結果にならない。愚直なまでに辛抱《しんぼう》強く待ちつづけることが鉄則だ。

十分ほど経《た》つと、コートの内ポケットで私物のスマートフォンが振動した。

米良はスマートフォンを摑み出した。発信者は、七つ年上の姉の敦子《あつこ》だった。少し呂律《ろれつ》が怪しい。

「姉貴、酒を飲んでるのか？」

「ちょっとね。飲まずにいられないわよ」

「風野さんと喧嘩《けんか》でもしたんだな」

「うん、まあ。男親なんて薄情なものね」

「夫婦喧嘩の原因は何だったの？」

「辰彦《たつひこ》さんったらね、夕食後、好きな古典落語のカセットを聴きながら、お腹を抱えて笑ってたのよ」

「そう」

「まだ留衣の納骨も済んでないのに、ひどいでしょ？　隣の和室には、ひとり娘の遺骨があるって言うのに」

「義兄《にい》さんだって、留衣を喪《うしな》って深く悲しんでるはずだよ。ショックと悲しみが大きいんで、何かで気を紛《まぎ》らせないと、頭がおかしくなりそうなんだろう」

「そんな形で自分だけ現実逃避するなんて、なんか狡《ずる》いわよ。卑怯《ひきょう》だわ。わたしは毎晩、いつも一、二時間うとうとしてるだけなの。留衣がかわいそうで、胸が張り裂けそうなのよ。いっそ死んでしまいたい気持ちだわ」

「何を言ってるんだっ。ひとり娘を不幸な形で亡くしたことは辛いことだと思うが、姉貴がそんな気持ちになっちゃ駄目だよ。留衣の分もしっかり生きないとね」

米良は言い諭《さと》した。

「生きてることが辛いの。辛すぎるのよ。できることなら、わたしが留衣に代わってあげたかったわ」

「その親心はわかるが、姉貴がそんなふうに考えるのはよくないよ。留衣だって、きっと悲しむにちがいない」

「だけど、留衣はわたしの生き甲斐だったのよ。生きる縁《よすが》だったの」

「姉貴が留衣に深い愛情を注いでたことは知ってる。でもね、もう娘はこの世にいないんだよ。どんなに悲しんでも、死んだ人間は還《かえ》ってこないんだ。最愛の家族を喪った悲しみはすぐには薄れないだろうが、遺《のこ》された者は前向きに生きる。それが故人の供養《くよう》にもなるはずだよ」

「通り一遍の慰めね。剛はまだ独身だから、家族の存在の大きさをわかってないのよ。頭では理解できてもね。きっとお父さん、辰彦さんも同じなんだわ。だから、落語を聴いて笑ってられるのよ」

「そうじゃないと思うな。義兄《にい》さんだって、姉貴と同じように悲しみに打ちひしがれてるんだよ。本当はさ。しかし、そんな姿を女房に見せたら、家庭は暗くなる一方じゃないか。だから、義兄さんは無理をして明るく振る舞ったりしてるんだろう」

「そうなのかしら？」

「多分ね。義兄さんは、姉貴が元の明るさを少しずつ取り戻してくれることを願ってるはずだよ」

「そんなふうには見えないけど」

「そう言わずに、夫婦で悲しみを乗り越えてくれよ。そうしないと、逗子《ずし》の親父とおふくろも、なかなか立ち直れないぜ」

「ずいぶん無責任な言い方ね。剛が跡取り息子なんだから、実家に戻って早く両親の面倒を見てやってよ」

「どっちかが寝込むようになったら、逗子の家に戻るって」

「二人とも、すっかり老いちゃったわよ。なるべく早く八雲のマンションを処分して、実家に戻ってちょうだい！　そうすれば、月々のローンがなくなるでしょ？」

「そうだが、逗子から通勤するのはきついよ」

「あら、逗子から東京に通ってるサラリーマンは結構いるわ」

「そのことは知ってる」

「ま、いいわ。それより、東京地検は何をもたもたしてるのかしら？　さっさと戸辺一貴を起訴すればいいのに」

「担当検事は麻薬取引法違反と銃刀法違反だけじゃなく、未必の故意があったと睨んでるんだよ。しかし、起訴するだけの材料が揃わないんで……」

「もどかしいわね。戸辺は問題の錠剤がＭＤＭＡと知りながら、痩せ薬と騙《だま》して留衣に服《の》ませたのよ。そうにちがいないわ」

「その疑いは濃いが、立件できる物証が必要なんだよ」

「そうなんだけどね。そうだわ、新宿署の露木さんが誰かに撃ち殺されたんでしょ？　テレビのニュースで知って、とても驚いたわ。露木さんとは、新宿署時代に一緒に働いてたんじゃない？」

姉が問いかけてきた。

「露木とはコンビを組んでたんだ。あいつにはちょっとした借りがあるんで、一日も早く犯人を捕まえてほしいよ」

「そうね。それにしても、刑事を射殺するなんて大胆な犯人じゃないの。暴力団関係者の仕業《しわざ》なんじゃない？」

「かもしれないな」

「事件はスピード解決しそうなの？」

「殺人事件の場合、数日の初動捜査で加害者が検挙されることは稀《まれ》なんだ。おそらく新宿署に捜査本部が設置されることになるだろうね」

「そうなったら、警視庁捜査一課の殺人犯捜査係の人たちが所轄署に出張《でば》って、新宿署の刑事さんたちと捜査に当たるんでしょ？」

「そうだよ。姉貴も詳しくなったな」

「それはそうよ、弟が刑事をやってるわけだから。剛、仕事は順調なの？」

「相変わらずだよ、毎日ね。そのうち、姉貴の家にお邪魔するよ」

米良は先に電話を切った。身内には停職中であることは内緒にしていた。

ことさら優等生を演じたかったわけではない。七十代の両親や姉の敦子に余計な心配をかけたくなかったからだ。自宅謹慎処分のことを黙っていたのは、それだけの理由だった。

米良はスマートフォンを懐に戻し、煙草に火を点けた。一服し、また張り込みに専念する。

マークした中国人が自宅マンションから現われたのは、午後十一時二十分ごろだった。

崔成光《ツイチョンクアン》は厚手のバルキーセーターの上に黒いダウンパーカを羽織り、青っぽいビニールの手提《さ》げ袋を持っていた。袋は、だいぶ膨らんでいる。中身は衣類や食料なのか。

崔《ツイ》は背を丸めながら、大久保通りに向かって歩きだした。

一度も振り向かない。張り込んでいたことは覚られていないようだ。

米良は崔《ツイ》の後ろ姿が小さくなってから、マークXを発進させた。低速で追跡しはじめる。

崔《ツイ》が大久保通りの一本手前の脇道に入った。

右側だった。ハレルヤ通りの左側は百人町一丁目、右側は大久保一丁目だ。

米良は車のスピードを上げ、崔《ツイ》が消えた横道に入った。

かなり前方を崔《ツイ》が歩いている。米良は崔《ツイ》の後方三十メートルあたりで、また減速した。

それから間もなく、崔《ツイ》が立ち止まった。

米良はマークXを路肩に寄せ、急いでヘッドライトを消した。

崔《ツイ》が周囲に目を配ってから、倉庫のような造りの建物に歩み寄った。中腰になって、シャッターの潜《くぐ》り戸を開けた。

そのとき、電灯の光がかすかに外に洩れた。建物の中に誰かいるようだ。

崔《ツイ》は鍵を使って、潜り戸のロックを解《と》いた。ということは、誰かを匿《かくま》っているのかもしれない。

故買屋は、買い取った盗品を保管してある倉庫に孫一錦《スンイージン》を匿っているのか。どちらも福建マフィアのメンバーだ。考えられない筋読みではない。

崔《ツイ》が建物の中に吸い込まれた。

米良は五分ほど遣り過ごしてから、静かに車を降りた。寒気は一段と強まっていた。思わず首を竦める。

米良は忍び足で倉庫のような建物に接近した。

文字の消えかけた看板を見上げる。以前は自動車修理工場だったようだ。シャッターのペンキは、ほとんど剝《は》げ落ちていた。

米良は夜道に人影がないことを確かめてから、シャッターに近づいた。耳を押し当てる。男同士の話し声がかすかに伝わってきた。中国語だった。

米良は潜り戸のノブに触《ふ》れた。

内鍵が掛けられている。どんな方法で建物の中に侵入するか。

米良は、じっくり建物の構造を検《しら》べた。

しかし、忍び込めそうな窓はない。米良は四、五回、潜り戸を強く蹴りつけた。すぐにシャッターにへばりつく。

少し待つと、足音が近づいてきた。一つだった。崔《ツイ》が外の様子をうかがう気になったのだろう。

米良は息を詰めた。

足音が熄《や》んだ。じきに内錠が外された。米良は身構えた。

シャッターの潜り戸が押し開けられた。

中腰になった崔《ツイ》が首を突き出した。米良は崔《ツイ》の太い首に手刀《しゅとう》打ちをくれた。崔《ツイ》が呻いて、片膝を落とす。

米良は右腕で崔《ツイ》の首根っこを抱え込み、外に引きずり出した。

「あんたは新宿署の……」

崔《ツイ》が目を丸くした。

米良は無言で崔《ツイ》の体を反転させ、利き腕を肩まで捻《ねじ》上げた。崔《ツイ》が痛みを訴える。

かまわず米良は左手で崔《ツイ》の頭部を押さえ込み、潜り戸を通過させた。自分も腰を折って、建物の中に入る。

左側の棚《たな》に家電製品が積まれ、その向こうにハンガースタンドが並んでいた。無数の高級毛皮コートやブランド物のスーツが吊《つ》るしてある。

右手には陳列ケースが連《つら》なり、腕時計、指輪、金の延べ棒《インゴット》などが無造作に収められていた。奥にはゴルフのクラブセットやソファセットが置いてあった。

「これが盗品の倉庫ってわけか」

「それ、違う。ちゃんと買った物ばかりね。わたし、日本人のバッタ屋と友達よ。倒産品や質流れ品を安く譲ってもらってる。それ、本当の話ね」

「奥に事務室があるな。そこに、孫一錦《スンイージン》がいるんだろ？」

「事務室あるね。だけど、誰もいない。わたしひとりよ」

崔《ツイ》が言い繕《つくろ》った。

しかし、奥に人間がいる気配が伝わってくる。

「あんたは、さっき母国語で誰かと喋ってた。こっちは、その話し声を聞いてるんだっ」

「それ、おかしいね。わたし、誰とも話なんかしてない。そういえば、少し前に独《ひと》り言《ごと》を言ったね。それで勘違いされたのかな」

「もう遅いんだよ」

米良は崔《ツイ》の尻《しり》を膝頭で蹴り、左腕で顎《あご》を掬《すく》い上げた。崔《ツイ》は顔を上げ、背筋を伸ばす恰好《かっこう》になった。

「おれの弾除《たまよ》けになってもらう」

「目的は何？　お金欲しいんだったら、わたし、あげてもいい。その代わり、ここにある品物のことは目をつぶってくれるか？　それだったら、百万円渡すよ。いや、二百万円払ってもいいいね」

「おれは悪徳警官じゃない。孫《スン》を匿ってたことは認めるなっ」

「わたし、孫《スン》の居所も知らない。だから、連絡も取れないね」

「空とぼけるなって。あんたが孫一錦《スンイージン》に新宿署の露木刑事を始末させたんじゃないのか！」

米良は声を尖《とが》らせた。

数秒後、奥の事務室から四十歳前後の男が姿を見せた。額から左眉にかけて刃傷が走っている。崔《ツイ》が吐息《といき》を洩らした。

「警察の者だ。あんた、孫一錦《スンイージン》だな？」

「そうだ。おまえ、わたしを捕まえに来たか？　それ、できない」

孫《スン》が不敵に笑って、腰の後ろからサイレンサー・ピストルを引き抜いた。マカロフＰｂだ。消音器と銃身が一体になっている。

崔《ツイ》が焦って中国語で孫《スン》に何か言った。自分が楯《たて》にされていることを訴えたようだ。

孫《スン》は無表情だった。

スライドを滑《すべ》らせ、初弾を薬室《やくしつ》に送り込んだ。後は引き金を絞れば、九ミリ弾が発射される。

「あんたが西新宿三丁目のビル建設予定地で新宿署生活安全課の露木を撃ち殺したのか、そのサイレンサー・ピストルで。犯行時刻に誰も銃声を聞いてないようだから、そうなんだろうな。どうなんだっ」

米良は崔《ツイ》の体を引き寄せながら、孫《スン》を睨《ね》めつけた。

孫《スン》は口を開かない。一歩ずつ間合いを詰めてくる。

「孫《スン》は一昨日《おととい》の夜から、一歩も外に出てない。だから、警官殺しの犯人じゃないね」

崔《ツイ》が言った。

「あんたは黙っててくれ」

「けど……」

「なんとか答えろ！」

米良は怒鳴《どな》った。

「崔《ツイ》さんの言った通りね。わたし、ずっと外に出てないよ」

「そっちの言葉を鵜呑《うの》みにはできないな」

「それなら、それでかまわない」

「おまえは去年、アジトを家宅捜索されたときに仲間たちが検挙されたんで、新宿署を逆恨みしてたんだろうが？」

「ま、そうね。でも、わたし、誰も殺してないよ」

孫《スン》が日本語で言い、早口の母国語で崔《ツイ》に何か語りかけた。崔《ツイ》が少し考えてから、黙ってうなずく。

「孫《スン》はなんて言ったんだ？」

米良は崔《ツイ》に小声で訊いた。

「これ以上、わたしに迷惑はかけられない。だから、別の知り合いにしばらく匿ってもらうことにした。孫《スン》はそう言ってる」

「逃げられちゃ困るんだよ」

「孫《スン》は気が短いね。怒らせると、あんた、撃たれることになるよ。逃がしてやれば、殺されないね」

崔《ツイ》が言った。その声に孫《スン》の言葉が被《かぶ》さった。

「すぐに崔《ツイ》さんから離れて、おまえ、床に腹這《ば》いになる。そうしないと、撃ち殺すことになるね」

「おれは何があっても、弾除けから離れない。まだ死にたくないんでな」

「そういうことなら、仕方ないね」

「崔成光《ツイチョンクアン》に弾が当たってもいいのか。運が悪けりゃ、面倒を見てくれた崔《ツイ》も死ぬことになるんだぞ」

米良は孫《スン》を諫《いさ》めた。

孫《スン》が右腕を胸の高さまで掲げた。その指は、引き金《トリガー》に深く巻きついている。

崔《ツイ》が首を横に振りながら、中国語で孫《スン》に何か言った。孫《スン》は申し訳なさそうな表情になったが、言葉は発しなかった。

米良は間合いを目で測《はか》った。
四、五メートルしか離れていない。近すぎる。
放たれる銃弾は崔《ツイ》の体を貫通して、米良の体内にめり込むだろう。危険だ。

米良は崔《ツイ》の体を引きながら、後ずさりはじめた。

三メートルほど退《さ》がったとき、九ミリ弾が放たれた。発射音は小さかった。圧縮された空気が洩れるような音がしただけだった。

吐かれた銃口炎《マズル・フラッシャ》も大きくはなかった。銃弾は米良の頭上を抜け、シャッターに命中した。

威嚇《いかく》射撃だった。わざと的《まと》を外した射撃だったが、崔《ツイ》は怯《おび》えて屈み込んだ。

米良は引きずられ、床に片膝をつく形になった。体のバランスが崩れたとき、孫《スン》がかたわらを駆け抜けていった。

逃がすわけにはいかない。

米良は勢いよく立ち上がった。そのとき、崔《ツイ》がタックルをするように両腕で米良の片方の脚《あし》にしがみついた。

「孫一錦《スンイージン》を見逃してやってほしいね。あの男、乱暴者ね。でも、いいところもある。福建から来てる連中に頼りにされてるよ」

「放せ、放すんだっ」

米良は崔《ツイ》を足蹴《あしげ》にした。崔《ツイ》が横倒れに転がる。

「勘弁してくれ」

米良は崔《ツイ》に謝罪し、床を蹴った。潜り戸まで一気に走り、表に飛び出した。すでに孫《スン》の姿は掻き消えていた。

さほど遠くまでは逃げていないだろう。

米良は自分の車に走り寄って、ただちに発進させた。大久保一帯をくまなく巡《めぐ》ってみたが、ついに逃亡者は見つからなかった。

米良は歯噛みして、マイカーを自宅に向けた。

第二章　消された容疑者

1

前夜の忌々《いまいま》しさは、まだ消えていない。

孫一錦《スンイージン》はどこに身を潜めたのか。崔《ツイ》を締め上げても、潜伏先はわからないだろう。

米良は舌打ちして、模造警察手帳に自分の顔写真を貼りつけた。氏名、所属署、役職名はすでにプリンターで印字してある。

自宅マンションの居間だ。午前十一時を回っていた。

米良は模造警察手帳を手に取って、出来栄えを確かめた。

ちょっと見では、本物と変わらない。短く呈示《ていじ》するだけなら、模造品とは看破《かんぱ》されないだろう。米良は口許《くちもと》を緩《ゆる》めた。その直後、コーヒーテーブルの上で刑事用携帯電話が鳴った。

米良は模造警察手帳を卓上に置き、ポリスモードを摑《つか》み上げた。

ディスプレイを見る。発信者は本庁機動捜査隊の花岡警部補だった。

「きのうは世話になったな。ありがとう」

米良は、まず礼を述べた。

「いいえ、どういたしまして。いま出先ですか?」

「いや、自宅だよ」

「それなら、このまま喋《しゃべ》らせてもらいます。たったいま東京都監察医務院から解剖所見がファクス送信されてきました。検視官の見立て通り、露木さんは背後から犯人《ホシ》に頭部を撃《う》ち砕《くだ》かれてました。ほとんど即死だったと記されてます」

「そうか、死亡推定時刻は?」

「きのうの午後三時から同五十分の間だそうです。それからですね、摘出した弾頭のライフルマークから凶器も判明しました」

「サイレンサー・ピストルが犯行に使われたんだろ?」

「いいえ、違います。オーストリア製のグロック26です」

花岡が答えた。

「グロック26というと、確かグロック17を切り詰めたコンパクトピストルだったな」

「ええ、そうです。全身十六センチと小型で、重量は六百数十グラムです。マガジンの最大装塡数《そうてんすう》は十二発なんですが、予《あらかじ》め初弾を薬室《やくしつ》に送り込んでおけば、十三発撃てます」

「そうなるな。ライフリングは六条だったっけ？」

「はい。六条で、右回りです」

「そうか。聞き込みで依然として銃声を聞いたという証言は得られてないんだね」

「ええ、加害者は袋掛《バギング》けで銃声を掻《か》き消したようです。現場の血溜《だ》まりの中から多量の繊維片《せんいへん》が見つかったんですよ。一部は焼け焦《こ》げてましたんで、犯人が凶器をフェルトで何重にもくるんでから発射したんでしょう」

「そうなんだろうな。だから、銃声は響かなかったんだろう。花岡ちゃん、毛髪鑑定の結果は？」

「現場で採取したヘアのうち四本は、被害者の頭髪でした。残りの毛髪は誰のものか断定できなかったという話です」

「そうか。犯人の足跡《ゲソ》と思われる靴の製造元は割り出せたんだろう？」

「ええ。ですが、一万数千足も製造されてるんで、販売店を限定することは無理ですね」

「つまり、凶器以外には手がかりがないってことか？」

「そうなりますね。ただ、一つだけ有力な手がかりがあります。新宿署の安東生安課長が情報源《ネタモト》なんですが、露木刑事は故買屋の崔成光《ツイチョンクアン》の内偵捜査とは別に個人的に合成麻薬のMDMA《エクスタシー》をダイエット錠剤だと偽《いつわ》ってネット販売してた会社のことを調べてたらしいんです」

「そう」

米良の頭を姪《めい》の留衣のことが掠《かす》めた。

留衣はＭＤＭＡを痩《や》せ薬と信じて服用し、中毒死してしまった。姪の男友達は、問題の錠剤をその種の怪しげな会社から入手したのではないか。

「安東課長は福建《フジエン》マフィアが麻薬ビジネスにも手を染めたのかなと思ったらしいんですよ、最初はね。しかし、ドラッグを扱ってるのは上海グループと北京グループだけなんですって？」

「これまでに摘発されたのは、二つのグループだけだな」

「そうらしいですね。で、安東課長は福建グループが麻薬ビジネスに参入して、上海や北京グループを刺激する気にはならないだろうって思ったんだそうです」

「おれも、そう思うね。露木がＭＤＭＡ《エクスタシー》をネット販売してる会社のことを調べはじめたのは？」

「去年の秋ごろからだそうですよ。しかし、それ以上のことは安東課長も知らないと言ってました。別に職務に支障を来《きた》してなかったんで、課長は露木刑事に詮索《せんさく》はしなかったみたいなんです」

「そうか。それで、合成麻薬をネット販売してる会社名は？」

「えーと、『ビューティー・スマイル』という社名です。ネットで検索してみたんですよ。ホームページによると、新宿五丁目の協和ビル内にあって、代表者は高峰亜紀《たかみねあき》になってました。ホームページに代表者の顔写真も掲げ《かか》てあったんですが、だいぶケバい女でしたよ。二十五、六歳でしょうか」

「おそらく素っ堅気《すかたぎ》の女じゃないんだろう。痩せ薬と偽って、合成麻薬をネット販売してるんならな」

「ええ、そうでしょうね」

「ダミーの代表者っぽいな。バックに暴力団関係者がいそうじゃないか」

「その可能性はあるでしょうね。最近は大学生がオランダあたりから大麻の種子をネットで手に入れ、こっそり栽培して乾燥大麻をネット販売してますが、合成麻薬なんかを密売してたら、裏社会の奴らが黙っちゃいませんから」

「そうだろうな。高峰亜紀って女性長は、やくざの愛人《レコ》か何かだと思うよ」

「多分、そうなんでしょう。機捜《うち》も一応、『ビューティー・スマイル』に探《さぐ》りを入れてみるつもりなんですが、与えられた時間があまりありませんから、どこまで調べられるか」

「新宿署の強行犯係は、きょうも現場付近の聞き込みに当たってるわけだな？」

「ええ、そうです。しかし、現場周辺はオフィスビルばかりですから、たいした目撃証言は得られないでしょう。機捜《うち》は被害者の交友関係を調べてるんですが、露木刑事を恨《うら》んでる者は福建グループの奴のほかにはいないんですよね。このままだと、第一機捜は明日の午前中一杯でお役御免になりそうだな」

「新宿署は、もう本庁の捜一《そういち》に協力を要請したのか？」

「それは、まだです。しかし、署長は明日の午前中には本庁《うち》の捜一に捜査本部《チョウバ》を設置したいって申し入れるでしょう」

花岡が言った。

「だろうな」

「機捜《うち》はニワトリ捜査なんて陰口をたたかれてますが、捜査期間が短すぎますよ。十日は無理でも、せめて一週間は与えてもらえないと、犯人《ホシ》の絞り込みはできません。われわれの能力が特に劣《おと》ってるということはないんですがね」

「確かに二、三日じゃ、殺人犯の絞り込みは無理だよな。本庁機捜も所轄の刑事たちも無能ってわけじゃないんだが、わずか数日で事件をスピード解決するなんてことは難しい。せめて五日はないとな」

「そうですよね。米良さんに愚痴《ぐち》っても仕方ないな。そうだ、露木刑事の遺体は東京都監察医務院から笹塚《ささづか》のセレモニーホールに向かったようです。自宅マンションではなく、『笹塚セレモニーホール』で告別式が営まれるそうです」

「明日が通夜《つや》で、明後日《あさって》が告別式だな？」

「ええ、そう聞いてます」

「いろいろ協力してもらって、大いに助かるよ。しかし、花岡ちゃん、あまり無理をするなよな」

米良は通話を切り上げた。

ポリスモードを二つに折り畳んだとき、腹の虫が鳴った。朝から何も口に入れていない。米良はソファから立ち上がって、ダイニングキッチンに移った。手早くハムエッグを作り、イングリッシュ・マフィンを焼いた。ドリップ式のコーヒーを淹《い》れ、ダイニングテーブルに向かう。

めったに自炊はしなかったが、朝はたいがいパンで済ませている。昼と夜は外食だった。

米良はブランチを摂《と》ると、風呂に入った。

浴室で髭《ひげ》を剃《そ》り、洗い髪をドライヤーで乾かす。米良は寝室で身繕《みづくろ》いをし、ほどなく部屋を出た。前日と似たようなラフな服装だった。

マンションの地下駐車場に降り、マークXに乗り込む。米良はただちに新宿に向かった。

協和ビルを探し当てたのは、午後一時過ぎだった。

ビルは厚生年金会館の近くにあった。六階建ての古びたビルだった。

米良は、すぐには車を降りなかった。

協和ビルをゆっくりと一巡する。警察車輛は一台も目に留《と》まらなかった。

米良は、マークXを協和ビルから十メートルほど離れた路上に駐《と》めた。運転席を出て、目的のビルに歩《ほ》を進める。

米良はメールボックスを見た。『ビューティー・スマイル』の事務所は三階にあった。

エレベーターを使って、三階に上がる。米良は『ビューティー・スマイル』のドアに耳を寄せた。オフィスは、ひっそりと静まり返っている。誰もいないのか。

インターフォンを鳴らす。

応答はなかった。米良は青いドアをノックした。やはり、返事は聞こえない。

代表者の高峰亜紀は、昼食を摂《と》りに出かけたのだろうか。少し待ってみることにした。

米良はエレベーターホールに引き返し、目立たない場所にたたずんだ。

二十分ほど経過したころ、階下からエレベーターが上昇してきた。

函《ケージ》から現われたのは、二十代半《なか》ばの女性だった。厚化粧で、身なりも派手だ。

女は米良と目が合うと、愛想笑いをした。米良は小さく笑い返した。女は見られているることを意識したのか、腰をくねらせて『ビューティー・スマイル』の前まで歩いた。男たちに媚《こ》びることに慣《な》れているのだろう。

女がハンドバッグから鍵《キー》を取り出し、青いドアのロックを解除した。

米良は大股で女に近づいた。女が振り向いた。

「おたくとはどこかで会ってるような気がするんだけど、まだ思い出せないのよ」

「高峰亜紀さんだね、『ビューティー・スマイル』の代表者の？」

「うん、そう。代表者といっても、名目だけなんだけどね。ね、あたしとどこかで会ってるでしょ？」

「手入れのとき、あんたはおれを見かけたのかもしれないな」

「刑事さんなのね？」

亜紀が確かめた。

「ああ、そうだ。二年前まで新宿署の生安課にいたんだよ。いまは、別の所轄にいるんだがね」

「あたし、以前、歌舞伎町のさくら通りの性風俗店で働いていたの。『ハニーエンジェル』が手入れを喰《く》らったとき、おたくを見かけたのかもしれないな」

「ちょっと捜査に協力してもらうよ」

米良は亜紀を事務所に押し込んで、自分も入室した。

事務所は十五畳弱の広さだった。スチールデスクが二卓据《す》えられ、ベランダ側に応接セットが見える。窓際にはスチールキャビネットと棚《たな》が並んでいた。

事務机の上には、デスクトップとノートパソコンが二台載《の》っていた。どことなく殺風景なオフィスだった。

「あたし、何も危《ヤバ》いことなんかしてないわよ。ここで痩せ薬をネット販売してるだけだって」

「その錠剤を出してくれ」

「いきなり何を言いだすのよ⁉　別に法に触《ふ》れるようなことなんかしてないわ。元風俗嬢だからって、ばかにしないでちょうだい！」

「ダイエットに効き目があるという宣伝文句でネット販売してる錠剤が、実は合成麻薬のMDMA《エクスタシー》だって密告が警察に入ったんだ」

米良は澱《よど》みなく言った。

「どこの誰がそんなことを言ってるのよっ」

「いいから、錠剤を出してくれ」

「冗談じゃないわ。令状持ってるわけじゃないんでしょ？　出ていってちょうだい！」

「令状《オフダ》は後《あと》から同僚が持ってくる」

「それ、嘘でしょ？　令状を見せてくれなきゃ、手入れなんかさせないわよっ」

亜紀が息巻《いきま》き、腰に両手を当てた。

米良は亜紀を睨《にら》みつけながら、スチールキャビネットに走り寄った。引き出しを開ける。薄桃色の錠剤の詰まったビニール袋が収まっていた。

「やめてよ」

亜紀が叫んで走り寄ってきた。

米良は亜紀を押し返し、ビニール袋の封を開けた。

錠剤を一粒摘《つま》んで、齧《かじ》ってみる。舌に少し苦みを感じた。馴染《なじ》みのある味だった。

「こいつは紛《まぎ》れもなくMDMAだ。『ビューティー・スマイル』の真の経営者は誰なんだ？　堅気《ネス》じゃないなっ」

「あたし、知らないわよ。友達に頼まれて、名目だけ代表者になってあげてるだけだから」

「その友達の名は？」

「本名までは知らないの。通称はターさんよ」

「ふざけるな」

「本当だってば」

亜紀が身を翻《ひるがえ》した。米良は、亜紀の片腕を引っ掴んだ。

「放して！　あたしは友達に頼まれて、痩せ薬の注文を受けてただけよっ。錠剤がドラッグと知ってたら、ダミーの社長になんかならなかったわ。あたし、高校中退だけどさ、善悪の区別くらいつくもん」

「本当のオーナーは、ヤー公なんだろ？」

「ターさんは堅気のはずよ」

「バックの人間を庇《かば》いつづける気なら、こっちも少し荒っぽいことをするぞ」

「あたしを殴《なぐ》るつもりなのね？」

「女にパンチを浴びせたりしない」

「それじゃ、どうやって、あたしを追い込む気なのよ？」

「そっちがシラを切り通す気なら、ベランダから逆《さか》さ吊《づ》りにする。あんたを支《ささ》え切れなくなれば、真っ逆さまに頭から地上に落ちるだろう。三階だが、まず命は救《たす》からないだろうな」

「お巡りがそこまでできっこないわ」

「おれは理由《わけ》があって、捨て身になってるんだ。現職刑事だが、なんだってやる気なんだよ。甘く見ないほうがいいな」

「フカシこかないでよ」

「なら、ベランダから逆さ吊りにしてやろう」

米良は身を屈《かが》めるなり、亜紀を左肩に担《かつ》ぎ上げた。

亜紀が悲鳴をあげながら、手脚をばたつかせた。

米良は亜紀を担いだまま、ベランダ側のサッシ戸に向かった。ベランダに出て、手《て》摺《すり》に寄る。

「やめて！　逆さ吊りになんかしないで」

「おれは本気だぞ」

「お願いだから、あたしを肩から下ろして」

「本当のことを喋る気になったら、そっちを下ろしてやろう」

「あたし、嘘なんかついてないのに」

「意外に粘《ねば》るな。空中遊泳を愉《たの》しむんだな」

「いやーっ、やめてちょうだい！」

亜紀が泣き喚《わめ》きはじめた。米良はさすがに気が咎《とが》めたが、さらに手摺に近寄った。

もちろん、本気で亜紀を逆さ吊りにする気などなかった。単なる威《おど》しだった。

「本当のことを喋るから、もう赦《ゆる》して！　お願いよ。あたしを殺さないで」

亜紀が涙声で哀願《あいがん》した。

米良は事務所の中に戻り、亜紀を応接ソファに落とした。サッシ戸を閉《し》め、亜紀の前に立つ。

「やっぱり、言えないわ。本当のことを喋っちゃったら、あたし、何をされるかわからないもの」

「そっちがそう出てくるなら、やっぱり逆さ吊りにするほかないな」

「それだけは勘弁して。あたし、おたくに抱かれてもいいわ。お金が欲しいなら、有り金を渡すわよ」

「おれをチンピラ扱いするつもりなら、麻薬の所持で現行犯逮捕する」

「それもいやよ。あたし、服を脱ぐ。とにかく、あたしを抱いてよ。うーんとサービスするから、見逃して。なんなら、おたくの情婦《おんな》になってもいいわ」

「まだそんなことを言ってるのかっ。妙な駆け引きするなら、署に連行する。両手を前に出せ！」

「あたし、捕まりたくない。こうなったら、どうなってもいいわ。あたし、つき合ってる男に頼まれて、『ビューティー・スマイル』のダミーの代表者になったのよ」

「そいつは筋嚙《すじか》んでるんだな？」

「うん、そうよ。関東義誠会小杉《こすぎ》組の準幹部なの」

ようやく亜紀が口を割った。

関東義誠会は首都圏で三番目に勢力を誇る広域暴力団で、構成員は約四千人だ。小杉組は下部の二次組織である。組事務所は歌舞伎町一番街の裏手にあったはずだ。

「そいつの名は？」

「若宮《わかみや》、若宮冬樹《ふゆき》よ」

「いくつなんだ？」

「三十八、ううん、もう三十九歳になったんだっけな」

「合成麻薬を仕入れてるのは、若宮なんだな？」

「そうだと思うけど、入手先はわからないわ」

「顧客リストを出してくれ」

「客のリストはプリントアウトするたびに若宮さんに渡してるんで、ここに控えはないのよ。それからプリントアウトしたら、パソコンの顧客データをそのつど消去してるの。だから、あたしは客の名や注文量はいちいち憶《おぼ》えてないのよ」

「これまでに痩せ薬と偽って、どのくらい合成麻薬を売った？」

　米良は訊《き》いた。

「正確な数字はわからないけど、百万錠前後は売ってるんじゃないかな。一錠千円でネット販売してるから、ざっと十億円の売上よね。あたしがここで手伝いはじめたのは去年の秋だけど、彼はその前にもＭＤＭＡを売ってたんじゃないかしら？」

「なぜ、そう思う？」

「若宮さん、去年の夏から急に金回りがよくなったのよ」

「合成麻薬の密売は、小杉組ぐるみのシノギなのか？」

「そのへんのことは、あたし、わからないわ」

「そうか。客の中に戸辺一貴って奴はいなかった?」

「客はハンドルネームやメールアドレスしか教えてくれないから、個人名まではわからないわ。若宮さんは品物《ブツ》の受け渡し方法を顧客と相談してたから、相手の名や住所を知ってただろうけどね」

「わかった。もう一つ教えてくれ。ここに新宿署の露木って保安係の刑事が訪ねてきたことは?」

「あたしの知る限り、そういう名の刑事さんは一度も来てないわね」

「そうか。彼氏の若宮冬樹から、露木という名を聞いたことは?」

「ないわ」

「この時間、若宮はどこにいる? もう組事務所にいるのかな」

「まだ自分のマンションにいると思うわ。いつも午後四時過ぎにここに顔を出してから、組事務所に行ってるのよ」

「若宮の自宅の住所を教えてくれ」

「彼を逮捕《パク》るの?」

「いいから、アドレスを言うんだっ」

「わかったわよ。彼は北新宿二丁目十×番地にある『北新宿グランドパレス』というマンションの八〇八号室に住んでるの」

「ついでに、そっちの住所も聞いておこう」

「えっ、あたしの自宅も教えなきゃならないの？」

「教えてもらおう」

「おたくを怒らせるわけにはいかないわね。いいわ。わたしは目白《めじろ》駅の近くのマンションを借りてるの」

　亜紀が所番地とマンションの名を明かした。

　米良は亜紀のアドレスを頭に刻みつけると、『ビューティー・スマイル』を出た。

2

　スピーカーは沈黙したままだった。

『北新宿グランドパレス』の八〇八号室だ。若宮冬樹の自宅である。留守なのか。

　米良はオフホワイトの扉《とびら》に耳を寄せた。

　テレビの音声がかすかに響いてくる。部屋の主は、トイレにでも入っているのか。

　米良は何気なくノブに手を掛けた。

　抵抗なく回った。内鍵は掛けられていなかった。

「若宮さん、お邪魔しますよ」

米良は言いながら、ドアを引いた。入室すると、テレビの音声がはっきりと聴こえた。ワイドショー番組だった。

「警察の者です。若宮さん、ちょっと訊きたいことがあるんですよ」

米良は奥の居室《きょしつ》に声をかけた。なんの反応もない。

「上がらせてもらいますね」

米良はアンクルブーツを脱いだ。玄関ホールの正面に居間があった。白い格子のガラス扉は半開きの状態だ。

間取りは2LDKのようだった。米良は短い廊下をたどり、リビングに入った。四十二インチのテレビの音量が耳障《ざわ》りだ。

「若宮さん、どこにいるのかな」

米良は問いかけながら、視線を巡《めぐ》らせた。

リビングソファに何かが見える。それは、男の足だった。微動《びどう》だにしない。

米良はソファセットを回り込んだ。白と黒の大胆なデザインのアクセントラグの上に男が倒れていた。

仰向《あおむ》けだった。三十八、九歳の男だ。若宮だろう。

顔半分に粘土状《ねんどじょう》の物がへばりついている。茶色だった。ゴム粘土だろう。男の口と鼻の中には、ゴム粘土と思われる物が詰まっていた。

部屋の主は何者かに鼻と口を塞《ふさ》がれ、窒息死させられたらしい。米良は屈み込んで、男の右手首を取った。

温《ぬく》もりは伝わってきたが、脈動《みゃくどう》は熄《や》んでいた。殺害されて、それほど時間は経《た》っていないのだろう。

米良は懐《ふところ》からスマートフォンを取り出し、カメラで死体写真を撮《と》った。

それから改めて居間を検《しら》べた。家具やアクセントラグの位置がずれている。人が争った痕跡は歴然としていた。

露木の事件に関わる手がかりがあるかもしれない。

米良は、居間の右隣にある洋室に入った。寝室だった。

ほぼ中央にセミダブルのベッドが据えられている。ナイトテーブルの上にスマートフォン、札入れ、運転免許証入れなどが載っていた。

米良はナイトテーブルに歩み寄り、ダウンパーカのポケットから格子柄のハンカチを抓《つま》み出した。ハンカチを使いながら、まず運転免許証の写真をチェックする。

居間で死んでいる男は、間違いなく若宮冬樹だった。次に米良は、スマートフォンに残された画像を検べた。

露木刑事の姿が数カット、写されていた。いずれも盗み撮《ど》りされた画像だろう。背景から撮影場所は、協和ビルの近くと判明した。

やはり、露木は『ビューティー・スマイル』が合成麻薬のＭＤＭＡをネット密売している証拠を押さえようとしていたようだ。若宮は麻薬密売で検挙されることを恐れ、内偵捜査をしていた露木の口を封じる気になったのか。

米良はそう推測しながら、革の札入れの中身を確かめた。三十枚ほどの万札と五千円札が入っているだけだった。

若宮の自宅にグロック26があれば、露木を射殺した疑いはある。

米良は寝室の隅々《すみずみ》まで検べてみた。しかし、オーストリア製の拳銃は見つからなかった。『ビューティー・スマイル』の顧客リストも隠されていなかった。

米良は居間に戻り、物色してみた。リビングの左隣の和室、ダイニングキッチン、浴室、洗面所、トイレ、物入れも覗《のぞ》いた。

だが、グロック26と合成麻薬の顧客リストはどこにもなかった。

若宮は、なぜ始末されたのか。ＭＤＭＡの密売は小杉組ぐるみの裏ビジネスと考えれば、その謎は解ける。準幹部の若宮は、露木にダーティー・ビジネスを嗅《か》ぎ当てられてしまった。それで、若宮は露木を射殺せざるを得なくなったのかもしれない。

小杉組は、若宮の不始末を隠蔽《いんぺい》する必要があった。そういうことで、組長の小杉竜平《りゅうへい》が組員の誰かに若宮を葬《ほうむ》らせたのではないだろうか。小杉組長は武闘派のやくざだった。現在、五十三、四歳だが、いまも血の気は多い。

米良は新宿署勤務時代に小杉組の家宅捜査に立ち合ったことがある。そのとき、組長の小杉は興奮して捜査員たちに殴りかかってきた。

ちょっとしたことで、いきり立つ性質《たち》だった。若宮が露木に麻薬密売の尻尾《しっぽ》を摑まれたことに腹を立て、この際《さい》、切り捨てる気になったのではないだろうか。

そこまで推測したとき、米良の脳裏にさきほど見たスマートフォンの画像が浮かんだ。いずれ若宮の死体を誰かが見つけ、一一〇番通報するだろう。そうなったら、捜査関係者は隠し撮りされた露木の画像を目にする。彼らに先を越されたら、露木に借りを返せなくなってしまう。

米良はベッドルームに駆け込み、急いで露木の写真を消去した。

そのとき、ベランダに数羽の雀《すずめ》が舞い降りた。雀がさえずりながら、何かついばみはじめた。

若宮はプランターで何か植物を育てていたのか。刑事になりたてのころ、麻薬の密売人が覚醒剤のパケを大量にプランターの土の中に隠してあったことを思い出した。

ベランダにプランターがあるとすれば、若宮は土の中に何かを埋めたかもしれない。

米良はそう考え、寝室から居間に回った。

ハンカチで自分の指掌紋《ししょうもん》が付着しないよう注意しながら、サッシ戸を開ける。その音で、三羽の雀が一斉に飛び立った。

ベランダにはプランターが置かれ、六株ほど小松菜が植えてあった。葉の柔らかい部分は野鳥に食べられていた。

米良はベランダにあったサンダルを突っかけ、プランターに近づいた。

プランターの横には、小さなスコップがあった。

米良はスコップの柄にハンカチを巻きつけ、先端をプランターの土の中に突き入れた。株と株の間の土は、明らかに掘り起こされていた。その部分だけ、土の色が異《こと》なる。怪しい。

スコップの先を沈めると、固い音がした。

何かが埋められているにちがいない。米良は土を掘り起こしはじめた。

じきに金属製の四角い箱が見えてきた。蓋《ふた》の部分には防水テープが巻かれている。

米良は箱を摑み上げ、防水テープを引き剝《は》がした。

蓋を開ける。箱の中には、防水パウチに入ったコンパクトピストルが収まっていた。グロック26だった。

若宮が露木を前日、西新宿のビル建設予定地で射殺したと考えてもいいだろう。

米良は防水パウチから、自動拳銃を摑み出した。リリースボタンを押し、銃把《グリップ》から弾倉《マガジン》を引き抜く。残弾は五発だった。弾倉を戻す。

グロック26をプランターの中に埋め戻したら、捜査関係者に見つけ出されてしまうだろう。米良はそう判断し、コンパクトピストルを懐に入れた。

空の金属箱をプラタンーの中に埋め戻し、居間に入る。サッシ戸を閉め、玄関ホールに急いだ。

米良はアンクルブーツを履《は》くと、ハンカチで内側のノブを神経質に拭《ぬぐ》った。若宮を殺した犯人の指掌紋も消すことになってしまったが、やむを得ない。

米良はドアを細く開け、歩廊《ほろう》をうかがった。

誰もいない。

そっと八〇八号室を出て、今度はハンカチで外側のノブを拭《ふ》く。警察庁の指紋データベースには前科者の分だけではなく、警察官、自衛官、民間パイロットなど指掌紋も登録されている。

米良は、歩廊には防犯カメラが設置されていないことを確認済みだった。エレベーターホールには、防犯カメラがあったのではないか。

不安な気持ちで、エレベーター乗り場に急ぐ。どこを見ても、防犯カメラは取り付けられていなかった。米良は胸を撫《な》で下ろして、函《ケージ》に乗り込んだ。

一階のエントランスロビーには、防犯カメラが設置されていた。

米良は愕然《がくぜん》とした。新宿署の刑事たちに自分が若宮の自宅を訪れたことは、時間の問題で知られてしまうだろう。事情聴取されたら、他人の空似《そらに》だろうと言い逃《のが》れるほかない。

米良は開き直った気持ちで、マンションの外に出た。

十数メートル歩いて、マークXの運転席に腰を沈める。米良はセブンスターに火を点《つ》け、深く喫《す》いつけた。幾分、落ち着きを取り戻すことができた。

それにしても、思いがけない展開になったものだ。露木を撃ち殺したと思われる若宮冬樹が始末されているとは夢想さえしなかった。

無断で持ち出したグロック26をどうするか。

米良は一瞬、麻布署の親しい鑑識係員に拳銃に若宮の指紋や掌紋が付着しているか検べてもらう気になった。そうすれば、若宮が露木殺しの犯人かどうかはっきりする。

しかし、停職中の身である。職場に近づくことはできない。

仮に署の外で鑑識係員と接触しても、相手は及び腰になりそうだ。こっそり露木の事件を調べ回っていることを上司の水谷課長に知られたら、動くに動けなくなるだろう。

グロック26は、しばらく自分が保管するほかなさそうだ。

米良は一服し終えると、懐の拳銃をグローブボックスに移した。ウエスで包み込み、奥に隠す。

米良は車を『ビューティー・スマイル』に向けた。亜紀に若宮が殺されたことを告げれば、彼女が合成麻薬の密売に関する情報を洗いざらい喋るかもしれないと思ったのだ。

十分そこそこで、協和ビルに到着した。

米良はマークXを路上に駐め、三階に上がった。

だが、亜紀は事務所にいなかった。彼女はＭＤＭＡのネット密売のことを米良に喋ってしまったので、若宮に痛めつけられると考えたのかもしれない。そして、当分、身を隠す気になったのか。

そうだとしたら、いまごろ亜紀は自宅で旅支度をしているのだろう。米良は、車を目白に向けて走らせはじめた。抜け道を選ぶと、十五分ほどで目白駅に達した。

亜紀が住んでいる『下落合グレースマンション』は、目白通りから少し奥に入った場所にあった。三階建ての低層マンションだった。

米良は低層マンションの前に車を置き、階段を駆け上がった。

亜紀の部屋は二〇五号室だ。奥の角部屋だった。

米良はインターフォンを鳴らす前に、クリーム色のドアに耳を押し当てた。室内に人のいる気配が伝わってきた。

米良はインターフォンを響かせた。

ややあって、亜紀の声で応答があった。警戒している様子だ。若宮が来訪したと思

ったのか

「ヤマネコ便です。高峰さん、お届け物ですよ」

米良は作り声で告げ、ドアの脇に移動した。そこは、ドア・スコープの死角だった。

「ご苦労さま！」

ドアが半分ほど開けられた。米良は二〇五号室に躍《おど》り込んだ。亜紀が後ずさった。

「ま、まだ用があるの⁉　あたし、知ってることは全部喋ったわよ」

「しばらく若宮の目の届かない所に身を潜める気になったんだな？」

米良は後ろ手にドアを閉めた。

「うん、まあ。彼、ふだんは優しいけど、怒らせせると、おっかないのよ。グーでぶつし、蹴りも入れてくるの」

「どこかに隠れる必要はない」

「それ、どういうこと？」

「若宮は、もうこの世にいないよ。誰かに自宅で殺《や》られてたんだ」

「嘘よね、それ？」

亜紀が声を裏返らせた。米良はダウンパーカの内ポケットからスマートフォンを摑み出し、手早くディスプレイに画像を再生させた。

亜紀が画像を覗き込み、喉の奥で呻《うめ》いた。

「倒れてるのは、若宮さんよね？」

「ああ。自宅に押し入ってきた奴にゴム粘土で鼻と口を塞《ふさ》がれて、窒息死したんだと思う」

「誰がいったい彼を……」

「断定はできないが、小杉組長が若い者《もん》に命じて若宮冬樹を殺《や》らせたのかもしれないな」

「若宮さん、前に組長には目をかけられてるんだと言ってたわよ。ＭＤＭＡを組には内緒で売ってたことがバレて、殺されちゃったのかしら？」

「そのへんのことは、まだなんとも言えないな。しかし、こっちは合成麻薬の密売は組織ぐるみのシノギだったんじゃないかと思ってる」

「そうなのかな」

「確証を摑んだわけじゃないんだが、若宮は新宿署生安課の露木刑事を射殺したようなんだ。自宅マンションには、犯行に使われたと思われるオーストリア製の拳銃が隠されてた。グロック26というポケットピストルなんだが、警察の調べで露木が同型の凶器で頭を撃たれたことが判明してるんだよ」

「あたし、彼は刑事殺しの犯人じゃない気がする。誰かが若宮さんを人殺しに仕立てたんじゃない？　彼、殺人まではやらないと思うわ」

「彼氏を庇いたい気持ちはわかるが、状況証拠では若宮はクロだな。若宮は露木に麻薬ビジネスの証拠を押さえられるようなヘタを打ったんで、組長の小杉が怒ったんだろう」

「そうなら、彼は兄貴分か舎弟《しゃてい》に殺されちゃったのかもね。そんなの、かわいそうだわ。同じ組の人間に殺《や》られるなんて、哀《かな》しすぎるじゃない？」

「そうだが、やくざには掟《おきて》があるからな」

「それにしてもさ、惨《むご》すぎるわ」

「若宮が目をかけてた弟分は？」

「大友直也《おおともなおや》って弟分のことは、だいぶかわいがってたわね。彼、二十八だったかな」

「そいつには、どこにいけば会える？」

「組事務所の近くに『ボナンザ』って喫茶店《サテン》があるんだけど、知ってる？」

「ああ、わかるよ」

「直也さんは、その店によくいるの」

「そうか。行ってみよう」

米良は言った。

亜紀が膝から崩れ、玄関マットの上に坐《すわ》り込んだ。若宮が亡《な》くなったことがようやく実感できたのだろう。

「やくざ者だったけど、あたし、いつか彼と一緒に暮らしたいと思ってたの。浮気癖は直らなかったけど、あたし、若宮さんに惚《ほ》れてたのよ。だから、すっごくショックだわ」

「田舎はどこなんだ？」

「仙台よ」

「彼氏が亡くなったんだから、郷里に帰って人生をリセットしたほうがいいんじゃないのか。余計なことかもしれないが、筋者《すじもの》にはもう近づかないことだな」

米良は諭《さと》し、亜紀の部屋を出た。低層マンションの階段を下って、マイカーに乗り込む。すぐに米良は、マークXを歌舞伎町に向けた。

『ボナンザ』に着いたのは、およそ二十分後だった。

米良は車を裏通りに駐め、昔からある喫茶店に入った。レジの横にウェイトレスが立っていた。二十二、三歳で、背が高い。

「小杉組の大友直也は店に来てるかな？」

米良は模造警察手帳をちらりと見せ、ウェイトレスに低く問いかけた。ウェイトレスは短くためらってから、視線を奥のテーブル席に向けた。

そこには、丸刈りの男が腰かけていた。芥子色《からしいろ》のスーツを着込み、右手首にはゴールドのブレスレットを光らせている。スポーツ新聞を読んでいた。

米良はウェイトレスに目顔で謝意を表し、奥の席に向かった。立ち止まると、丸刈りの男が顔を上げた。三白眼《さんぱくがん》だった。

「何か用かい？」

「小杉組の大友直也だな？」

米良は偽の警察手帳の表紙だけを呈示した。

「新宿署？」

「ああ」

「ずっと以前、おたくを見たことがあるよ。ここ二年ぐらいは顔を見てねえけどさ。で、何なの？」

「そっちの兄貴分の若宮冬樹のことで教えてもらいたいことがあるんだ。ただの聞き込みだから、そう身構えるなって。坐らせてもらうぞ」

「好きにしなよ」

大友がスポーツ紙を折り畳み、卓上の端に投げ落とした。ふてぶてしい態度だった。チンピラがよくやる虚勢だ。

米良は小さく笑って、大友と向かい合った。ウェイトレスにホットコーヒーを注文し、煙草《たばこ》に火を点ける。

ウェイトレスが遠のくと、大友がもどかしげに急《せ》かした。

「兄貴の何が知りてえんだよ？」

「その前に近くに組の者がいるかどうか見てくれ」

「小杉組《うち》の人間は誰もいねえよ」

「わかった。若宮は愛人《レコ》の高峰亜紀を『ビューティー・スマイル』のダミー社長にして、MDMA《エクスタシー》の密売をやってたな？　痩せ薬と称して、ネットで買い手を見つけてた」

「えっ、そうなの!?　おれは知らなかったよ」

「合成麻薬の密売で誰かを逮捕《パク》ろうってわけじゃないから、安心してくれ。組ぐるみの裏ビジネスなんだろ？」

「さあ、どうなのかね。おれたち下っ端は、そこまでわからねえよ」

「空とぼける気か？」

「本当に知らねえんだ。おれはデリバリーの娘《こ》たちを客の自宅やホテルに送り迎えしてるだけだから、組のシノギのことは詳しくわからねえんだよ」

「そうかい。若宮は去年の夏ごろから、羽振りがよくなったんだってな？」

米良は誘い水を向けた。

「そういえば、そうだったな。そのころから、兄貴は五万、十万と小遣いをちょくちょくくれるようになったね。兄貴が合成麻薬を売り捌《さば》いてたんなら、組には内緒で稼いでたんじゃねえの？」

「そうなのかな。関東義誠会は表向き麻薬ビジネスは御法度《ごはっと》になってるが、それを忠実に守ってる下部団体《エダ》はないだろう。麻薬《ヤク》を扱わないと、本部に上納金を払えなくなる組が多いからな」

「ま、そうだろうね。けど、組織ぐるみの裏ビジネスなら、若宮の兄貴はそれほど甘い汁は吸えねえと思うよ。兄貴は、まだ大幹部じゃないからさ」

「それもそうだな」

米良は、長くなった煙草の灰を灰皿の中に落とした。ちょうどそのとき、コーヒーが運ばれてきた。

大友が茶色い葉煙草《シガリロ》をくわえた。ウェイトレスが下がる。

「もしかしたら、若宮の兄貴は何か厄介《やっかい》なことに巻き込まれたんじゃねえの？」

「そう思ったのは、どうしてなんだ？」

「なんとなくだよ。特に理由があるわけじゃねえんだ」

「そうか。これは仮にの話だが、若宮が誰かに殺されたとしたら、誰の犯行《ヤマ》だと思う？」

「兄貴、殺《や》られちまったのか⁉」

「仮定の話と言ったじゃないか。もしもそんなことになったら、若宮は誰かとトラブってたんだろうな」

「兄貴は小杉の組長《オヤジ》だけじゃなく、若頭《カシラ》たち大幹部にも目をかけられてるし、同格の人たちにも好かれてる。おれたち舎弟も、若宮さんのことは慕《した》ってるんだ。ただ、十年近く前から首都圏に進出してきた神戸連合会の息のかかった企業舎弟《フロント》の奴らとは何度か揉め事《ゴタ》を起こしてる。兄貴が妙な死に方をしたら、関西の極道どもの仕業《しわざ》だね。そんなことになったら、おれはそいつらをダイナマイトか手榴弾《パイナップル》で肉のミンチにしてやるよ」

「威勢がいいな」

米良は言って、コーヒーをブラックで口に含んだ。期待していたほどの手がかりは得られなかった。組長の小杉に少し張りついてみるべきか。

米良は密《ひそ》かに考えながら、煙草の火を消した。

3

軒灯《けんとう》が点《つ》きはじめた。

午後五時過ぎだった。米良は『ボナンザ』を出てから、車の中から小杉組事務所の出入口をうかがっていた。

組の本部だ。六階建ての持ちビルの三階から六階を使っていた。一階から三階までは直営の不動産会社、商事会社、観葉植物リース会社のオフィスになっている。

組の代紋や提灯《ちょうちん》は、どこにも見当たらない。だが、窓はことごとく鉄板で覆われていた。

監視カメラの数も多い。見る人が見れば、すぐに暴力団の事務所とわかるだろう。

組長の小杉竜平が本部内にいることは、すでに確認済みだ。組事務所に入ったのは数十分前だった。小杉は二人のボディーガードを伴っていた。

米良は張り込んでから、ずっと後ろめたさを感じていた。

現職の刑事でありながら、若宮の死体を見ても事件の通報をしなかった。それどころか、被害者宅を勝手に物色した。しかもプランターの中に隠されていたグロック26も持ち出してしまった。

越権行為では済まされない。間違いなく違法だった。犯罪である。

恩義のある露木を射殺した犯人をどうしても自分の手で暴《あば》き出したくて違法捜査に取りかかったわけだが、私情に流されすぎではないか。若宮が殺されたことを速《すみ》やかに通報し、見つけたコンパクトピストルを本庁の第一機動捜査隊か所轄署刑事に引き渡していれば、とうに銃器の指紋鑑定は終わっていただろう。

グロック26に若宮の指掌紋が付着していたら、露木殺しの疑いは一段と濃くなる。真犯人と断定できる物証は乏《とぼ》しいが、重要参考人扱いはできる。そうなれば、捜査は一歩前進だ。

そうすべきだったのではないか。

いまの自分は停職中だ。私憤《しふん》に駆られて違法捜査に乗り出すとは、あまりにも分別がない。常軌《じょうき》を逸《いっ》している。狂気の沙汰《さた》と他人に嘲笑《ちょうしょう》されても仕方ないだろう。自滅行為そのものだ。

そのことは重々、承知していた。それでも、非合法捜査に走らざるを得ない気持ちだった。むろん、功名心からではない。自分の手で殺人犯を突きとめることが露木への恩返しだと本気で考えたからだ。

個人的な理由で、殺人捜査を妨害《ぼうがい》することは心苦しい。

しかし、やはり自分としてはいかなる手段を用《もち》いても、真っ先に殺人者に肉薄したかった。その思いは萎《しぼ》んでいない。かえって強まっているほどだ。

「もう走りだしちまったんだ。あれこれ悩むのはよそう」

米良は声に出して呟《つぶや》き、煙草をくわえた。

セブンスターをふた口ほど喫ったとき、懐で刑事用携帯電話《ポリスモード》が振動した。張り込む前にマナーモードに切り替えておいたのだ。

米良はポリスモードを摑み出した。電話をかけてきたのは、新宿署強行犯係の平賀巡査部長だった。

「どうした？」

米良は問いかけた。

「ちょっとうかがいたいことがあるんですよ。きょうの午後二時ごろ、米良さんは『北新宿グランドパレス』に行きませんでした？」

「そんな所には行ってないが……」

「そうですか。そのマンションのエントランスロビーに設置されてる防犯カメラの映像に米良さんと思われる男性の姿が写ってたんですがね」

平賀が言った。米良は少しうろたえたが、努《つと》めて平静に応じた。

「他人の空似ってやつだろう。この世には、自分によく似た人間が三人はいると言われてるからな」

「そうなんですが……」

「そのマンションで何かあったのか？」

「ええ。八〇八号室の借り主の若宮冬樹、三十九歳が自宅の居間で他殺体で発見されたんですよ。若宮は関東義誠会小杉組の準幹部でした」

「どんな殺され方をしてたんだい？　ヤー公だったんなら、撃たれたか、日本刀《ポントウ》で斬られたんだろうな」

「いいえ、被害者《マルガイ》は窒息死させられてました。口にゴム粘土を押し当てられて、殺害されたんですよ」

「手口が変わってるな」

「ええ、そうですね」

「事件通報者はマンションの居住者か、管理会社の社員だったのかな」

「いいえ、違います。若宮の愛人《レコ》の高峰亜紀です。元風俗嬢で、現在は『ビューティー・スマイル』という会社の代表者です。ダイエット関係のサプリメントをネットで販売してるそうです」

平賀が語った。

米良は、亜紀が若宮の自宅マンションを訪ねることは予想していた。だが、彼女が一一〇番通報するとは思っていなかった。

間接的とはいえ、亜紀は合成麻薬の密売に関わっている。警察と関わることは避けるにちがいない。そう読んでいたのだ。

「通報者の自宅に偽刑事と思われる四十歳前後の男性がやってきて、スマホのカメラで撮った若宮冬樹の死体写真を見せてくれたというんですよ」

「そう」

「それで、通報者の高峰亜紀はタクシーを飛ばして彼氏の自宅マンションに急行したらしいんです。そして、居間で被害者の遺体を発見したと述べてます」

「ふうん」

「発見者の話によると、刑事と称した男の人相が米良さんに似てるんですよ」

「何か含みのある言い方だな。その偽刑事は、おれじゃないのかと言いたいわけか？」

「米良さん、自分にだけは本当のことを話してくれませんか。自分は、あなたの味方です。何を聞いても、米良さんに不利になるような話は上司や同僚にはしません。ですから、事実をそっと教えてほしいんですよ」

「おれは何も隠しごとなんかしてない」

「そうですか。自分、信用されてないんですね」

「平賀、僻《ひが》むなよ。そういうことじゃないんだ」

「正体不明の偽刑事らしい男は『ビューティー・スマイル』の事務所に押しかけ、事件通報者に若宮に頼まれて合成麻薬の密売の手伝いをしてたんじゃないかと詰め寄ったりもしたそうです。それから、その男は殺された露木さんが『ビューティー・スマイル』の周辺を嗅ぎ回ってなかったかという意味合いの質問もしたみたいですよ」

「何者なのかね、そいつは」

「ストレートに訊きます。その謎の男は、米良さんなんでしょ？」

「おい、いい加減にしてくれ」

「あなたは停職中ながら、露木さんが射殺されたんで、何がなんでも犯人《ホシ》を自ら捕まえたくなった。それで模造警察手帳か何か使って、聞き込みを重ねてるんでしょ？」

「そうしたかったよ。しかし、謹慎中の身じゃ動き回れないだろうが。若宮のマンションの防犯カメラに映ってる男は、おれじゃないって」

「あなたがそこまでおっしゃるんでしたら、その通りなんでしょう。それはそれとして、もう少し喋らせてください」

平賀が改まった口調で言った。

「話を聞こう」

「機捜と自分らが若宮の自宅マンションを徹底的に検べたら、ベランダのプランターの土が明らかに掘り起こされてました。土の中には、金属製の四角い空箱が埋まってたんですよ。自分は箱の中には拳銃の類《たぐい》が入ってたんではないかと直感的に思ったんですが、米良さんはどう思われます？」

「被害者は組員だったわけだから、そうなのかもしれないな」

「ええ、そうだったんでしょう。それも、グロック26だったのかもしれません。凶器のことはマスコミで詳しく報じられてませんが、露木さんは同型の拳銃で射殺されたんですよ」

「そうなのか」

米良は空とぼけた。そのことは機動捜査隊の花岡警部補から聞いて知っていたが、それを明かすわけにはいかない。

「臆測《おくそく》で物を言ってはいけないんですが、もしかしたら、米良さんは露木さんの事件の凶器がグロック26だと知ってらしたんではありませんか？」

「平賀、何を言ってるんだ⁉」

「そうだとしたら……」

平賀が言い澱んだ。

「何をためらってる？」

「防犯カメラに映ってた四十歳前後の男が米良さんだとしたら、あなたがプランターの土の中に埋まってた拳銃を発見した可能性もあるんではないですかね。そのピストルがグロック26だと仮定しましょう。米良さんは、露木刑事を射殺したのは若宮冬樹と考え……」

「おれが激情を抑《おさ》え切れなくなって、若宮を殺したと疑ってるのかっ」

米良は思わず語気を強めた。

「正直に言いますと、自分、一瞬だけそう考えてしまいました。すみません。しかし、米良さんは復讐殺人なんかするわけないですよね。考えられるのは、凶器かもしれない銃器に付着してる指紋や掌紋をチェックしたくて持ち出してしまった。そうなんだろうな」

「平賀、推測だけでそこまで言うのは問題だぞ」

「失礼は承知です。もう少し言わせてください。もしも米良さんが若宮冬樹の部屋から拳銃を無断で持ち去ったんだとしたら、こっそりと自分に渡してもらいたいんですよ。すぐに鑑識の者に指掌紋をチェックしてもらいます。若宮の指紋や掌紋が付着してれば、露木さん殺しの真犯人《ホンボシ》なんでしょう。若宮は何者かに殺害されてしまったわけですが、それで露木さんの事件《ヤマ》は片がつきます。故人も浮かばれるでしょう。米良さん、行き過ぎた非合法捜査はまずいですよ。自分、あなたにはずっと刑事でいてほしいんです。懲戒免職になってもらいたくないんですよ。自分は、あなたを有能な捜査員だと思ってますんでね」

平賀が長々と喋り、小さく息をついた。

「そっちにそんなことを言われると、尻《けつ》の穴がむず痒《がゆ》くなってくるな。おれは平賀の目標になるような模範的な刑事じゃない」

「いいえ、そんなことはありません。米良さんは少し屈折してますが、気骨のある警察官です。亡くなった露木さんも、そうでしたがね」

「もういいって。平賀がどう筋を読んでもいいが、おれは『北新宿グランドパレス』には行ってないし、若宮冬樹って組員の部屋から何かを無断で持ち去ってもいないよ」

「高峰亜紀にも会ってないとおっしゃるんですか？」

「ああ、そうだ」

「米良さんの言葉を信じてもいいんですね？」

「おれは嘘なんてついてないっ」

「そうですか。いろいろ失礼なことを言ってしまいましたが、どうか勘弁してください」

「気にしなくてもいいさ。それより、露木の通夜か告別式に顔を出してやってくれ」

「ええ、どちらかには必ず列席させてもらうつもりです」

「そうしてやってくれ」

米良は通話を切り上げた。額に冷や汗がにじんでいた。右手の甲で額を拭《ぬぐ》って、折り畳んだポリスモードを懐に突っ込む。

それから間もなく、今度は機動捜査隊の花岡から電話があった。平賀と同じように件《くだん》の防犯カメラの録画映像を観《み》たという。

米良は、花岡には事実を打ち明けたい衝動を覚えた。

だが、すぐに思い留《とど》まった。これ以上、花岡を巻き込むわけにはいかない。米良は、防犯カメラに映っていた四十年配の男は別人であることを強調しておいた。

「新宿署の平賀刑事から電話があったんなら、若宮冬樹が殺害されたことは省《はぶ》かせてもらいます。ゴム粘土を使って窒息死させるなんて、手口が素人離れしてますよね？」

「そうだな」

「こっちの筋読みは外れてるかもしれませんが、ＭＤＭＡの密売は若宮の内職だったんじゃないのかな。個人的なシノギが組の大幹部に知られて、露木刑事にも麻薬ビジネスの証拠を摑まれそうになった。で、組長の小杉は手を打たなきゃならないと考えたんでしょう」

「それで若宮に露木を始末させ、その後、小杉組長は失敗《ドジ》を踏んだ準幹部を構成員か殺し屋《プロ》に消させた？」

「そういう流れだったんじゃないのかな」

「花岡ちゃん、若宮のきのうのアリバイは？」

「初動捜査では裏付《ウラ》けは取れませんでした。それだから、若宮が露木刑事の頭を撃ち砕いたと睨んだわけです。しかし、肝心の凶器が見つからないんですよね。若宮は自宅のベランダのプランターの中に拳銃《ドウグ》を隠していたようなんですが、押収できなかったんです。露木警部補を射殺してから、海か川に投げ捨てたんでしょうか？」

「そうなのかもしれないな」

　米良は後ろ暗さを感じながら、もっともらしく話を合わせた。

「最も怪しい若宮が殺されてしまったんで、なんかすっきりしませんね。若宮が真犯人《ホンボシ》と決まっても、刑務所《ムシヨ》に送ることはできなくなっちゃったわけですから」

「そうだな」

「何か新しい手がかりを摑んだら、こっそりと教えます」

花岡が電話を切った。

米良は刑事用携帯電話《ポリスモード》を懐に戻し、張り込みに専念した。小杉組の持ちビルにブリリアントグレイのベンツが横づけされたのは、午後七時半ごろだった。

ドライバーがすぐに運転席から出て、後部座席に回り込んだ。二十四、五歳の運転手は緊張した顔つきでベンツの横に立った。直立不動だった。

どうやら組長が外出するようだ。米良は目を凝《こ》らした。

四、五分経つと、六階建てのビルから小杉が姿を見せた。黒っぽいスリーピースに身を包んでいる。

組長の両脇には、屈強《くっきょう》そうな二人の男が寄り添っていた。護衛役だろう。どちらもともに三十歳前後で、レスラーのような体型だ。どちらも懐に高性能拳銃を呑《の》んでいるにちがいない。

運転手が恭《うやうや》しく腰を折り、リア・ドアを開けた。ボディーガードらしい男たちがベンツの両側に立って、周囲に目を配っている。

小杉が後部座席に乗り込んだ。

道路の中央にいた男が、素早く組長のかたわらに坐る。もうひとりはベンツの助手席に腰かけた。ドライバーが運転席に入り、静かにドアを閉めた。

ほどなくベンツが走りはじめた。滑《すべ》るような発進だった。

米良はベンツが三十メートルほど遠ざかってから、マークXのギアをＤ《ドライブ》レンジに入れた。

ベンツは裏通りから靖国《やすくに》通りに出ると、四谷《よつや》方面に向かった。米良は一定の車間距離を保《たも》ちながら、高級ドイツ車を追った。

新宿五丁目交差点を通過して間もなく、白っぽいアルファードが強引にマークXの前に割り込んできた。ほとんど同時に、ベンツが急に速度を上げた。

張り込みを覚《さと》られていたのか。アルファードは減速し、露骨に米良の車の進路を阻《はば》みはじめた。

米良はホーンを短く轟《とどろ》かせた。

アルファードは妨害をやめようとしない。ベンツがみるみる遠ざかっていく。アルファードのステアリングを操《あやつ》っているのは、小杉組の構成員だろう。

米良は前方を見た。

対向車は四、五十メートル先だ。米良は警笛を響かせながら、アルファードを強引に追い越した。ベンツは七、八台先を走行中だった。

米良は前走のミニバンを抜き去ることにした。ホーンを鳴らしながら、センターラインぎりぎりまで寄った。

そのとき、衝撃を覚えた。リア・バンパーが鳴った。後続のアルファードが故意に追突したことは間違いない。

米良は、ルームミラーとドアミラーに目をやった。

アルファードには、二人の男が乗り込んでいた。日本人ではない。黒人だった。ハンドルを握った男は笑っていた。歯だけがやけに白い。

いつの間にか、小杉たちの乗ったベンツは視界から消えた。

もう追っても無駄だろう。米良は都営新宿線の曙橋《あけぼのばし》駅の先で、マークXを左折させた。アルファードが追走してくる。

道なりに進むと、割に広い建築資材置き場があった。塀は巡らされているが、門扉《もんぴ》はない。人もいなかった。

米良は建材置き場にマークXを突っ込み、堆《うずたか》く鉄骨が積み上げられている場所の手前でブレーキを踏んだ。ライトを消し、グローブボックスに手を伸《の》ばす。

米良は黒い革手袋を取り出し、両手に嵌《は》めた。それからウエスを除けて、グロック26を取り出す。

後ろでアルファードが急停止した。

米良はコンパクトピストルをベルトの下に差し込み、中腰で車から出た。アルファードの両側のドアが開き、ほぼ同時に二人の黒人が降り立った。

どちらも大男だった。百九十センチ近くあるのではないか。

片方は大型スパナを握っていた。もうひとりは、コマンドナイフを手にしてる。

「小杉組の組長に雇われたのか？」

米良はブロークン・イングリッシュで訊いた。二人の暴漢は顔を見合わせ、にやついたきりだった。

「わたしたち、おまえを殺す」

スパナを持った男が癖《くせ》のある日本語で言って、突き進んできた。

米良はやや腰を落とした。相手がスパナを大きく振り翳《かざ》し、地を蹴った。米良は横に跳《と》んで、男の右の内腿《うちもも》をキックした。

膝頭の十センチほど上だ。そこは急所の一つだった。

相手が呻《うめ》いて、横倒しに転がった。

すかさず米良は踏み込み、敵の顔面に蹴りつけた。狙《ねら》ったのは眉間《みけん》だった。スパナが地べたに落ちた。

ナイフを握った男がスパナを遠くに蹴り込み、幾らか腰を落とした。野獣のように目が異様に光っている。

「アフリカから流れてきた半端《はんぱ》野郎か？」

「おれと友達、ナイジェリアのストリート・ファイターだったね」

「それがどうした？」

米良は、せせら笑った。

ナイフマンが何か母国語で罵《ののし》って、刃物を振り回しはじめた。刃風《はかぜ》は重かったが、切っ先は一メートルも離れていた。別段、恐怖は覚えなかった。

ナイフを握った男が殺気立ち、体ごと突っ込んできた。

米良はバックステップを踏み、体の向きを変えた。すぐに足を飛ばす。前蹴りは届かなかった。体勢を整える。

相手が刃物を水平に薙《な》いだ。

暗がりで白っぽい光が揺曳《ようえい》した。力強い一閃《いっせん》だった。

「遊びは、これくらいにしよう」

米良はベルトの下から、グロック26を引き抜いた。

スライドを引いたとき、スパナを落とした男が弾《はじ》かれたように起き上がった。そのまま仲間を置き去りにして、逃げていった。

「冷たい友達《ダチ》だな。誰に頼まれたんだ？」

「小杉のボスね」

ナイフマンが後ずさりながら、震え声で答えた。

「おまえらは、小杉組の構成員なのか？」

「おれたちは、やくざ《ギャングスター》じゃない。ただ、小杉組の仕事を手伝ってるだけだ。ミスター小杉、おまえを殺したら、おれとクンタに百万円ずつ払ってくれると言った。それで、おれと友達、仕事引き受けた」

「そっちの名前は？」

「長い名前ね。日本人、なかなか覚えてくれない。サムでいいよ」

「アルファードはかっぱらった車か？」

「そう、イエスね」

「小杉はどこに行った？」

「おれたち、それは知らない。お金、もう欲しくなくなったよ。だから、撃つな。オーケー？」

「失《う》せろ！」

米良は命じた。サムと名乗った男がコマンドナイフを握りしめたまま、急いで走り去った。

想定外の邪魔が入ったことは、実に腹立たしかった。しかし、金で雇われた雑魚《ざこ》を必要以上に痛めつけても仕方がない。今夜は塒《ねぐら》に引き揚げたほうがよさそうだ。

米良はマークXの運転席のドアを開けた。

4

画面に見覚えのある建物が映し出された。

協和ビルだった。米良はコーヒーテーブルに片腕を伸ばし、テレビの遠隔操作器《リモート・コントローラー》を掴み上げた。

音量を高め、画面を凝視する。自宅マンションの居間だ。

小杉組長の尾行に失敗した翌朝である。十時半過ぎだった。

協和ビルの一室から、炎と黒煙が噴《ふ》き出している。ビル火災のニュースだ。

「今朝《けさ》五時ごろ、新宿区新宿五丁目にある協和ビル内の一室から出火しました。火元はサプリメント販売会社『ビューティー・スマイル』で、オフィスは全焼しました」

画面が変わり、男性アナウンサーの半身がアップになった。

米良は耳目《じもく》をそばだてた。

「事務所のドアの鍵穴が破損していることから、警察は放火事件という見方を強めています。また、同社の代表取締役社長の高峰亜紀さん、二十六歳は昨夜十一時過ぎに新宿区下落合二丁目の路上で無灯火のワンボックスカーに轢《ひ》かれ、搬送《はんそう》された救急病院で亡くなりました。目白署は、轢き逃げ事件と今朝の放火には関係があると見ています。そのほか詳しいことはわかっていません。次のニュースです」

またもや画像が変わり、港区内の児童公園が映し出された。遊具に右手を挟まれた四歳の女児が二本の指を切断してしまったようだ。

米良はテレビの電源を切り、セブンスターに火を点けた。

若宮冬樹が自宅で殺害された日の深夜に愛人だった高峰亜紀も不審な車に撥《は》ねられ、命を落とした。単なる偶然とは考えにくい。小杉組の組長が麻薬密売が発覚することを恐れて、裏ビジネスに関わっていた二人を誰かに抹殺《まっさつ》させたのではないだろうか。

昔の博徒《ばくと》たちと違って、いまのやくざ者は義理や人情を弁《わきま》えていない。損得勘定だけで動いている。組長の小杉が準幹部だった若宮を情婦ともども始末する気になったとしても、別に不思議ではない。

若宮は新宿署の露木刑事を射殺した疑いがある。そのことが明るみに出たら、警察は一丸となって小杉組を解散に追い込むだろう。よくも悪くも、警察社会には身内を庇う体質や空気がある。

現職刑事が暴力団員の凶弾に命を奪われたら、必ず逆襲するはずだ。場合によっては、関東義誠会を壊滅させるかもしれない。

一家を構えている親分の小杉が、そのことを予測できないわけはないだろう。組長は自分自身の保身はもとより、関東義誠会の存続も考え、若宮と亜紀を葬る気になったのではないか。

　煙草を喫い終えたとき、機動捜査隊の花岡から電話がかかってきた。

「米良さん、昨夜《ゆうべ》、若宮冬樹の情婦《おんな》だった高峰亜紀が目白署管内で無灯火のワンボックスカーに轢き殺されましたよ。それからね、今朝五時ごろに『ビューティー・スマイル』のオフィスが放火されて、事務所内は丸焼けになりました」

「ついさっきテレビのニュースで、そのことを知ったよ」

　米良は言って、前夜の経過をつぶさに語った。

「尾行を撒いて、二人のナイジェリア人に米良さんを殺させようとしたんなら、一連の事件《ヤマ》の絵図を画《か》いたのは小杉組の組長に間違いありませんよ」

「ああ、おそらくな」

「通称サムとクンタという黒人は、歌舞伎町に巣喰ってるナイジェリア人マフィアのメンバーなんでしょう。そいつら二人を押さえて、小杉組の事務所に乗り込んだら、どうですか？　なんなら、こっちも非公式に助《ス》けます」

「花岡ちゃんの気持ちだけ貰っとくよ。二人の黒人を見つけて、小杉組に乗り込んでも、どうせ組長はばっくれるに決まってる」

「そうですかね」

「小杉は、筋金入りのヤー公なんだ。素直に自分が準幹部の若宮に露木をグロック26

で撃たせましたなんて自白《ウタ》うわけないよ。それから、若宮を使って合成麻薬のMDMA《エクスタシー》をネット密売させてたとも吐かないだろう」

「そうか、そうだろうな。相手は強《したた》かな筋者ですもんね」

「ああ。敵は法律の向こう側で暗躍してる奴なんだ。正攻法じゃ、全落ちしないさ。だから、こっちも荒っぽい手を使わなきゃな。目には目だ」

「米良さんは隙《すき》を衝《つ》いて小杉を拉致《らち》して、痛めつけるつもりなんですね？　それは、いくらなんでも危険ですよ。小杉組長を半殺しにしたら、関東義誠会全体を敵に回すことになりますでしょ？」

「そうなるだろうな」

「小杉組長は、若宮に露木刑事を射殺させた疑いが濃いんです。おそらく米良さんも消す気になるでしょう」

「殺《や》られる前に、小杉を逮捕《バク》ってやる」

「それができたとしても、米良さんはずっと関東義誠会に命《タマ》を狙われることになりますよ。小杉を半殺しにしたことで懲戒免職になったら、その時点で元刑事です。民間人になった米良さんは、もっと的《まと》にかけられることになるでしょう」

「それは承知だよ。おれは命を賭《と》しても、露木を死なせた首謀者を闇の奥から引きずり出したいんだ。実行犯と思われる若宮は、きのう、殺されちまったからな」

「米良さんは、漢《おとこ》なんですね。それから……」

花岡が言葉を濁《にご》した。

「時代遅れの人間だと言いたいんだろ?」

「ええ、まあ」

「確かに、おれの考え方は時代遅れかもしれない。でもな、他人から受けた恩義はいつか返す。それが人の道ってもんじゃないか」

「その通りですが、命のスペアはありません」

「わかってるさ。こっちだって、社会の屑《くず》どもにやすやすと殺《や》られやしない。マシンガンで蜂の巣にされたって、意地でもくたばりやしないよ」

「凄《すご》い執念ですね」

「おれは、どうしても露木の無念を晴らしてやりたいんだ。そのためには、鬼にも蛇《じゃ》にもなる。実行犯は小悪党だ。バックにいる黒幕を叩《たた》き潰《つぶ》さなきゃ、仇《あだ》を討《う》ったことにはならない」

「米良さんがそこまで覚悟してるんでしたら、もう何も言いません。気の済むようにやってください。ただ、麻布署や新宿署は米良さんが勝手に動き回ることをだいぶ警戒してるようだから、うまく裏をかいてくださいね」

「花岡ちゃんには感謝してるよ。しかし、もう適当なとこで手を引いてくれないか。

そっちまでとばっちりを受けたら、申し訳ないからな」

米良はポリスモードの通話終了キーを押した。

きょうこそ、小杉組長を締め上げてやる。米良はそう思いながら、ソファから立ち上がった。窓辺に寄り、厚手のドレープカーテンと白いレースのカーテンを横に払う。射《さ》し込む陽光が眩《まばゆ》い。

空はコバルトブルーに染まっていた。ちぎれ雲ひとつ浮かんでいない。

米良は外気を吸いたくなった。

サッシ戸を開け、ベランダに出る。米良は手摺に両肘《りょうひじ》を掛け、新鮮な空気を深く吸い込んだ。清々《すがすが》しい気分になった。

米良は、何気なく眼下の通りに視線を落とした。

すると、路上に部下の立花亮太《たちばなりょうた》がたたずんでいた。ちょうど三十歳で、まだ独身だ。

立花は体の筋肉をほぐしている。すぐ近くには、紺色のアリオンが駐めてあった。

捜査車輛だ。立花は生活安全課の水谷課長に命じられて、自分を監視しているにちがいない。彼は生真面目な性格だ。上司の指示に忠実に従うだろう。

終日、立花に張りつかれていたら、非合法捜査ができなくなる。監視役をなんとか追い払わなくてはならない。

米良は居間に戻り、ソファに坐った。紫煙《しえん》をくゆらせながら、知恵を絞りはじめる。

セブンスターを二本喫うと、妙案が閃《ひらめ》いた。

米良は私物のスマートフォンを手に取った。近くのマンションに住む唐沢沙里奈《からさわさりな》のスマートフォンを鳴らす。

沙里奈は美人DJだ。二十四歳で、元モデルである。音楽好きで、一年数カ月前にDJに転じた。青山《あおやま》、六本木、赤坂のクラブで週に二日ずつDJを務《つと》めている。

米良はDJになりたての沙里奈が近所のコンビニエンスストアで暴走族の若者たちにしつこくまとわりつかれているとき、彼らを追い払ってあげたことがある。

それが縁で親しくなったわけだ。といっても、単なる飲み友達にすぎない。年齢差は大きかったが、割に波長が合う。価値観が似ているからか。

電話が繋《つな》がった。

「米良さん、退屈でたまらないんじゃない？」

「うん、まあ」

米良は、停職になった理由を沙里奈には話してあった。

「わたしの弟子になる？　レコードに馴染んでる世代だから、ターンテーブルの上のLPを案外、上手に回せるんじゃない？　おっさんのDJがいてもいいと思うな」

「おれは、もうおっさんか？」

「そうね。米良さんは四十一歳なんだから、もう青年じゃないでしょ？」

「その通りだな。実は頼みがあって、おまえさんに電話したんだよ」

「頼みって？」

沙里奈が声を弾《はず》ませた。美しいＤＪは好奇心が旺盛《おうせい》だった。米良は経緯《いきさつ》を話し、思いついた罠《わな》の内容を明かした。

「悪い上役ね。部下をレイプ犯に仕立てようとするなんて。でも、面白そう！　わたし、協力しちゃう」

「よろしく頼むよ」

「わたしんとこにスウェーデンの強力な睡眠導入剤があるから、その錠剤をコーヒーに溶かすわ。問題は、その立花って刑事さんをどうやって部屋に誘い込むかね」

「こういう手を考えたんだ。おまえさんは誰かに追われてる真似《まね》をして、怯《おび》えた表情で覆面パトカーのアリオンの横を走り抜けてくれないか。そうすれば、立花はおまえさんを追いかけて、事情を聴取する気になるだろう」

「そしたら？」

沙里奈が急《せ》かした。

「セールスマンを装った男が部屋に押し入ってきて、金を出せと刃物をちらつかせたと言うんだ。それで、部屋からソックスのまま逃げ出してきたと言ってくれないか。それから、不審者はまだ部屋にいると思うとも付け加えてもらいたいんだ」

「そうすれば、まず米良さんの部下はわたしの部屋に来そうね」

「ああ、それは間違いないよ。立花は仕事熱心だからな。最初っから怪しい男なんかいないわけだから、おまえさんは詫《わ》びて急いでコーヒーを用意して……」

「強力な睡眠導入剤を混《ま》ぜちゃうのね？」

「そう。その薬は、どのくらいで効き目が出てくるんだい？」

「個人差はあるだろうけど、三十分以内には眠くなると思う」

「立花が寝入ったら、すぐ連絡してくれ。おれは沙里奈ちゃんのマンションに行って、立花をパンツ一丁にするよ」

「その後のことは想像がつくわ。ランジェリー姿のわたしの上に立花って部下をのしかからせて、デジカメかスマホのカメラで写真を撮っちゃうんでしょ？」

「ビンゴ！　できれば、おまえさんに生まれたままの姿になってもらうと、迫真の演技になるんだかな。どうだろう？」

「無理！　そこまでは無理ね」

「つき合ってる彼氏に怒られちゃうか？」

「ＤＪになってからは、わたし、男っ気なしなの。毎晩、店で言い寄ってくる奴らは大勢いるんだけど、どいつもこいつも問題外だから、相手にしてないのよ」

「彼氏がいないなんて、寂しいじゃないか。おっさんでよければ、いつでもつき合うよ」

「三十五、六歳までね、恋愛対象になるのは」

「残念だな」

「でも、わたし、大人の男も嫌いじゃない。好きになったら、相手が四十代でものめり込んじゃうかもしれないわね」

「それを期待するか。冗談はさておき、やれそうかい？」

「ええ、できそうよ。立花って部下がわたしの部屋で寝入ったら、即、米良さんに電話するわ」

「わかった。うまくやってくれ」

米良は電話を切って、セブンスターをくわえた。

ゆったりと煙草を吹かしてから、ベランダに出る。ベランダから通りを覗くと、立花はアリオンの運転席に坐っていた。

五分ほど過ぎたころ、沙里奈が七、八軒離れた自分の賃貸マンションのエントランスから飛び出してきた。サンダルもスニーカーも履いていない。

「救《たす》けて！　誰か救けてください」

美人ＤＪが大声で叫びながら、覆面パトカーの脇を走り抜けていった。

案の定、立花がアリオンから出てきた。米良の部下は沙里奈を呼びとめ、警察手帳を呈示した。

沙里奈が整った顔を引き攣《つ》らせながら、懸命に何か訴えはじめた。迫真の演技だ。

米良は、ほくそ笑《え》んだ。

立花が幾度かうなずき、美人ＤＪとともに駆けはじめた。

二人は肩を並べて走り、じきに沙里奈の自宅マンションの中に消えた。

米良はにんまりして、リビングに戻った。

沙里奈から電話がかかってきたのは、およそ四十分後だった。少し前に立花は長椅子に横になって、寝息をたてはじめたという。

「おまえさんの部屋に行くよ」

米良は通話を打ち切り、玄関ホールに急いだ。部屋を出て、エレベーターに乗り込む。

米良は表に出た。沙里奈のマンションまで駆ける。米良は四階まで上がり、四〇一号室のインターフォンを鳴らす。

待つほどもなくドアが開けられた。

沙里奈がいたずらっぽい笑いを浮かべ、Ｖサインを示した。オリーブグリーンのガウン姿だった。

「ガウンの下は、ブラジャーとパンティーだけなんだな?」

「残念でした。スキンベージュのボディースーツを着用してます。でも、肌色だから、遠目だと全裸に見えるかもね。うふっ」

「かえって艶《なま》めかしく見えるか？　お邪魔するよ」

米良は断って、美人ＤＪの部屋に入った。

入室したのは初めてだった。玄関ホールには、いい香りが漂っている。間取りは１ＬＤＫだった。

立花は居間の長椅子に横たわり、小さな鼾《いびき》を刻んでいた。

米良はシャギーマットに両膝を落とし、部下の衣服を剝ぎはじめた。乱暴に扱っても、立花は目を覚まさなかった。

米良は、トランクス姿の部下を両腕で抱え上げた。ずしりと重い。長い時間は捧《ささ》げ持ってはいられないだろう。

「こっちよ」

沙里奈が言って、居間に接している寝室に足を踏み入れた。

米良は彼女に従った。寝室は十畳ほどの広さだった。出窓寄りにセミダブルのベッドが置かれ、反対側にはチェストとドレッサーが並んでいる。クローゼットは造り付けだった。

窓はカーテンで閉ざされ、ナイトスタンドの光がベッドを淡く照らしている。

「それらしい演出が必要ね」

沙里奈がベッドカバー、羽毛蒲団《うもうぶとん》、毛布を一緒に捲《めく》り上げ、ウールガウンを脱いだ。均整のとれた肢体《したい》は、ほどよく肉がついている。

沙里奈が白いボアシーツの上に仰向けになった。

米良はいったん立花をベッドの上に横たわらせてから、改めて沙里奈の上に覆い被らせた。手脚の位置を微調整する。

「こういうほうが、リアルなんじゃない？」

沙里奈が片方の膝を立て、立花の右手を自分のヒップの下に潜《もぐ》らせた。それから彼女は、立花の顔を自分の頬に密着させた。

「よし、準備完了だ」

米良は懐から私物のスマートフォンを摑み出し、ベッドの周りを巡った。アングルを変えながら、六回ほどシャッターを押す。

「もういいでしょ？」

沙里奈が立花の体を押し除《の》け、ベッドから滑り降りた。米良は部屋の主に礼を言って、居間に移った。

長椅子に坐って数分経つと、身繕いを終えた沙里奈が寝室から現われた。

「面白かったけど、米良さんの部下が少し気の毒に思えてきたわ」

「おれも疚《やま》しい気持ちだよ。しかし、立花は水谷という課長の忠犬みいな奴だから、こっちを四六時中、見張りつづけそうなんだ。汚い反則技なんか使いたくなかったんだが、こうでもしないと、自由に動き回れなくなるからな」

「ベッドで眠りこけてる彼には、運が悪かったと諦《あきら》めてもらうわ」

「そうしてもらおう。立花が目を覚ましたら、おまえさんは奴にレイプされそうになったと芝居をしてくれないか」

「ええ、わかったわ。後は米良さんが部下と裏取引をして」

「そうさせてもらうよ」

米良は煙草をくわえた。沙里奈が手早く二人分のコーヒーを用意し、向かい合う位置に坐った。

二人は雑談を交わしながら、立花が目覚めるのを待った。立花が起きる気配が伝わってきたのは、午後一時過ぎだった。

沙里奈が心得顔で泣く真似をしはじめた。米良はソファから立ち上がり、寝室に歩《ほ》を運んだ。立花はベッドの際《きわ》に立ち、しきりに首を傾《かし》げている。

「おまえはなんてことをしたんだっ」

米良は立花を叱《しか》りつけた。

「なんで米良さんがここにいるんです⁉」

「そんなことよりも、おまえはこの部屋に住んでる女性をレイプしようとしたなっ。未遂に終わったわけだが、立花のしたことは紛れもなく犯罪だ。居間で泣いてる被害者は、絶対に刑事告発すると言ってる」

「ま、待ってくださいよ。ぼくは、この部屋の女性に淫《みだ》らなことなんかしてません。通りで彼女に部屋に不審者がいると救《たす》けを求められたんで、ここに来たんですよ。しかし、怪しい男は逃げた後のようでした。この部屋の女性は申し訳ながって、コーヒーを淹れてくれたんです。それを飲んだら、だんだん眠くなってきて……」

「見苦しい言い逃れだな」

「ぼくは本当に悪いことはしてないんですっ」

立花が言い返した。

米良は後ろ暗さを感じながらも、懐から私物のスマートフォンを取り出した。立花が眠っている間に撮影した画像を次々に再生し、部下に観《み》せる。

「この部屋の女と結託《けったく》して、米良さんはぼくを罠に嵌めたんですね。なんていう上司なんだっ」

「そう思いたければ、そう思ってもいいさ。しかし、さっきの画像を職場の連中が観たら……」

「汚いですよ。なんだって部下の自分を陥《おとしい》れたんだっ。その理由を教えてください」

「おまえに個人的な恨みがあるわけじゃないんだ。でもな、おれは停職中だが、どうしても私的に捜査したいことがあるんだよ」

「水谷課長から聞いてますよ、そのことは。米良さんが射殺された新宿署の露木警部補の事件捜査をこっそりとしてるようだと言って、自分に動きを監視しろと指示したんです」

「露木は命の恩人なんだよ。だから、じっとしてられないんだ」

「自分に見て見ぬ振りをしてくれとおっしゃるんですね？」

「そういうことだ」

「裏取引に応じなかったら？」

「気の毒だが、立花は懲戒免職になるだろう」

「そ、そんな！　理不尽すぎますよ。冤罪《えんざい》で、部下の人生を台無しにするなんて、身勝手ですし、ひどい話じゃないですかっ」

「立花の言う通りだな。おれがやったことは、やくざ連中と変わらない。最低の行為だ。でもな、おれは一日も早く恩義のある露木を成仏《じょうぶつ》させたいんだよ」

「自分の都合で、部下に平気で濡衣《ぬれぎぬ》を着せるなんて、人間失格です！　ぼくは、いまの米良さんを軽蔑《けいべつ》するな。あなたは冷血なエゴイストですよ」

立花が怒りで声を震わせた。

「おまえが腹を立てるのは当然だろう。どんなに誹《そし》られてもかまわない。その代わり、おれを自由に泳がせてくれ。こっちのわがままを聞いてくれたら、さっきの画像は誰にも観せない。約束するよ」

「しかし……」

「立花、お願いだ。頼む」

米良はひざまずき、額を床に擦《こす》りつけた。

「そんなのは狡《ずる》いですよ。米良さん、早く頭を上げてください。あなたは、ぼくの上司なんですよ。威厳《いげん》は保ってほしいな」

「そっちが首を縦にしてくれるまで、おれは頭を下げつづける。恥をかいても、人の道を全《まっと》うしたいんだよ。利己的な考えだが、どうしてもそうしたいんだ」

「米良さん！　わ、わかりました。課長の指示にはこれからも従いますが、時々、わざと持ち場を離れることにします。ぼくには、それぐらいしかできません」

「立花、ありがとう」

米良は立ち上がって、スマートフォンの画像を削除した。

第三章　不審な兄弟

1

沙里奈の部屋のドアが閉《し》められた。

立花の靴音が遠のく。米良は、部下に協力を強要したことを淡く悔《く》やんだ。

だが、もはや遅い。後の祭りだった。

「立花って彼、ショックだろうな。直属の上司に罠《わな》を仕掛けられたわけだもんね」

沙里奈が言った。米良は無言でうなずいた。

二人はリビングソファに腰かけ、斜めに向かい合っていた。

米良は美しいＤＪの真ん前に坐《すわ》ることもできた。しかし、まともに向かい合うのはなんだか照れ臭かった。

「別に米良さんを非難してるわけじゃないのよ。わたしも同罪なんだから、そんな資格はないわ。女は誰も生まれながらにして、女優の要素を持ってるんだと有名な作家か詩人が言ってるけど、まさにそうね」

「ごく自然に芝居ができたんだ？」

「ええ、そう。わたし、本当に立花って彼にレイプされそうになったような気がして、ちょっと米良さんの部下に嫌悪感を覚えちゃったわ。別に何かされたわけじゃないのにね」

「スマホのカメラを使ってるとき、おまえさんが迫真の演技をしてくれたんで、女は怖いなと思ったよ」

「わたし、どんなふうに撮《と》れてたのかな。ね、ちょっと画像を観《み》せて」

「寝室で画像はすべて削除しちゃったんだよ。立花が渋々ながら、おれに協力してくれると言ったんでな」

「そうなの。ちょっと残念ね」

「沙里奈ちゃんに厭《いや》な役回りを押しつけちまったから、バッグかコートでも買ってやるよ」

「どうせなら、お礼は体で払って」

「えっ⁉」

「DJになってから男っ気なしだから、体が寂しくなるときもあるのよ」

「そうかもしれないな。でも、こっちは四十を過ぎたおっさんだぜ。ありがたい誘いだけどさ」

「やだ、本気にしてる！　冗談よ」

沙里奈がおかしそうに笑った。つい真《ま》に受けてしまった米良は、ひどく恥ずかしい思いをした。このままでは、きまりが悪すぎる。

「おれも冗談を返したんだ。女房が死んでから、なぜか異性に関心がなくなってさ。女性よりも、むしろ同性に……」

「米良さん、同性愛に目覚めちゃったんだ？」

「冗談だよ」

「なあんだ、つまらない。でも、ちょっとはその気《け》があるんじゃない？　米良さんは明け方まで二人きりで飲んでも、わたしを一度も口説《くど》こうとしなかったもん」

「おれは、熟《う》れた女性にしか興味がないんだ。おれの年代から見たら、二十四、五歳の女なんて小娘だからな。抱く気にならないよ」

「言うわね。わたしと同世代でも、色気のある娘《こ》はいるわよ。なんなら、米良さんに紹介してあげようか？」

「いいって」

「うふふ」

「近々、旨《うま》い飯と酒を奢《おご》るよ」

「ええ、それで充分だわ。コーヒー、飲む？」

沙里奈が問いかけてきた。

「あんまりゆっくりできないんだ。刑事殺しの犯人を捜さなきゃならないからな」

「米良さんの気持ちはわかるけど、無鉄砲なことはしないほうがいいわよ。刑事さんを殺しちゃうような人間は、もう捨《す》て鉢《ばち》になってると思うの。下手したら、米良さんも殺《や》られちゃうわよ」

「そう簡単に殺《や》られるもんか。きょうは、ありがとな」

米良はリビングソファから立ち上がって、玄関ホールに足を向けた。沙里奈に見送られ、部屋を後にする。

米良は表に出ると、自宅マンションに引き返した。マークXは同じ場所に駐《と》めてあったが、立花の姿は見当たらない。意図的《いとてき》に持ち場を離れてくれたのだろう。

米良は自分の部屋に入ると、すぐさま外出の準備をした。着替えをし、寝室に保管してあるグロック26をショルダーバッグに詰める。

昨夜、小杉組長にはマークXを見られているはずだ。同じ車で張り込みや尾行はできない。

米良は自宅マンションを出ると、最寄《もよ》りの都立大学駅に急いだ。
七、八分で、目的の駅に着いた。各駅停車の電車で渋谷に向かう。
米良は渋谷駅からレンタカー会社の営業所に直行し、オフブラックのプリウスを借りた。そのレンタカーで新宿をめざす。

米良は、小杉組の事務所に行く前に新宿区役所裏のさくら通り周辺を低速で走ってみた。そのあたりに、不良アフリカ人たちがよくたむろしている。しかし、まだ午後三時前だった。路上に黒人の男たちは見当たらなかった。

ナイジェリア人マフィアたちは、終夜スーパー『エニー』の斜め前にあるアフリカ民芸店を溜《た》まり場にしていた。店名は確か『ソレイユ』だ。

オーナーは、かつてフランスの植民地だったアフリカ西部の出身である。店主の名前までは憶《おぼ》えていない。米良はプリウスを『ソレイユ』の少し手前に停めた。レンタカーを降り、アフリカ民芸店に入る。

背の高い黒人の若い男が音楽に合わせて、体でリズムをとっていた。黒い肌は紫色がかっていて、光沢があった。

「いらっしゃい。アフリカの民芸品、だいたい揃《そろ》ってるよ。どれもリーズナブルね。あなた、何を買おうとしてる？」

相手がダンスステップを中断させ、たどたどしい日本語を操《あやつ》った。

「客じゃないんだ」

「あなた、誰なの？」

「ナイジェリア人のサムの知り合いだよ。クンタとも面識がある。あの二人も、この店によく来てるんだろう?」

「時々ね。ここは、アフリカ人たちのオアシスよ。いろんな国の人間が立ち寄る。わたし、マリ生まれだけど、ナイジェリア人の友達がたくさんいる。でも、サムやクンタはあまり好きじゃない。彼らは悪党ね。いつも悪いことをして、日本の人たち迷惑かけてる。それ、よくないことね」

「そうだな。サムやクンタがいろいろ悪さをしてることは知ってるよ。しかし、どっちもオーバーステイみたいだから、まともな働き口は見つからないんだろう」

「ええ、そうね。でも、日本のやくざの下働きをするのは情けない。二人とも、プライドがないいね」

「サムたちは関東義誠会小杉組に出入りしてるんだよな?」

米良は確かめた。

「それ、知らなかった。あの二人は仁友会《じんゆうかい》が経営してるキャッチバーの用心棒をやってるって話は聞いてたけど、小杉組にも出入りしてたの?」

「だと思うよ」

「そんな話、初耳ね」

のっぽの店員が小首を傾《かし》げた。

米良は相手の顔を直視した。サムたちを庇《かば》って、空とぼけているようには見えない。

きのうの夜、サムは雇い主の名を故意に偽《いつわ》ったのか。それとも、目の前にいる男がサムの最近の動向を知らないだけなのだろうか。どちらとも判断がつかなかった。

「あなた、サムやクンタに何か迷惑かけられたんじゃない？」

「うん、まあ」

「彼らにお金を貸した？」

大柄な黒人が背を丸め、米良の顔を覗《のぞ》き込んだ。米良は否定しなかった。話を合わせることにしたのである。

「いくら貸したの？」

「二十万だよ」

「大金ね。でも、そのお金はもう返してもらえない。サムたちは気のいい日本人から、お金を借りまくってるね。だけど、最初っから返す気なんかない」

「なんとか貸した金を取り戻したいんだ。サムかクンタの自宅を知らないかな？」

「二人とも、西武新宿駅の沼袋《ぬまぶくろ》のあたりに住んでるって話だよ。だけど、いまも同じ場所に住んでるかどうか」

「ナイジェリア人たちのアジトが、この近くにあるんじゃないの？」

「以前は花道《はなみち》通りにあるショットバーが彼らの溜まり場だったね。でも、もう店はない。潰《つぶ》れちゃったよ。だから、いまナイジェリアの奴らが集まってる所はわからない」

「そうか」

「あなたの質問にたくさん答えた。だから、何か買ってほしいね」

「今度な」

「あなた、アフリカ人のこと、あんまり好きじゃないみたいね」

相手が拗《す》ねた口調で言って、肩を大きく竦《すく》めた。言い訳するのも面倒だった。米良は微苦笑《びくしょう》して、『ソレイユ』を出た。

寒風が頬を刺す。暖冬と言われているが、やはり冷え込みは半端《はんぱ》ではない。

米良は急いでプリウスの中に入った。

レンタカーを発進させ、小杉組のある通りに回り込む。そのとき、『ボナンザ』の看板が視界に入ってきた。

米良は店の近くにプリウスを停め、『ボナンザ』を覗いた。

大友直也の姿は店内になかった。プリウスの中に駆け戻り、小杉組の事務所のある通りに移る。

六階建てのビルの真ん前には、見覚えのあるベンツが駐めてあった。小杉は組事務所にいるようだ。しかし、念には念を入れておくべきだろう。

米良はレンタカーを小杉組の持ちビルから四十メートルほど離れた路肩《ろかた》に寄せると、スマートフォンを手に取った。関東義誠会の理事になりすまして、小杉組に電話をかける。

受話器を取ったのは若い男だった。やはり、小杉は事務所内にいた。

米良はスマートフォンの電源も切った。先方がコールバックしてくるかもしれないと考えたからだ。

米良はセブンスターを一本喫《す》ってから、ふたたびスマートフォンの電源を入れた。

数秒後、機動捜査隊の花岡からポリスモードに電話がかかってきた。

「捜一第二強行犯の殺人犯捜査第三係が新宿署に出張《でば》ってきました。捜査本部《チョウバ》が設置されたわけですから、機捜《うち》は離脱することになります」

「ご苦労だったな」

「できれば、初動捜査で露木刑事をシュートした犯人《ホシ》を検挙《アゲ》たかったですよ。とても残念です。置き土産《みやげ》ってわけでもありませんが、目白署で扱ってる轢《ひ》き逃げ事件の捜査情報も流します」

「それはありがたいな」

「高峰亜紀を撥《は》ねた加害車輛は、三日前に板橋区内の路上で盗まれたワンボックスカーと判明しました。車の所有者は会社員で、一昨日《おととい》に地元署に車の盗難届を出してます。アリバイの裏付《ウラ》けも取れてるそうですから、完璧《かんぺき》にシロでしょう」

「だろうな。犯行時の目撃証言は？」

「現場近くの住民が三人ほど衝突音は聞いてるんですが、被害者が撥ねられたところを見た者はいないとのことでした」

「それじゃ、ワンボックスカーの運転者の姿を目撃した人間もいないわけだ？」

「ええ。しかし、加害車輛は現場から二キロほど離れた路上に乗り捨てられてたそうです。そちらでも、ドライバーの姿を目撃した者はいないとのことでしたね」

「手がかりはなしか。協和ビルの放火事件で何か新情報は？」

「残念ながら、有力な手がかりはありません。焼け跡から合成麻薬の成分はまったく検出されてませんから、放火犯《アカイヌ》はＭＤＭＡを『ビューティー・スマイル』から持ち出した後に火を点《つ》けたんだと思います」

「そうにちがいない。目的は、顧客リストや麻薬の送り状の類《たぐい》を焼却することだったんだろう」

「でしょうね。若宮冬樹の自宅マンションからも、ＭＤＭＡは見つかりませんでした。ただ、凶器のゴム粘土を製造・販売してる会社はわかりました。しかし、大量生産されてる商品ですので、犯人の購入先までは特定できませんでした」

「そちらも進展がなかったのか」

米良は、つい溜息《ためいき》をついてしまった。

「お役に立てなくて、申し訳ありません」

「花岡ちゃん、そんな言い方しないでくれ。そっちを責めてるわけじゃないんだ。どの事件《ヤマ》も大きな手がかりがないんで、頭を抱えてしまったんだよ」

「戦線を離れますが、一連の事件の捜査情報はそれとなく集めてみます。何か収穫があったら、米良さんに連絡しますよ」

花岡が先に電話を切った。

米良は本格的に張り込みを開始した。

小杉組長が二人のボディーガードに挟まれて表に現われたのは、午後五時二十分ごろだった。片方の若い衆がベンツの運転席に乗り込んだ。小杉は、もうひとりの男とリアシートに並んで坐った。

ほどなくベンツが走りだした。

米良は細心の注意を払いながら、レンタカーでベンツを追尾《ついび》しはじめた。

張り込みに気づかれた様子はうかがえない。

ベンツは数十分走り、紀尾井町《きおいちょう》にある高級割烹店《かっぽうてん》の前に横づけされた。二人の護衛役が先にベンツを降りた。だが、どちらも割烹店の中には入らなかった。小杉だけが店の中に入っていった。

そのすぐ後《あと》、ベンツは走り去った。米良は高級割烹店から五十メートル近く離れた暗がりにプリウスを停止させ、手早くライトを消した。

数分置きに割烹店の前に国産大型乗用車や高級外車が停まった。後部座席から降りた男たちは、ひと目で堅気ではないとわかる。

関東義誠会の下部団体の組長たちの会合があるのだろう。あるいは、理事会が開かれるのか。

米良は張り込みを続行した。

七時を回ると、次々に迎えの高級車が割烹店にやってきた。だが、小杉組長のベンツはいっこうに迎えに来ない。組長クラスのやくざが単独行動をとるのは限られている。多分、小杉は会合に出席した後、愛人宅に行くつもりなのだろう。

米良は、そう予想した。

迎えの車が途絶《とだ》えて間もなく、一台の無線タクシーが割烹店の前に停まった。数分が過ぎたころ、小杉が姿を見せた。やはり、予想は外れていなかったようだ。

小杉組長がタクシーに乗り込んだ。

米良は、にっと笑った。おおかた小杉は、愛人宅に向かうのだろう。

タクシーが走りはじめた。

米良はプリウスでタクシーを追った。小杉を乗せた車は赤坂見附《あかさかみつけ》方面に向かい、青山通りに入った。米良は一定の車間距離を保《たも》ちながら、タクシーを尾《つ》けた。

タクシーは渋谷駅の横を抜け、そのまま道なりに進んだ。同じ国道二四六号線だが、渋谷から先は玉川《たまがわ》通りと呼ばれている。

小杉の愛人は目黒区か、世田谷区内に住んでいるのだろうか。米良はそんなことを考えながら、ハンドルを捌《さば》きつづけた。タクシーは東急本社ビルの先で左折し、南平台《なんぺい　だい》町に沿って東急東横線の代官山《だいかんやま》駅方面に進んだ。

やがて、車は右に折れた。鉢山《はちやま》町の住宅街を二百メートルほど走り、和風住宅の真ん前で停止した。

小杉の自宅は中野区内にある。自宅ではないことは確かだ。やはり、愛人宅だろう。

組長がタクシーを降りた。

じきにタクシーは走り去った。米良はレンタカーを暗がりに入れ、助手席の下に置いてあるショルダーバッグを掴《つか》み上げた。

バッグから先に黒革の手袋を取り出し、急いで両手に嵌《は》める。次に米良はグロック26を手に取り、ベルトの下に差し込んだ。

小杉が低い門扉《もんぴ》の内側に手を伸ばし、慣《な》れた手つきで内錠を外した。米良はそっとプリウスから降り、和風家屋に忍び足で近づいた。

数寄屋《すきや》造り風の平屋だった。敷地は六十坪前後だろう。内庭には庭木が植えられ、その向こうに家屋が見える。

門柱の表札には、市毛《いちげ》という文字が記してあった。愛人の苗字だろう。

小杉が門扉を抜け、趣《おもむき》のある石畳をたどりはじめた。庭園灯の光は淡い。

米良は市毛宅に侵入し、小杉組長の背後に迫った。気配で、小杉が足を止める。米良はベルトの下から拳銃を引き抜いた。

「誰なんだ、てめえは！」

小杉組長が凄《すご》んだ。

「死にたくなかったら、大声を出すな」

「関西の極道じゃなさそうだな」

「このハンドガンは真正銃《マブチャカ》だ」

米良はスライドを滑《すべ》らせ、小杉の体を探《さぐ》った。

上着の内ポケットに万年筆型の特殊拳銃を忍ばせていた。それを奪い、懐《ふところ》に突っ込む。

「あんたは以前、新宿署の生安課にいた刑事《デコスケ》だよな？」

「そいつは昔の話だ。小杉竜平、ここは愛人《レコ》の家《ヤサ》だな。彼女は市毛って名なんだろう？」

「言わねえよ。言う必要がねえからな」

「粋《いき》がるなって。一発喰《く》らいたいのかっ」

「刑事が撃てるわけねえ」

小杉が嘲笑《ちょうしょう》した。米良は、銃口を小杉の額に押し当てた。

「いまのおれは、ただの刑事じゃない。捨て身になったんだよ。本気で撃つと言ったんだっ。愛人《レコ》の下の名は？」

「真由美《まゆみ》だよ」

「いくつなんだ？」

「そんなことはどうでもいいじゃねえかっ」

「答えろ！」

「二十七だよ」

「そうか。愛人を抱きに来たってわけだ。そっちが正直に答えないと、真由美って愛人も無傷じゃ済まなくなるぞ」

「何が知りたてえんだ？」

「小杉組は、合成麻薬のMDMA《エクスタシー》をネットで密売してたな？　それを任されてたのは、準幹部の若宮冬樹だ。若宮は麻薬密売が発覚したときのことを考えて、サプリメント販売会社『ビューティー・スマイル』を設立し、愛人の高峰亜紀を表向きの代表者にした。そして、亜紀に合成麻薬をネットで密売させてた。もちろん、組織ぐるみの裏ビジネスだ」

「若宮の奴、そんな内職をしてやがったのか⁉」

「白々しいな。新宿署生安課の露木が合成麻薬のネット密売を嗅《か》ぎ当て、若宮をマークしてた。そっちは焦《あせ》り、この拳銃で露木を射殺させた。しかし、それだけでは不安だったんで、誰かを使って若宮と高峰亜紀を片づけさせた。さらに『ビューティー・スマイル』のオフィスに放火させて、証拠を湮滅《いんめつ》させたんだろうが！」

「おれは、若宮に合成麻薬を売り捌けなんて指示したことはねえぜ。それから刑事はもちろん、若宮を始末させてもいねえ。なんとかって若宮の情婦《いろ》も殺《や》らせちゃいねえよ」

小杉が怒気を含んだ声で言い返した。

「もう観念したら、どうなんだっ。それなりの状況証拠があるんだ」

「冗談じゃねえ。こっちは、まったく身に覚えがねえんだ。自白《ウタ》いようがねえじゃねえかっ」

「あんたは昨夜《ゆうべ》、不良ナイジェリア人のサムとクンタって奴におれを始末させようとした。サムって奴を建材置き場に誘い込んで、口を割らせたんだよ。二人は百万ずつ謝礼を貰えることになってるとも言ったな」

「何を言ってやがるんだ。ナイジェリア人の知り合いなんかいねえよ、ひとりもな」

「本当か？」

「ああ。あんた、それでも刑事《デカ》かよ。どこのどいつか見当もつかねえけど、誰かがおれに罪をなすりつけようとしてるにちがいねえ。くどいようだが、おれは若宮がそんな内職をしてることも知らなかった。理由もなく、てめんとこの準幹部を始末させるわけねえだろうが！」

「そっちの話をすんなり信じるわけにはいかないな。体に訊《き》いてみよう」

米良は小杉を内庭の中ほどに連れ込み、枯れ草の上に尻《しり》を落とさせた。銃口を突きつけながら、組長の背の後ろに回り込む。

米良はグロック26を左手に持ち替えるなり、右腕を小杉の顎《あご》の下に深く喰い込ませた。そのまま腕に力を込め、喉を絞め上げる。

小杉が喉を軋《きし》ませ、全身でもがいた。暴《あば》れたことで、米良の腕はさらに深く喰い込む形になった。右腕をずらして、手首の尖《とが》った骨の部分で小杉の喉仏を直《じか》に圧迫する。柔道の裸絞めだが、チョークとも呼ばれている荒技だ。

渾身《こんしん》の力で絞め上げれば、確実に喉仏の軟骨はひしゃげる。そこまで絞めたら、小杉は死んでしまうだろう。

米良は、小杉が痙攣《さいれん》する前に少しだけ右腕の力を緩《ゆる》めた。

それでも、組長は呆気《あっけ》なく気絶した。くたりと横倒れに転がった小杉は白目を剝《む》いて、涎《よだれ》を垂らしつづけた。

米良は拳銃をベルトの下に戻した。

頃合を計って、小杉の上体を摑み起こす。往復ビンタを五度ほど浴びせると、小杉が意識を取り戻した。

「もう一度訊く。さっき喋《しゃべ》ったことに偽りはないんだな?」

米良は詰問《きつもん》した。

「ああ。若頭《カシラ》が言ってたんだが、若宮の名古屋の実家は傾いているらしいんだ。跡取りの兄貴が土木会社を経営してるはずなんだが、公共事業の受注が激減したとかで、倒産寸前みてえだな。そんなことで、若宮は個人的に裏ビジネスをやりはじめたんじゃねえのかね」

「そうなんだろうか」

「おれを悪者扱いしてねえで、名古屋に行ってみろや。くそっ、ふざけた真似《まね》をしやがって。このままじゃ、済まねえぞ」

小杉が毒づいて、立ち上がろうとした。だが、よろけて地べたに横転してしまった。

「運が悪かったと諦《あきら》めてくれ」

米良は言って、市毛宅を出た。

2

読経《どきょう》の声が高まった。

僧侶はひとりだった。まだ若い。二十代の後半だろう。

笹塚にあるセレモニーホールの小さなホールだ。露木の通夜《つや》だった。正面の祭壇の前に柩《ひつぎ》が据《す》えられている。

家族祭に近いのかもしれない。柩の近くに未亡人や親族が二十数人いるだけだった。出入口のそばに香炉台が置かれている。一般の弔問客《ちょうもんきゃく》は、そこで焼香を済ませることになっていた。

米良は、焼香の順番を待つ列の最後尾に立っていた。小杉組の組長を痛めつけた後、レンタカーのプリウスで通夜の会場に駆けつけたのだ。

替え上着姿だったが、ネクタイは結んでいない。幾らか気が引けたが、弔《とむら》いは形式ではないだろう。気持ちである。

米良は少し横に体をずらし、花に囲まれた遺影を眺めた。

露木は屈託《くったく》のない笑みをたたえている。透明な笑顔だった。

何か喜ばしいことがあったのか。それとも、カメラを構えている妻のあずみがおかしいことを言って夫を笑わせたのだろうか。どちらにしても、故人は幸せそうだった。

露木は、自分が若死にする運命にあったとは想像さえしなかったにちがいない。むろ、米良も年下の露木が自分よりも早く亡《な》くなるとは思っていなかった。

僧侶の斜め後ろの椅子に腰かけた未亡人のあずみは、痛々しいほどやつれていた。顔を伏せて、じっと悲しみに耐えている風情《ふぜい》だ。生まれてくる我が子を不憫《ふびん》に思っているのかもしれない。

声明《しょうみょう》が朗々《ろうろう》とつづき、列が次第に短くなった。

やがて、米良の番になった。彼は遺族に目礼し、香を摘《つま》み上げた。

遺影を改めて見つめ、一分ほど合掌《がっしょう》する。胸の中は、悲しみと憤《いきどお》りで塞《ふさ》がれていた。

米良は焼香を済ませ、香炉台から離れた。

ちょうどそのとき、受付の方から新宿署刑事課強行犯係の平賀巡査部長が焦った様子で走り寄ってきた。

「米良さん、どこかに隠れてください。間もなく新宿署の連中《うち》が大勢やってきます。堀切刑事課長も来るんですよ」

「当然だろうな、故人は新宿署の捜査員だったわけだから」

「ええ、それはね。それよりも、あなたは自宅謹慎中の身です。原則として外出を禁じられてるんですから、堀切課長と鉢合わせしたら、麻布署の上司の方に告げ口をされるかもしれませんよ」

「そうされても、別にかまわないさ。露木は命の恩人だったんだ。おれは、堂々と通夜にも告別式にも顔を出す。こそこそする必要なんかないっ」

米良は思わず声を張ってしまった。

その直後、新宿署の面々がひと塊《かたまり》になって受付にやってきた。その中に堀切刑事課長の顔もあった。

米良は堀切に会釈《えしゃく》した。堀切がせかせかとした足取りで歩み寄ってくる。立ち止まるなり、彼はのっけに言い放った。

「服務違反だな。米良は、自宅謹慎中の身なんだぞ」

「そうなんですがね、故人は二年前まで相棒だったんですよ。それだけじゃない。露木には大きな借りがあったんです。人間の情《じょう》として、ここに来るのは当たり前でしょ！」

「しかし、そっちはむやみに外出できない立場なんだ。麻布署の水谷課長の許可を得てるのか？」

「いいえ」

「それはまずいな。水谷さんの許可を貰ってから、ここに来るべきだったんじゃないのかっ。わたしは、そう思うね」

「おれに指図しないでもらいたいな。二年前に麻布署に移って、おれはもうおたくの後輩じゃないんだ」

米良は怒りを込めて言い返した。堀切が顔を強張《こわば》らせる。周《まわ》りにいる部下たちが驚き、顔を見合わせた。

「米良は組織の一員だってことを忘れてるんじゃないのかっ。おまえは自分がルールブックであるみたいな感じで勝手気ままに動き回ってるが、歯車の一つにすぎないんだ。どんな組織にも縛《しば》りがある。それを嫌ってるんだったら、さっさと依願退職すべきだな。それで調査会社か、警備保障会社に転職しろ」

「おたくにそこまで言われたくないな」

「米良、口を慎《つつし》め！　かつては、わたしの後輩のひとりだったんだ。元先輩に生意気な口を利くんじゃない。おたくだと？　おまえ、何様のつもりなんだっ」

「おまえ呼ばわりもされたくないな。こっちは、もうおたくの後輩刑事じゃないんだから」

米良は、堀切に鋭い眼差《まなざ》しを向けた。

堀切が気色ばんだ様子で小ホールに足を向けた。部下たちは飽《あ》きれた顔で米良を一瞥《いちべつ》し、ぞろぞろと堀切課長に従った。

「カッコよかったですよ」

平賀が小声で言った。

「いや、ちょっと大人げなかったよ。もう若いとはいえない年齢《とし》なんだから、極力、激しないようにしないいとな」

「堀切課長の言い方こそ、分別が足りなかったんじゃないかな。米良さんがおっしゃったように、あなたはもう新宿署にいるわけではありません。いつまでも先輩、後輩じゃないですよ。それに米良さんは、生活安全課にいらっしゃったんです。刑事課のメンバーではなかったんですから、堀切課長の部下だったんじゃないのにね。横で遣《や》り取りを聞いてて、課長のほうがよくないと思いました」

「そう」

「しかし、そのことを課長には言えませんでした。自分、同期よりも早く昇進したいと思ってるわけではないんですが、警察は軍隊と同じで階級社会ですんでね。職階が上の堀切課長を咎《とが》める勇気はありませんでした。つくづく情けないと思いました」

「平賀、自分を恥じることはないさ。権力や権威に楯突《たてつ》くには、それなりの覚悟がいるからな。おれだって、わが身はかわいいよ。しかし、元相棒の通夜に出たことをあからさまに非難されたんで、つい頭に血が昇っちまったんだ」

「米良さんが感情的になるのは当然です」

「その話は、もうよそう。きょうの午後、署に捜査本部《チョウバ》が立ったんだって？」

「ええ、本庁の捜一から小笠原《おがさわら》班の十二人が出張ってきました。被害者が生安課の捜査員だったんで、全員、弔い合戦だと気負い込んでますよ。その気持ちはわかるんですが、ふだんの冷静さを失ってしまうんじゃないかと少し心配です。あっ、すみません。弱輩者が偉そうなことを言ってしまって……」

「いいさ。平賀の言った通りだよ。私憤《しふん》に衝《つ》き動かされると、捜査の方向を正確に読めなくなってしまう。現におれは、筋の読み方を間違ったようなんだ」

「差《さ》し支《つか》えなかったら、その話を聞かせてください」

「いいだろう」

米良は少し迷ってから、これまでの経過を手短に話した。

「自分らもMDMA《エクスタシー》の密売は小杉組ぐるみのシノギだと見てたんですが、そうではなかったのか。いま聞いた話は、中居強行犯係長には絶対に喋りません」

「報告してもいいよ。その代わり、捜査本部が新情報を摑んだら、おれにこっそりと教えてくれないか。その条件を吞んでくれれば、中居さんに喋ってもかまわない」

「そうですか。小杉組長を一連の事件の首謀者と見せかけようとしたのは、やの字なんですかね。小杉は武闘派やくざですから、関東勢力が神戸連合会に弱腰になってることに苦り切ってるようなんです。西の最大勢力は、首都圏に十年あまり前から系列の企業舎弟《しゃてい》を進出させてますよね？」

「そうだな。組事務所はさすがに設けてないが、実質的には関東の縄張りに喰い込んでる。東西の紳士協定は名目だけになってしまったんだから、東の武闘派連中は面白くないだろう」

「ええ、そうでしょうね。小杉組長は関東義誠会の理事会の席で、神戸連合会と全面戦争になっても西の企業舎弟《フロント》を畳ませるべきだと強硬な姿勢を見せつづけてるようですよ」

「強い敵意を見せたら、関東の御三家は西の勢力に潰され、中小の組織は抱き込まれるだろうな。すでに戦前からの老舗博徒《しにせばくと》集団が神戸連合会の傘下《さんか》に入ってしまった」

「そうですね。もしも東西の勢力がまともにぶつかったら、関東やくざは生き残れないでしょう。御三家の首領《ドン》たちはそれがわかってるから、西の最大組織との全面戦争を避けたがってるんだろうな」

「神戸連合会は約三万人もいるが、関東やくざは総勢で二万人前後だ。資金力も大きく違う。血の抗争になる前から、勝負はついてる。だから、関東御三家の親分たちは西との共存共栄を望んでるわけさ。しかし、小杉のような血気盛んな組長もいる」

「神戸連合会にとっては、小杉のような関東やくざは目障《めざわ》りでしょう？」

「だと思うよ」

「米良さん、東西の極道が小杉組をぶっ潰す気になったんじゃありませんかね。組長の小杉を殺人教唆《きょうさ》罪で刑務所《ムショ》に送り込んじゃえば、組は解散になるか、格下げになるでしょう。代理の組長が立てられても、そいつは理事会で強硬な発言はできなくなると思うんです」

「それはそうだろうな」

「で、西の勢力は小杉組長を罪人に仕立てるために合成麻薬の密売を嗅ぎつけた露木刑事をまず殺害し、次《つ》いで若宮冬樹と高峰亜紀を始末させた。小杉が準幹部の個人的なシノギに腹を立てて、若宮と彼の愛人を殺ったと見せかけたとは考えられませんかね？」

「そこまで手の込んだことを考えるだろうか」

「そう言われると、自信が揺らぎます。小杉を陥《おとしい》れようとしたのは神戸連合会ではなく、関東義誠会の会長だったのかもしれませんね。小杉組長の血の気の多い発言が西の勢力に知られたら、何かと都合が悪くなりますでしょ？」

平賀が言った。

「なるほど、そういう推測もできなくはないな。しかし、小杉の口を封じたければ、本人を殺《や》ってしまえばいいわけだろう？」

「ああ、そうなりますね。わざわざ手の込んだことをする必要はないな。なんだか頭が混乱してきました。露木さんの事件を若宮や高峰亜紀の死と結びつけて考えてましたが、別にリンクはしてないんでしょうか？」

「平賀、もう小ホールに入ったほうがいいな。おれといつまでも話し込んでると、堀切課長に訝《いぶか》しがられるぞ」

米良は促《うなが》した。

平賀が短く考え、小さくうなずいた。米良は平賀が焼香台に向かうと、受付の横にある休憩所に歩《ほ》を運んだ。ソファセットが六卓ほどあった。

米良はソファに腰かけ、セブンスターをくわえた。未亡人に挨拶《あいさつ》をするまでは辞去できなかった。ふた口ほど煙草《たばこ》を喫ったとき、五十絡《がら》みの男が近づいてきた。セレモニーホールの従業員だった。

「失礼ですが、露木さまのお通夜にみえた方でしょうか?」

男がたたずむなり、柔らかく問いかけてきた。

「そうです」

「別室に供養《くよう》のお料理が用意されていますので、どうぞそちらに……」

「その部屋に、後でご遺族も顔を出されるんですか?」

「ええ、そのはずです」

「未亡人と少し話をしたいんで、その部屋で待たせてもらうかな」

米良はスタンド型の灰皿に喫いさしの煙草を投げ捨て、ソファから立ち上がった。

従業員に導《みちび》かれ、休憩所の向こうにある座敷に入る。三十畳ほどの座敷で、奥に五、六人の弔い客がいた。その中に知った顔は見当たらない。出入口の近くにいるのは、新宿署生活安全課保安係の荻巡査長だった。

米良は精進《しょうじん》料理の並んだ座卓を回り込んで、荻のかたわらに坐った。荻の前にはビアグラスが置かれている。

「上司の保安係長は？」

「少し前に署に戻りました。まだ送致手続きの書類に目を通さなければならないとかでね」

「ずいぶん素っ気ない弔問だな。故人は部下だったんだ」

「そうなんですけどね」

「おまえに厭味《いやみ》を言っても仕方ないか」

「ビール、どうです？　車で来たわけじゃないんでしょ？」

「車だよ。しかし、飲む。弔い酒だからな。飲まなきゃ、故人に失礼だ」

「酔いを醒《さま》してから、運転するようにしてくださいね」

荻がそう言って、卓上のビール瓶《びん》を摑み上げた。米良は荻の頭を小突いてから、ビアグラスを手に取った。

ビールを受け、荻のグラスも満たしてやる。二人は無言で軽くグラスを触《ふ》れ合わせた。

米良は喉が渇《かわ》いていた。一気にビールを飲み干した。荻がすかさずビールを注《つ》ぐ。

「山菜の天ぷら、うまいっすよ」

「いいから、気を遣《つか》うな。それより生安《せいあん》の安東さんは、もうおれの監視はしなくてもいいって言ったんだ？」

「ええ、まあ。安東は、米良さんの気持ちは個人的にはよくわかると言ってましたよ。刑事課の堀切課長は、まだ米良さんが捜査の邪魔になると思ってるようですけどね」

「荻、露木はなんで『ビューティー・スマイル』を内偵してたんだ？　ＭＤＭＡをネットで密売してた小杉組の若宮が自宅マンションで何者かに殺害され、ダミーの女社長の高峰亜紀は無灯火のワンボックスカーに撥ねられて死んじまった。だから、その謎が解けないいんだよ」

「それは……」

「知ってるんだな。おまえに迷惑はかけないから、そっと教えてくれ」

「弱ったな」

「喋らなきゃ、おまえを悪徳刑事に仕立てちまうぞ」

「本気ですか⁉」

「ああ、単なる威《おど》しじゃない」

米良は低く答えた。半《なか》ば本気だった。

「怖《こわ》い男性《ひと》だな。保安係長の話によると、去年の秋に生安課《うち》に一本の密告電話がかかってきたらしいんですよ。その電話を受けたのは露木さんだったそうです。電話の主は都内に住む女子大生だと言っただけで、名乗らなかったみたいですね。その彼女はネットで『ビューティー・スマイル』が痩《や》せ薬を売ってると知って、錠剤を購入したらしいんですよ」

「それが合成麻薬のMDMAだったわけだ」

「ええ、そうです。その女子大生は手に入れた錠剤を服《の》んだとたん、血圧が急上昇して、吐き気と震えを覚えたみたいですね。で、売られてる痩せ薬は麻薬かもしれないと電話してきたようなんです」

「それで、露木はどうしたんだ？」

「保係長に聞いた話では、露木さんは『ビューティー・スマイル』の女社長に会いに行ったというんです。そしたら、高峰亜紀はそんな密告電話は中傷だと笑って、商品サンプルをくれたそうです」

「露木は鑑識の者に錠剤の成分を検《しら》べてもらった。しかし、麻薬じゃなかった。そういうことなんだろう？」

「ええ、そうだったみたいですね。だけど、露木さんは納得できなかったんで、職務の合間や非番のときに『ビューティー・スマイル』の動きを探ってたようなんですよ。

知ってることは、それだけです」

荻がビールを傾けた。

そのとき、堀切たちの一団が座敷に入ってきた。一行は離れた席についた。

「向こうに移ります」

荻が飲みかけのビールを持って、新宿署員たちと合流した。

米良は煙草に火を点けた。弔問客たちで座が埋まると、露木あずみが顔を出した。故人の妻は涙で声を詰まらせながら、列席者に挨拶をした。

座敷に十五分ほど留《とど》まってから、彼女は静かに去った。

米良はさりげなく立ち上がり、あずみを追った。未亡人は受付の横で、セレモニーホールの従業員と何か言葉を交わしていた。

米良は二人の近くにたたずみ、話が終わるのを待った。ほどなく会話が切り上げられた。

米良は未亡人に声をかけ、改めて悔やみの言葉を述べた。

「明日の告別式にも来てくださいね。露木は、米良さんを兄貴分と慕《した》ってましたんで」

「もちろん、列席させてもらうよ。ところで、露木君は名古屋に何度か行ってなかっただろうか」

「去年の秋から非番の日に三、四回、名古屋に行ってましたね。麻薬の密造工場を突きとめたいんだと言ってたけど、それ以上詳しいことは教えてくれなかったの」

「それじゃ、名古屋のどのあたりに行ったのかはわからないだろうな？」

「ええ、そこまでは。ただ、年が変わってからは立件《りっけん》できるかもしれないと嬉しげに洩《も》らしてました」

「そう」

「名古屋に行ったことが殺される原因になったのかしら？」

あずみが呟《つぶや》いた。

「まだ何とも言えないんだ」

「そうなんですか」

「どこまで事件の真相に迫れるかわからないが、明日の午後にでも名古屋に行ってみるよ。取り込み中に悪かったね」

米良は軽く頭を下げ、出入口に向かった。

3

火葬炉の扉《とびら》が閉じられた。

露木の妻が悲鳴に似た嗚咽《おえつ》を洩らし、その場に頽《くずお》れそうになった。

あずみの実兄が素早く妹の体を支《ささ》えた。ほとんど同時に、遺族たちが涙にくれた。泣き声は幾重《いくえ》にも重なった。警察関係者も相前後して、目頭《めがしら》を押さえた。

代々幡《よよはた》斎場だ。正午前である。

米良は人垣の後方に立っていた。黒い礼服姿だった。

故人は柩ごと千二百度の高熱で焼かれ、一時間ほどで灰になってしまう。米良は、命の儚《はかな》さを改めて実感した。

露木は、たったの三十八年で生涯を終えてしまった。殉職したことによって、故人は二階級特進し、警視になる。一般警察官《ノンキャリア》にとっては、憧《あこが》れの職階だ。警視まで昇進できる者はそれほど多くない。名誉なことだろう。

しかし、故人も遺族もそうした形の出世は望んでいなかったにちがいない。むろん、米良も露木にもっと永生きしてほしかった。

「休憩室にご案内させていただきます」

斎場の男性職員が遺族や列席者に声をかけた。人々が三々五々、歩きだした。

米良は火葬炉に両手を合わせ、そっと建物の外に出た。

できることなら、骨揚《こつあ》げまで見届けてあげたかった。だが、気持ちが急《せ》いていた。一秒でも早く露木を撃ち殺した犯人に迫りたかった。

故人の魂は天空まで舞い上がるのか。それとも、火葬炉の中で肉体とともに一切が消滅してしまうのだろうか。

科学的に考えれば、死者は無《む》に帰《き》する。しかし、露木の魂は死滅などしないと思いたい。そうとでも考えなければ、あまりにも虚《むな》しいではないか。遣り切れなくもある。

米良は頭上の太陽を仰《あお》いだ。

陽光は柔らかかったが、妙に明るい。その明るさが何とも哀《かな》しかった。

米良は悲しみを断ち切るような気持ちで、大股で歩きだした。

自宅マンションからは、タクシーで斎場にやってきた。自ら車のハンドルを握る気になれなかったのだ。

米良は斎場の前で、タクシーの空車を拾った。

八雲の自宅マンションに着いたのは、およそ二十五分後だった。

タクシーを降りると、覆面パトカーの横で麻布署の立花と美人ＤＪが立ち話をしていた。沙里奈は何か包みを持っていた。

タクシーが走り去った。米良は、立花たち二人に歩み寄った。

「あら、米良さん。男も女も黒い礼服を着ると、きりりとして見えるわね」

沙里奈が先に口を開いた。

「おっさんも少しは見られるかい？」

「ええ、カッコいいわ。こうして見ると、米良さんはナイスミドルだったのね」

「惚《ほ》れそうか？」

「そこまでは……」

「だろうな。なんか立花と揉《も》めてるのか？」

「ううん。そうじゃないのよ。わたし、米良さんと共謀して、立花刑事をレイプ未遂犯に仕立てちゃったでしょ？」

「そうだったな」

「そのことで疚《やま》しさをずっと感じてたんで、お詫《わ》びに立花さんにミックスサンドイッチを作って、差し入れにきたのよ。でも、立花さんはなかなか受け取ってくれなかったの」

「この男は堅物だからな」

米良は沙里奈に言って、立花に顔を向けた。

「あんまり物事を四角四面《スクエア》に考えるなって」

「ですが……」

「沙里奈ちゃんは謝罪の気持ちを込めてサンドイッチをこしらえたんだから、素直に受け取っておけよ」

「しかし、自分は公務員ですので。民間人から物品を貰ったりしたら、まずいでしょ？」

「堅いな。もう昼飯を喰ったのか？」

「いいえ、まだです。もう少ししたら、コンビニ弁当を買いに行くつもりでいたんですよ」

立花が答えた。

「だったら、ありがたく貰っとけ」

「でもな」

「融通が利かない奴だ」

米良は沙里奈の手から包みを奪い、それを立花に強引に受け取らせた。

「サンドイッチなんかで罪滅《ほろ》ぼしになんかならないだろうけど、わたし、ちょっと反省してるから、赦《ゆる》してね。それじゃ、足りないって言うんなら、キスぐらいしてもいいけど」

「そ、そんなこと⁉」

「あら、赤くなってる。純情なんだ。初心《うぶ》な男も案外、悪くないわね。彼女、いないんでしょ？」

「え、ええ」

「なら、少しつき合ってみる？」

「あ、あなたとですか⁉」

「もちろん、そうよ」

「本当なんですか？　それなら、ぜひ、自分とつき合ってください」

「あら、困ったわ。冗談、通じなかったのね」

「自分をからかったんですかっ」

「そんなにむきになって怒らないでよ。ほんの軽いジョークだったの。でも、傷つけちゃったのね。ごめんなさい。とにかく、サンドイッチ食べて。おいしいと思うわよ。それじゃ、お仕事頑張ってね」

　沙里奈は手をひらひらさせると、自分のマンションに向かって歩きだした。

「彼女、軽く振る舞ってるが、そっちに迷惑かけたことを本気で反省してるにちがいない。おまえを嵌めようとしたこと、もう水に流してやってくれ」

「ええ、いいですよ。わざわざサンドイッチを作ってくれたのは、反省してる証拠でしょうからね」

「そう思うよ。おれは、おにぎりでも差し入れして勘弁してもらうか」

「もういいですって。新宿署の露木刑事の告別式に行ってきたんですね？」

「ああ」

「帰りが早かったですね、意外に。お骨《こつ》は拾ってあげなかったんですか」

　立花が呟くように言った。

「そうなんだ」

「骨揚げは生々しいですからね。自分も父方の祖母が亡くなったとき、骨を拾うのが辛《つら》かったな」

「そういう理由で骨揚げまで斎場にいなかったわけじゃないんだ」

「露木さんを射殺した犯人《ホシ》を絞れたんですね？」

「いや、まだそこまではいってないんだ。着替えたら、また出かけるが、見て見ぬ振りをしてくれるな？」

「ええ、そのつもりです。でも、水谷課長はなんか怪しみはじめてるみたいなんですよね。課長は、自分が米良さんに抱き込まれたと疑ってるのかもしれないな」

「そうだとしたら、課長は監視役を替える気になるだろう」

米良は少し不安になった。

数分後、立花の刑事用携帯電話《ポリスモード》が着信した。部下が反射的に上着のポケットからポリスモードを摑み出し、急いで耳に当てた。

米良は立花から少し離れて、聞き耳を立てた。発信者は水谷課長のようだ。悪い予感が当たってしまったらしい。

一分ほどで通話は終わった。

「水谷課長からの電話だったんだろう？」

米良は立花に問いかけた。

「ええ、そうです。交代要員の木崎《きざき》さんが到着したら、ぼくに麻布署に戻れとのことでした」

「そうか。新宿署の堀切刑事課長がうちの水谷課長にまた電話をかけて、おれが個人的に露木の事件《ヤマ》を調べ回ってるとでも注進《ちゅうしん》に及んだんだろう」

「まずいことになりましたね」

「そっちは、おれがこっそり自宅から抜け出したことにまったく気づかなかったと言い通してくれ」

「そうするつもりですけど、もう米良さんが出歩いてることは新宿署の人たちに知られてるわけですよね。ということは、こちらがぼんくらだったと見られても仕方がないな」

「水谷課長から探りの電話がかかってきたら、おれは買物以外は外出してないと空とぼけるよ」

「しかし、新宿署の刑事課長が水谷課長に告げ口してる可能性があるわけですから……」

「うちの課長は、新宿署勤務時代におれが堀切に嫌われてたことを知ってるはずだ。だから、おれたち二人が口裏を合わせておけば、相手方の情報を鵜呑《うの》みにはしないだろう。そう考えるのは楽観的か」

「ええ、そう思います。うちの課長は新宿署の堀切課長の情報を信じたからこそ、見張り役を木崎さんに替える気になったんでしょう」

立花が言った。

米良は反論できなかった。そうにちがいない。木崎健次《けんじ》は三十二歳で、米良の部下のひとりだ。

立花とはタイプが異《こと》なるが、職務を全《まっと》うしたがる点では同じだった。彼は水谷課長を尊敬しているようだが、米良には必ずしも従順ではない。価値観が違うからだろう。

木崎を懐柔《かいじゅう》することは難しそうだ。うまく彼の目を盗んで塒《ねぐら》を抜け出さなければ、非合法な単独捜査はできなくなる。米良は気を引き締めた。

「木崎さんは、もう署を出たとの話でした。三十分前後で、こちらに到着するでしょう」

立花が告げた。

「そうだろうな」

「外出するときは、充分に気をつけてくださいね」

「ああ、そうするよ。木崎が来る前に沙里奈ちゃんの差し入れを喰ったほうがいいな」

米良はアリオンから離れ、自宅マンションに走った。

自分の部屋に入ると、すぐさま着替えに取りかかった。名古屋に向かう気でいた。

若宮冬樹の実家が名古屋市昭和区丸屋町《しょうわくまるやちょう》にあることは、すでに調べ上げていた。若宮の両親は他界している。

実家には、兄の若宮拓海《たくみ》が住んでいるはずだ。若宮冬樹の兄は四十三歳で、土建会社『ヤマト建工』の代表取締役社長を務めている。本社は名古屋市中区東新町《なかくとうしんちょう》にある。社員数は百人近い。主に公共事業を請け負っているようだ。

若宮拓海の妻は律子《りつこ》という名で、三十八歳だった。ひとり娘の真帆《まほ》は中学一年生だ。

米良はリビングソファに坐り、ポケット版の時刻表の頁《ページ》を繰りはじめた。東海道・山陽新幹線の項を開いたとき、横でポリスモードが鳴った。

電話をかけてきたのは、麻布署の生活安全課長の水谷だった。米良は深呼吸してから、刑事用携帯電話《ポリスモード》を耳に当てた。

「毎日、どうしてる？」

「もっぱら部屋で読書をしてます。買物に出かけるほか外出は控えてますよ、もちろんね」

「立花もそう報告を上げてくるんだが、本当にそうなのか？」

「課長、何か疑ってるような口ぶりですね。誰かが悪意に満ちた偽情報《ガセネタ》でも流してるのかな」

「米良、正直に話してくれないか。いろいろ情報が寄せられてるんだよ。おまえがこっそりと自宅から抜け出して、新宿署の捜査本部事件を個人的に調べ回ってるという話がな」

「妙なデマを流してる人間の見当はつきますよ。新宿署の堀切刑事課長なんでしょ？」

「その質問には答えられないが、とにかく米良が違法な捜査活動をしてるって話がわたしの耳に入ってるんだ」

「課長のいまの言葉を聞いたら、立花が怒りますよ。悲しむだろうし、士気《しき》も失せるだろうな」

「うむ」

「課長もよく知ってるでしょうが。立花は仕事熱心ですし、正義感も強いほうです。そんな彼が、おざなりな監視をするわけないでしょ。立花を無能扱いするなんて、ひどすぎるな。それに、こっちの言葉も信用してない感じだ」

「そういうわけではないんだが……」

水谷がしどろもどろに答えた。

「課長は麻布署の人間よりも、外部の者を信用してるんですね？」

「おい、何を言い出すんだ⁉ もちろん、署のみんなは身内だから、誰も信頼してるさ。しかし、堀切さんとは同じ所轄で働いてたことがあるから、人柄はよく知ってるんだ。無責任なデマを飛ばしたり、他人を中傷するような人間じゃない」

「やっぱり、妙な告げ口をしたのは新宿署の刑事課長だったんだな」

「あっ、しまった」

「堀切さんに抗議したりしませんから、安心してください。わたしは、堀切さんとはなんとなく反《そ》りが合わないんですよ。こっちが新宿署にいたころ、お互いに虫が好かないと敬遠し合ってたんです」

「そうだったみたいだな。そのことは堀切さんも認めてる。そうだからといって、根拠もないのに米良が殺人捜査に首を突っ込んできたんで迷惑してるとは言わないと思うがな」

「かつての相棒だった露木賢太が射殺されたんで、個人的に犯人捜しをしたいという気持ちはありますよ。しかし、こっちは過剰防衛の件で三カ月の停職処分を受けたんです」

「そうだな」

「自宅謹慎中に捜査活動なんかしたら、間違いなく懲戒免職になります。露木には大きな借りがありますが、失職したくないという気持ちのほうが強いんですよ」

「職を失いたくないという気持ちはあるんだろうが、米良は後先を考えず突っ走ってしまうようなところがあるからな。過剰防衛の件だって、考える前に相手に暴行を加えてしまったんだろう？」

「東京拘置所に入ってる戸辺一貴は姪《めい》と親しかったのに、痩せ薬だと嘘をついて、合成麻薬を服ませたんです。姪が心臓に疾患《しっかん》があることを知っていながらね。薬物でショック死することは予想できたはずなんだ。そういう犯意を隠して……」

「その話は前に聞いたよ」

「ああ、そうでしたね。とにかく、こっちのことはいいとしても、立花の仕事ぶりはきちんと評価してやってほしいな」

「そうしたいが、堀切さんがいい加減な噂話をわたしに伝えたとは思えないんだよ」

「課長！」

米良は、ことさら声を尖《とが》らせた。

「立花が頼りにならないというわけではないんだが、彼には防犯係が抱えてる事案を手伝ってもらうことにした。それで、木崎をそっちに行かせたんだ」

「立花、傷つくだろうな」

「うまくフォローしておくよ。木崎はしっかり米良を監視してくれるだろうから、裏をかいて自宅から抜け出そうとしても無駄だぞ」

「交代要員が木崎になったら、あいつを部屋に呼んで酒でも飲むか。彼とは相性がよくないんだが、二人でじっくりと酌《く》み交わせば、気心がわかり合えるでしょうからね」

「それはやめてくれ。木崎は酒好きだから、一杯飲んだら、際限《さいげん》なくグラスを重ねるにちがいない。酔い潰れた隙《すき》に米良に外出されたら、目も当てられないことになる。だから、木崎に酒なんか飲ませないでくれ」

「まだ疑ってるのか。わかりましたよ。木崎を部屋に招き入れたりしません」

「ああ、そうしてくれ」

水谷課長の声が途絶えた。

米良はポリスモードを二つに折り、腕時計に目をやった。午後一時十五分過ぎだった。

ふたたび時刻表に視線を落とす。

午後二時十三分に東京駅を発《た》つ『のぞみ179』に乗り込めるだろうか。微妙なところだ。次の新幹線には間に合うだろう。

米良は寝室に駆け込んで、トラベルバッグに手早く着替えの衣類と靴下を詰めた。バッグの内側のポケットに小杉組長から奪った万年筆型の特殊拳銃を突っ込む。装塡《そうてん》されている実包は二発だった。旅先で何があるかわからない。護身用に持っていくことにしたのである。

若宮冬樹の自宅マンションから無断で持ち出したグロック26は、マークXのグローブボックスに入れっ放しではない。前夜、自宅マンションの寝室のクローゼットに移しておいた。捜査関係者に見つかることはないだろう。

寝室を出ようとしたとき、姉の敦子からスマートフォンに電話がかかってきた。きょうも酒気を帯びている。

「剛、最も楽に死ねる方法は何かしら？　知ってたら、教えてよ」

「何を言ってるんだっ」

「わたし、留衣が死んでから、腑抜《ふぬ》けになっちゃったのよ。生きる張りがないんだから、娘のそばに早く行きたくなっちゃったの。辰彦さんは突っかい棒になってくれないから、もう死んでしまいたいのよ」

「そんなふうにめそめそしてたら、あの世で留衣が怒るぞ」

「怒ってもいいわ。わたし、本当に留衣のそばに行きたいの」

「義兄《にい》さんと気晴らしに温泉にでも行ってきなよ。知らない土地で何日か過ごせば、気分転換になるはずで」

「どこにも行きたくないわ。留衣の遺骨を置いて、遠出なんかできるわけないでしょ！」

「おれに八つ当たりするなって」

米良は苦笑混《ま》じりに言った。

「辰彦さんもそうだけど、剛も情《じょう》が薄すぎるわよ。あんた、留衣を自分の娘のようにかわいがってたじゃないの。娘のために、どれだけ悲しんでくれた？」

「いまも悲しんでるよ」

「どうだかね。留衣のことを心底から悲しんでくれてるんだったら、すぐに東京拘置所で戸辺を接見して、あの男の口を割らせてよ。刑事なんだから、それぐらいのことはできるでしょ？」

「姉貴、子供みたいなことを言うなよ。そんなこと、できっこないだろうが！」

「意気地なし！　あんたは、それほど留衣のことを大切に思ってなかったのよ。ええ、そうなんだわ」

姉が極《き》めつけた。

米良は、むっとした。しかし、言い返さなかった。何を言っても無駄だと思ったからだ。敦子は泣きながら、娘の思い出話を延々と語りだした。米良は数十分黙って聞いていたが、ついに耐えられなくなった。

いったん通話を切り上げ、義兄の風野辰彦のスマートフォンを鳴らす。

待つほどもなく風野が電話に出た。米良は酔った実姉から電話があったことを告げ、夫婦で気分転換の旅行に出かけてみたらと提案した。

「ああ、そうするよ。酒で悲しみを紛《まぎ》らせてることは知ってたんだが、昼間から酔うほど飲んでるとは思わなかったんだ。剛君、迷惑をかけたね」

「いいえ、気にしないでください。何をしても姉貴の気分が変わらないようだったら、一度、おれが心療内科に連れて行きます」

「それは夫がやることだよ。そのときは、わたしが敦子に付き添う。剛君は心配しないでくれ」

「姉貴を支えてやってくださいね」

「もちろんだよ。それはそうと、担当検事さんに会う機会があったら、戸辺一貴は留衣が合成麻薬でショック死するかもしれないと思ってたのかどうか徹底的に調べるよう頼んでほしいんだ。それによって、戸辺の刑の重さが違ってくるからね」

「ええ。すでに担当検事にはそう頼んでありますが、チャンスがあったら、必ず念を押しときますよ」

「よろしくお願いします」

義兄が改めた口調で言って、通話を切り上げた。

米良は寝室を出て、ベランダに降りた。マンションの下の道路には灰色のレガシィが見えた。運転席には、部下の木崎が坐っている。

立花のアリオンは見えない。麻布署に戻ったのだろう。

米良は部屋の中に入り、すべての窓をカーテンで閉ざした。全室の照明を点けて、静かに部屋を出る。在宅しているように見せかけたのだが、どれほど効果があるのか。気やすめかもしれない。

米良は自室のドアをロックすると、エレベーターホールとは逆方向に向かった。非常階段を下って、マンションの真裏の公園のフェンスを乗り越える予定だ。

米良は非常口に走った。

アラームを解除してから、非常扉を開閉する。踊り場に出ると、寒風に煽《あお》られた。

米良は手摺に片手を添えながら、鉄筋階段を駆け降りはじめた。

4

街の灯《ひ》がきらめいている。

名古屋の市街地だ。午後五時過ぎだった。

米良は『のぞみ185』の震動に身を委《ゆだ》ねていた。六号車だった。

午後三時四十分に東京駅を発った列車は、あと数分で名古屋駅に到着する。部下の木崎には自宅マンションを抜け出したことは覚《さと》られていないはずだ。

車内アナウンスが流れはじめた。

米良はシートから腰を浮かせ、網棚のトラベルバッグを摑んだ。乗降口に向かう。

新幹線は定刻の五時二十四分にホームに滑り込んだ。

米良は新幹線口から改札を抜けると、タクシーに乗った。向かったのは、中区東新町にある『ヤマト建工』だった。

名古屋を訪れたのは初めてではない。何度か来ている。市街地の地理は、おおよそわかっていた。

中区は、名古屋駅のある中村区《なかむら》に接している。それほど遠くない。

タクシーは駅前通りのルート60を東山《ひがしやま》公園方面に進み、中区役所の先を右折した。東急の一本手前の脇道に入り、数百メートル手前でタクシーは停まった。

六階建てのビルの玄関前だった。目的地の『ヤマト建工』の本社だ。

米良は料金を払って、タクシーを降りた。

一階のエントランスロビーに入ると、左手に受付があった。受付嬢がにこやかに笑いかけてきた。二十三、四歳で、美人だった。

米良は警視庁の捜査員になりすまし、若宮社長との面会を求めた。当然、来意を告げる。受付嬢は社長の弟が数日前に殺害されたことを知っているらしく、緊張した顔つきで社長室に内線電話をかけた。

米良は、こころもち受付カウンターから離れた。待つほどもなく受付嬢がクリーム色の受話器をフックに戻した。

「お待たせしました。若宮はお目にかかると申していますので、最上階の社長室にどうぞ！」

「ありがとう」

米良は奥のエレベーターホールに足を向けた。

函《ケージ》は二基あった。手前のエレベーターで六階に上がる。ホールの左手に社長室のプレートが見えた。

米良はノックをしてから、柊《ひいらぎ》と名乗った。本庁捜査一課に実在する殺人犯捜査係刑事の名を騙《かた》ったのだ。

「どうぞお入りください」

ドアの向こうで、応答があった。社長自身だろう。

米良は社長室に足を踏み入れた。二十畳ほどの広さだった。

正面に桜材の両袖机が置かれ、左手に総革張りの応接ソファセットが見える。ソファの色は焦茶《こげちゃ》だった。

「若宮拓海です。ご苦労さまですね」

社長が如才《じょさい》なく言って、執務机から離れた。

米良は模造警察手帳を呈示《ていじ》し、他人の姓を告げた。

「弟のことで面倒をおかけして、申し訳ありません」

「まだお若かったのに、残念でしたね」

「運命だったんでしょう。ま、お掛けください」

若宮が応接ソファを手で示した。

二人はコーヒーテーブルを挟んで向かい合った。

「日本茶がよろしいですか？　それとも、コーヒーを召し上がります？」

「どうかお構いなく」

米良は言って、若宮拓海の顔を正視した。

殺害された弟とは面立《おもだ》ちが少しも似ていない。それぞれ片親だけの血を濃く受け継《つ》いだのだろう。

「お連れの方はどうなされたんです？　通常、刑事さんはペアで聞き込みされてるんでしょ？」

「ええ、そうですね。しかし、捜査費にあまりゆとりがないんで、わたしひとりが出張することになったんですよ」

「それは大変ですね」

「所轄の新宿署の話によると、司法解剖後、あなたが弟さんの亡骸《なきがら》を引き取られたとか？」

「ええ、たった二人だけの兄弟ですからね。すでに両親は亡くなってるんで、わたしがささやかな葬儀を……」

「そうですか。弟の冬樹さんは城南大を三年で中退してから、何年か歌舞伎町でバーテンダーをしてたんでしょう？」

「そうみたいですね。弟は、身内には何も相談もせずに勝手に大学を中退しちゃったんですよ。死んだ親父が冬樹を子供のころから甘やかしてたんで、あいつは中学生のころから遊びを覚えてしまってね。高校生のときは、もう手のつけられない非行少年《ワル》でした。本人は勉強が嫌いだったんで、大学には行きたくなかったようです。しかし、親父とわたしが強く進学しろと言ったもんで、弟は城南大に入ったんですよ。といっても、いわゆる裏口入学でしたがね」

「そうだったんですか」

「親父が生前、農薬製造会社を経営してたんで、城南大の理事に少しまとまった金を渡して商学部に潜《もぐ》り込ませてもらったんですよ。それなのに、冬樹の奴は東京で遊び呆《ほう》けた揚句《あげく》、無断で退学してしまって、本当に親不孝な奴でした。親父が脳卒中で倒れたのは、弟が心労をかけ通しだったからだと思いますね」

「お父さんは後遺症で、体が不自由になられてしまったんですか？」

「ええ、右半身が動かなくなりまして、数年後に亡くなりました。おふくろは親父の介護疲れで心臓がすっかり弱くなりまして、連れ合いがいなくなると、親父も元気がなくなりまして、事業欲も失ってしまったんですよ。それで、七年前に他界しました」

「お父さんの会社をご兄弟のどちらかが継がれなかった理由は？」

「かなり前からエコ、エコと言われるようになってましたんで、親父の会社はもう将来性がないと考え、廃業することにしたわけです」

「そうなんですか。その会社は、どこにあったんです？」

「祖父江《そふえ》町の外れです。木曽川の際《きわ》に、いまも廃工場と事務所があります。売り払ってもいいんですが、なかなか買い手がつかなくて、放置してあるんですよ」

若宮が言った。

「もったいない感じがするな」

「いずれ景気がよくなったら、親父の工場はわたしの会社の重機置き場にしようと思ってるんです」

「『ヤマト建工』を設立されたのは、いつなんです？」

「二十数年前です。バブルが弾けたころだったんですが、道路、陸橋、ダムの土木工事の受注が切れ目なくあったんですよ。おかげで、この自社ビルを建てることができました。ですけど、リーマン・ショック前後から受注量が減少するようになりました」

「所轄署の調べによると、こちらの会社は県内の設楽《したら》ダムの基礎工事をだいぶ以前から請け負ってるようですね？」

「ええ。元請けではありませんが、昔から土木工事をやらせてもらってます。群馬県の八ッ場《やんば》ダム凍結《とうけつ》のことが盛んにマスコミに取り上げられてましたが、愛知県民にとって、設楽ダムは絶対に必要なんですよ」

「工事が着手されたのは、いつでしたっけ?」

米良は訊いた。

「一九七八年です。総事業費は二千七十億円で、すでに二百二十四億円が投入されてます。完成は二〇二〇年の予定だったんですが、本体工事が未着工のまま新政権は工事を一方的にストップさせたんです。北海道から九州のダム建設が次々に凍結・中止されて、沖縄の河川《かせん》総合開発も見直されることになりました」

「ええ、そうでしたね」

「民友党政権のころの国土交通省はダム建設予定地の住民や建設業者の生活や意見を無視して、ひたすら公共事業費を減らそうとしました。あまりにも、やり方が独裁的だったとは思いませんか?」

「それ以前の政権を担《にな》ってた民自党や公正党が官僚や国土交通省の族議員の言いなりになって、必要のない高速道路、橋、港なんかを造ってたことは事実でしょ? ダムにしても、すべてが必要なのかどうか精査《せいさ》する必要はあったんじゃないのかな」

「必要でないダムが全国に二つ三つはあるかもしれません。しかし、設楽ダムは絶対に造るべきだったんです。愛知だけではなく、中部地方には必要なんですよ。確かに税金の無駄遣《づか》いはよくありません。しかし、公共事業のすべてを悪いと考えるのは暴論ですよ。国民を愚弄《ぐろう》してますね。民友党政権だからって、何をやってもいいと思ってたとしたら、それこそファシズムです。いきなり一兆円以上の公共事業費の削減を打ち出したのは、乱暴すぎました」

「前政権は、建設業者の転職支援も約束しましたよね？」

「ええ。しかし、長いこと公共事業の現場で働いてきた労働者に農林業などに転職したらどうかと勧めても、喜んで同意する者はいないでしょ？　業種が変われば、まったくの一年生です。当然、給与だってよくはないでしょう。建設業者は独身ばかりじゃないんです。どうやって家族を養っていけばいいと言うんですかっ」

若宮が言い募《つの》って、拳《こぶし》でコーヒーテーブルを叩《たた》いた。

「お気持ちはわかりますが……」

「どうも失礼しました。刑事さんに怒りをぶつけるのは、筋違《すじちが》いでしたね。見苦しい真似をしてしまったな。どうかご容赦《ようしゃ》ください」

「前政権のころ、会社の経営は相当、厳しかったんですか？」

「ええ、厳しかったですね。毎年、売上の六割近くは設楽ダムの工事で稼いでたんですよ。道路の補修工事も減る一方でしたから、民自党が返り咲かなかったら、倒産してたかもしれませんね。泣く泣くリストラもやったんですが、焼け石に水でした。社員にできるだけ経費を節約してくれと言い渡してあったんですが、その程度では赤字は喰い止められませんでした」

「そうですか。さて、本題に入らせてもらいます。これまでの捜査で、あなたの弟さんは個人的に裏ビジネスをしてたことがわかったんですよ」

「弟は組に内緒で、違法カジノでもやってたんですか？　新宿署の方に冬樹には何か裏収入があったんではないかと訊かれたんですが、わたしには何も思い当たることがないんで、そうお答えしたんですがね」

「冬樹さんはネットで合成麻薬のＭＤＭＡを密売してたようです」

米良はそう前置きして、詳しいことを教えた。

「信じられません。しかし、冬樹と親しかったという女性まで轢き殺されたわけですから、二人は麻薬の密売に手を染めてたんでしょうね」

「それだけじゃないんですよ。あなたの弟さんは、新宿署生活安全課の露木という刑事を西新宿のビル建設予定地内で射殺した疑いも消えてないんです」

「その射撃事件は新聞報道で知ってますが、新宿署の方は何もおっしゃらなかったな。冬樹が殺人事件に関与してたなんて……」

「露木刑事があなたに弟さんのことで聞き込みに来たことはありますか？」

「一度もありません」

「実は、冬樹さんの自宅マンションにグロック26が隠されてたんですよ。拳銃は、ベランダに置かれたプランターの土の中に埋まってました。露木刑事は同型のハンドガンで頭部を撃たれて死んだんです」

「グロック26がプランターの中に隠されてたんでしたら、おそらく冬樹が刑事さんを射殺したんでしょうね。弟の奴は麻薬を密売してることを露木という方に知られて、大それた罪を犯してしまったんだろうか」

「そうなのかもしれません。こっちは、冬樹さんの交際相手が無灯火のワンボックスカーで轢き殺されたことから、麻薬密売には第三者も関わってたと睨《にら》んでるんですがね」

「なるほど、そうなのかもしれないな」

「これまでの調べで、小杉組の組長や大幹部がどこかからMDMAを調達してないことははっきりしたんですよ」

「ということは、弟自身か謎のビジネスパートナーがMDMAを外国人マフィアあたりから仕入れてたってわけですね？」

「その可能性もありますが、自分たちで合成麻薬を密造し、それをネットで売り捌いてたとも考えられます」

「弟は理数系には、まるっきり弱かったな。化学知識はゼロに近かったと思います」

「MDMAの正式名はメチレンダイオキシン・メタンフェタミンで、アンフェタミン分子を化学変化させた興奮・幻覚剤ですが、製法はそれほど難しくないようですよ。

特に化学知識がなくても、その気になれば、ネットの裏サイトで製造方法は学べるでしょう」

「そうなんですか」

「ただ、大量の錠剤を造るとなったら、マンションの一室では無理でしょうね。ある程度の広さが必要でしょう。貸工場かどこかで合成麻薬は密造され、大量の錠剤が一定期間、保管してあったんだろうな」

「弟の交友関係を警察は徹底的に洗ってくれたんでしょ？」

「ええ、もちろんです。しかし、共犯者らしき人物は浮かび上がってこなかったんですよ。誰か思い当たる人間はいます？」

「残念ながら、まったく思い当たりませんね」

「そうですか」

「弟は何か事情があって、どうしても金が必要だったんでしょうね。ただ、遺品の中の預金通帳の残高は二十数万円だったんですよ。マンションの部屋にも、現金は十四万数千円しかありませんでした。麻薬の密売でいくら稼いだのか見当もつきませんが、その汚れたお金はどこかに隠してあるんでしょうね」

「ええ、多分」

会話が中断した。

そのとき、社長室の前で人が揉み合う気配がドア越しに伝わってきた。男の怒声も聞こえた。

「騒がしいな。ちょっと失礼します」

若宮拓海が断って、ソファから立ち上がった。次の瞬間、社長室のドアが開けられた。米良は反射的に振り返り、出入口に目を向けた。

四十年配の男が五十代半ばの社員に羽交《はが》いじめにされ、全身でもがいていた。

「専務、何事なんだ？」

若宮が五十六、七歳の男に声をかけた。

「この植草《うえくさ》がリストラ解雇は法律違反だと言って、支援団体の愛知労働者ユニオンの書記長と一緒に会社に乗り込んできて、社長に会わせろと一階のエントランスロビーで喚《わめ》いてたんですよ。受付から連絡を受けて、わたし、引き取ってくれと言ったんですが、植草が勝手にエレベーターに乗り込んで、六階まで……」

「どうして一一〇番通報しなかったんだっ。れっきとした建造物侵入罪じゃないか？」

「ですが、植草は去年の十一月末まで社員だったわけですから、パトカーを呼ぶのはかわいそうな気がしたんですよ」

専務と呼ばれた五十男が言い訳した。若宮が顔をしかめて、舌打ちをした。それから彼は、元社員らしい男の胸倉を摑んだ。

「おまえ、どういうつもりなんだ。植草、おれをなめてんのかっ」

「社長、不当解雇ですよ。わたしを職場に復帰させてください。赤字だからって、わたしだけ肩叩きに遭《あ》うのは納得できません」

「おまえに早期退職を勧告した理由はあるんだ。営業部次長でありながら、新規の受注を半年以上も取れなかった。たったの一件もな。そんな無能な社員に年俸六百八十万円も払う余裕はないんだよ、いまの『ヤマト建工』にはさ。だから、退職金を十五パーセントも上乗せして、リタイヤしてもらったんだ。それのどこが法に触れるんだよっ。はっきり言ってみろ！」

「社長は、弟さんが関東義誠会小杉組の準幹部だと何度も言いました。それから中部地方を縄張りにしてる中京会《ちゅうきょうかい》の理事たちとも、よくゴルフをしてるんだと脅迫じみたことも口にしましたよね？」

「事実を言ったまでで、おまえを威《おど》したわけじゃない。こっちは、ちゃんと割増金を払うと言って、それを実行した。植草は納得して、退職したんじゃないかっ」

「納得なんかしてませんよ。わたしはリストラに応じなかったら、自分や家族が怕《こわ》い連中に何かされるんじゃないかと思ったんで、仕方なく辞表を書いたんです。いいえ、強引に書かされたんです。ええ、そうなんですよ」

「いまさら何を言ってるんだっ」

「愛知労働者ユニオンの書記長も近くに来てますんで、とにかく話を聞いてください。お願いしますよ」

「帰れ！　どんな団交にも応じる気はないっ。もう話がついたことだからな」

「わたし、割増分を含めて退職金にはまったく手はつけてません。少しぐらいサラリーが下がってもかまいませんから、また会社で働かせてくださいよ。デフレ不況のときに放り出されたら、まず再就職先なんか見つからないでしょう。どうか停年まで『ヤマト建工』で働かせてください」

　植草が深く頭を下げた。

「会社は火の車なんだよ。あと十五人は早期退職してもらうつもりなんだ。だから、植草を職場に復帰させることはとうてい無理だな。いま来客中なんだよ。迷惑だから、早く帰ってくれ」

「社長は冷たい人間ですね。それだから、死んだ弟さんは何年も寄りつこうとしなかったし、奥さんもお嬢さんを連れて社長のお宅を出ていってしまったんですよ」

「おまえは、客の前でおれに恥をかかせるつもりなのか。それ以上、無礼なことを口走ったら、ただじゃおかないぞ」

「わたしや家族に危害を加えたら、こちらも切札を使いますよ」

「切札だって⁉」

「ええ。『ヤマト建工』はわずか社員が百人足らずですが、県内の大型公共事業のほとんどの下請け工事をやらせてもらってきました。それは民自党の族議員にそれなりの挨拶をして、県内の大手ゼネコンの役員たちの不正や醜聞《スキャンダル》を中京会の者たちに……」

「根も葉もないことを言ってると、おまえを名誉毀損《めいよきそん》で告訴するぞ。二度とここに顔を出すな！」

若宮が植草を怒鳴《どな》りつけ、社長室のドアを力まかせに閉めた。

植草から何か手がかりを得られるかもしれない。米良はそう思い、若宮に顔を向けた。

「何か取り込んでるようですから、そろそろお暇《いとま》しましょう」

「いいえ、遠慮しなくても結構ですよ。話が中断してしまいましたが、弟と高峰亜紀という女性は合成麻薬の密売をしてた共犯者が殺したかもしれないな」

「ええ、ひょっとしたらね。それから、そいつが露木刑事を弟さんが射殺したと偽装工作した可能性もありそうだな」

「そうだとしたら、そいつを殺してやりたい気持ちですよ。冬樹はやくざ者になってしまいましたが、たったひとりの弟でしたからね。もちろん、荒っぽい復讐なんかしませんん。しかし、弟が刑事さんを射殺してしまったという疑惑が消えたわけじゃないんでしょ？　その通りなら、わたしは生きにくくなるだろうな」

「捜査を進めていけば、そのことははっきりすると思います。ご協力に感謝します」

米良は謝意を表し、社長室を出た。

廊下にもエレベーターホールにも人影は見当たらなかった。植草という男は、まだ近くにいるだろう。

米良は急いでエレベーターで一階に降りた。

表に走り出ると、『ヤマト建工』の斜め前に植草がいた。彼は五十歳前後の口髭《くちひげ》をたくわえた男と立ち話をしていた。相手は、愛知労働者ユニオンの書記長と思われる。

米良は物陰に身を潜《ひそ》めた。

夜気《やき》は刃《やいば》のように鋭い。米良は足踏みをしながら、植草がひとりになるのを待ちつづけた。

第四章　敗者たちの影

1

立ち話が終わった。

およそ二十分後だった。口髭《くちひげ》を生やした男が植草に軽く頭を下げて、大通りに向かって歩きだした。

米良はトラベルバッグを持ち直し、植草に大股で近寄った。植草が警戒する顔つきになった。

「あっ、おたくはさっき社長室にいましたよね」

「ええ。わたし、警視庁捜査一課の柊という者です」

米良は、模造警察手帳の表紙だけを短く見せた。

「捜査一課というと、殺人事件なんかを担当してるセクションでしょ？」

「そうです。若宮社長の弟が北新宿の自宅マンションで殺害された事件は、ご存じでしょ？」

「もちろん、知ってます。テレビや新聞で派手に報道されましたんで。すると、あなたは新宿署に置かれた捜査本部の刑事さんなんですね？」

「はい。被害者の兄である若宮拓海さんから新情報を得られると期待してたんですが、これといった収穫はありませんでした。そこで、あなたに協力していただきたくて、声をかけさせてもらったんですよ。社長室で別に聞き耳を立ててたわけじゃないんですが、お名前は植草さんでしたね？」

「ええ、植草宗則《むねのり》です」

「お手間は取らせません。立ち話もなんですから、コーヒーでも飲みながら……」

「わかりました。あの店に入りましょうか」

植草が数軒先の昔風の造りの喫茶店を指さした。

米良は同意した。二人は喫茶店に入り、奥のテーブル席に落ち着いた。客は疎《まば》らだった。

「味噌《みそ》煮込みうどん、きしめん、味噌カツ、海老フライ、ひつまぶしなどが名古屋名物として広く知られてますが、実はB級グルメも自慢のひとつなんですよ」

植草が誇らしげに言った。

「天むすび、鬼まんじゅう、あんかけスパゲティ、さらに海老フライとハヤシライスを合体させた……」

「それは、しゃちほこ丼《どん》です。まだまだありますよ。甘口抹茶小倉《あまくちまっちゃおぐら》スパゲティも名古屋人の好物ですし、たいていの喫茶店には小倉トーストがメニューに入ってます」

「それは、バタートーストに小倉あんが塗《ぬ》ってあるやつでしょ？」

「ええ、そうです。わたしは子供のころから、小倉トーストが大好きでしてね。コーヒーはいりませんから、小倉トーストをオーダしてもいいですか」

「両方注文してください」

米良は言って、ウェイトレスを呼んだ。植草が恐縮しながら、小倉トーストとコーヒーをオーダーする。

米良はコーヒーだけを頼んだ。ウェイトレスが下がる。

「社長の弟は関東義誠会の構成員だったから、いろいろ堅気に迷惑をかけてたんでしょうね。もしかしたら、対立する組織と何かで揉《も》めてたのかな。でも、ゴム粘土で鼻と口を塞《ふさ》がれて窒息させられたというから、犯人はその筋の人間じゃなさそうですね。やくざなら、刃物か拳銃を凶器に選ぶでしょうから？」

植草が一気に喋《しゃべ》って、コップの水を喉に流し込んだ。

「それはそれとして、植草さんも大変ですね。半《なか》ば強引に会社を早期退職させられたんでしょ？」

「そうなんですよ。若宮社長とわたしの遣《や》り取《と》りが厭《いや》でも耳に入ったでしょうが、仕事を取ってこれなかったことは解雇理由にはならないはずです。労働者ユニオンに出入りしてる弁護士さんは、明らかに不当解雇だと言いました」

「そうなんだと思います」

「家内は裁判で勝って職場復帰できても以前のようには気持ちよく働けないだろうから、いっそ再就職口を探したほうがいいと言ってるんです。しかし、男が泣き寝入りなんかできません。時間とお金はかかるでしょうが、わたし、会社ととことん闘います」

「こちらが同じ立場だったら、多分、そうするでしょうね」

「わたしは負けませんよ。若宮社長は裏社会の連中とも繋《つな》がりがあるから、さまざまな厭がらせをされるでしょう。しかし、脅迫には屈《くっ》しません」

「若宮社長は、中京会のなんという理事と親交があるんですか？」

「理事の名前まではわかりませんが、中京会とは深い繋がりがあるはずです。昔から、土建業界は闇の世界と持ちつ持たれつの関係を保《たも》ってきたんですよ。愛知県内だけじゃなく、全国のゼネコンや土木会社も同じでしょう」

「そのことは知ってます。広域暴力団の企業舎弟《しゃてい》になってる建設業者も少なくありません」

米良は言いながら、上体を反《そ》らした。ウェイトレスが近づいてきたからだ。

卓上に二つのコーヒーカップと小倉トーストが置かれた。植草が嬉しそうな顔で、小倉トーストの皿を引き寄せる。

「どうぞごゆっくり！」

ウェイトレスが歩み去った。

植草はすぐに小倉トーストを頬張り、満足そうに目尻を下げた。大好物なのだろう。男は死ぬまで誰も子供のままなのかもしれない。

自分も、少年っぽさや青臭さをいまだに引きずっている。米良は植草にある種の親しみを感じながら、コーヒーをブラックで啜《すす》った。

「小倉トーストで幸せを感じるんだから、わたしは安上がりな男ですね」

「いいじゃありませんか、それで。日常のささやかな喜びが明日への活力源になってるんでしょうから」

「それはその通りだと思いますが、なんか、ちまちまとしすぎてるでしょ？　なんだか恥ずかしくなってきたな」

「恥じることはありませんよ。ところで、植草さんは社長室の前で、切札云々《うんぬん》と言ってましたよね？」

「え、ええ」

「『ヤマト建工』の社長は地元のやくざだけではなく、愛知県を選挙区にしてる国会職員とも親しいようだな」

「会社は創業直後から民自党の梅川善行《うめかわよしゆき》代議士に献金をしつづけてきましたし、票集めもしてきたんです。若宮社長は商才に長《た》けてますから、海老で鯛《たい》を釣る商法を貫《つらぬ》いてきたんですよ。それだから、中部地方の大手・準大手ゼネコンが落札した公共事業の大半の一次下請け業者になれたわけです」

植草が前屈《まえかが》みになり、小声で言った。

六十八歳の梅川議員は民自党の最大派閥に属し、国土交通省の族議員のボス格だった。事務次官を含めて省のキャリア官僚を手懐《てなず》け、公共事業の発注先を長年にわたって差配してきた。梅川が大手・準大手の闇談合を仕切っていることは、半ば公然たる秘密だった。

過去に二度、汚職事件でこの族議員は東京地検特捜部に任意同行を求められて事情聴取された。だが、どちらも収賄容疑で起訴されることはなかった。裏で手を回したのだろう。

「梅川議員の力で中部地方の空港、道路、港湾などが立派になったんだろうな」

「すべてじゃありませんけど、梅川代議士の尽力があったことは間違いありませんね。地元の経済人たちは〝梅川天皇〟なんて呼び方をしてます。意地の悪い言い方をすれば、愛知県下の過半数の企業が梅川代議士と癒着《ゆちゃく》してると言ってもいいでしょう。中京会も梅川議員とは不適切な関係であるのは、誰の目にも明らかです」

「でしょうね」

米良はセブンスターをくわえた。

植草がペーパーナプキンで口許《くちもと》を拭《ぬぐ》い、コーヒーに砂糖とミルクをたっぷりと落とした。相当な甘党なのだろう。

「『ヤマト建工』が公共事業の第一次下請け業者になれたのは梅川議員の口添えもあったんでしょうが、若宮社長は中京会の人間に地元のゼネコンや土木会社の経理不正や重役たちのスキャンダルを探《さぐ》らせて、その弱みを相手方にちらつかせてたんでしょうね。だから、どの元請けも『ヤマト建工』を第一次下請け業者に選ばざるを得なかったんだと思います。県内に同規模の土木会社が三社あるんですが、大きな公共事業を元請けから回してもらってるのは『ヤマト建工』だけなんですよ」

「そういうことなら、植草さんが言ったような裏があったんでしょう。ひょっとしたら、梅川議員も私生活の乱れを若宮拓海に押さえられてるのかもしれないな」

「刑事さん、それ、考えられますよ。梅川代議士は病的なほど女好きで、愛人が五人もいるって噂ですから。国許に帰っても千種《ちくさ》区にある自宅には寄らずに愛人宅に泊まって、そのまま東京に帰ってるという話です。それも東京の広尾の家にはめったにいないで、複数の愛人宅を泊まり歩いてるらしいんですよ」

「かつて族議員として暗躍してた梅川も黒い噂がいろいろあるんで、国交省のエリート官僚たちは離れたにちがいない。もちろん、公共事業の入札にも口利きはできなくなったんでしょう」

「ええ、その通りです。それだから、民友党政権になって設楽ダム工事が凍結《とうけつ》されたとたん、会社の年商が激減してしまったわけですよ。若宮社長は何かおいしいサイドビジネスをやって、会社の赤字を埋めないといけないと焦《あせ》りを見せてました」

「何か他業種に手を染めた気配は？」

「そういう動きはまったく見られなかったんですが、いつしか社長は暗い表情をしなくなりましたね」

「そうですか。何か資金繰《ぐ》りの当てができたんだろうな。たとえば、元請けのゼネコンが資金援助してくれるとか」

「考えられませんね、そういうことは。大手ゼネコンとはいえ、下請け会社に資金援助する余裕はないと思います」

「しかし、若宮社長は中京会に元請けの弱みを押さえさせてるかもしれないという話でしたよね？」

「あっ、そうか。で、元請けの『飛鳥組《あすか》』から運転資金を引っ張ってきたんでしょうかね。うん、そうなのかもしれません」

「話は飛びますが、社長は弟の若宮冬樹とはあまり仲がよくなかったんでしょうか」

米良は言いながら、煙草《たばこ》の火を灰皿の底で揉み消した。

「兄弟の仲は悪かったと思いますよ。弟の冬樹さんは、やくざになってしまいましたからね」

「弟は、何年も実家には寄りつかなかったんでしょ？」

「ええ、そのはずですよ。しかし、去年の初秋だったか、ＪＲセントラルタワーズ内で社長兄弟の姿を見かけたんです」

「ＪＲセントラルタワーズは、名古屋駅と一体化してるツインビルですね？」

「そうです。五十一階建てのオフィスタワーと五十三階建てのホテルタワーが並んでるんですが、社長兄弟は十二階のタワーズプラザのレストランから一緒に出てきたんですよ。社長は、東京に戻る弟を見送ったんじゃないのかな」

「仲がよくないのに、そんなことをするだろうか」

「何かがきっかけで、兄弟は仲直りしたのかもしれません。その後、同僚たちが栄《さかえ》駅の近くや錦《にしき》二丁目の名古屋ガーデンパレスのそばで冬樹さんを見かけたって話を聞いたことがありますんで」

「ということは、若宮冬樹は去年の秋ごろから名古屋に来てたんでしょうね」

「そうなんだと思います。でも、弟さんは昭和区丸屋町にある実家には立ち寄らなかったんじゃないのかな」

でしょ？」

植草が呟《つぶや》き、カフェ・オ・レのような色になったコーヒーを口に運んだ。

「兄弟の両親はもう他界してるが、実家には兄嫁の律子さんと中一の姪《めい》が住んでるでしょ？」

「社長の奥さんとお嬢さんは去年の三月に嫁ぎ先を出て、別居してるはずですよ。だから、昼間は実家には誰もいないんじゃないかな」

「夫婦仲は、しっくりいってなかったんですかね」

「でしょうね。奥さんは典型的な良妻賢母タイプで、お嬢さんも礼儀正しい明るい性格です。社長は酒と女性に目がないから、家庭をきっと大事にしなかったんでしょう。それで奥さんは、娘さんと一緒にマンション暮らしをはじめる気になったんだろうな」

「社長の奥さんたちが住んでるマンションは、どこにあるんです？」

「西区平出《ひらで》町にある『志賀パークサイドコーポラス』という賃貸マンションを借りてるって話ですよ。部屋の号数まではわかりませんけどね。社長の奥さんに会えば、何か少しは手がかりを得られるんじゃないのかな」

「どうしてそう思われるんです？」

米良は問いかけた。

「七年前だったかな、社長の父親の葬儀のときに若宮社長が段取りが悪いとか何とか言って、律子夫人を出棺直前に怒鳴《どな》りつけたんですよ。そのときね、社長を弟の冬樹さんが強く窘《たしな》めたんです」

「そんなことがあったんですか」

「ええ。冬樹さんは、兄嫁に好意を密《ひそ》かに寄せてたんじゃないのかな。社長の奥さんを異性として眺めてるような感じでしたよ。律子夫人のほうは、冬樹さんを単なる義弟としか見てなかったみたいでしたけどね」

「そうですか」

「夫婦のことですから、どっちが悪いとは軽々しく言えないんですが、非は社長のほうにあるんでしょうね。男としては遣り手でも、どこか尊大ですし、特に女性を軽く見てるとこがあるんですよ。社長は結婚してから、ずっと我を通してきたんでしょう。奥さんは愛情が冷めてしまったんで、とても夫とは暮らしていけないと思って、おそらく別れ話を切り出したんでしょう」

「しかし、若宮拓海は離婚届に判を捺《お》そうとしなかった？」

「ええ、多分ね。社長は世間体を人一倍、気にするんですよ。事業家にとって離婚はマイナスになると考えて、この先もずっと奥さんとは別れるつもりはないんでしょう」

「ひとり娘の将来を考えてもいるんじゃないのかな」

「社長は、それほどお嬢さんにも愛情を注いでない気がしますね。男親にとって、娘はかわいいものです。思春期に疎《うと》まれたりしますが、娘のほうも父親には甘えたりするもんだと思いますよ」

「独り身なんで、そのあたりのことはよくわからないな」

「わたし、まずいことを言ってしまいましたかね」

「いいえ、お気になさらないでください」

「ま、そんなわけで、社長夫婦は別居中なんですよ」

植草が意味もなく笑った。他人の不幸は、蜜の味と思っているのか。

「社長は女好きでもあるという話ですから、どこかに愛人を囲ってるんだろうな」

「社内でそういう噂話はよく囁《ささや》かれてました。クラブホステスや元テレビタレントを彼女にしてたって話はわたしも聞いてましたが、いま社長がどんな女性に入れ揚げてるのかはわかりません。愛人がいることはいると思いますが……」

「でしょうね。ほかに若宮拓海のことで知ってることがありましたら、ぜひ教えてください」

「知ってることは何もかもお話ししました」

「そうですか。長いこと引き留《と》めてしまって、申し訳ありませんでした。どうぞお先に！」

「小倉トーストの分ぐらい払っていかないと、なんか悪いな」

「官費で落とせますから、お気遣いなく」

米良は、卓上の伝票を素早く抓《つま》み上げた。

「それじゃ、ご馳走になります」

「こちらこそ、ありがとうございました。労働者の権利は譲らないほうがいいと思います。何かと大変でしょうが、頑張ってください」

「ええ。会社になんか負けませんよ」

植草は自分に言い聞かせるように呟き、椅子から勢いよく立ち上がった。

米良は植草が店を出ていってから、セブンスターをくわえた。一服し終えたとき、懐《ふところ》で私物のスマートフォンが振動した。発信者は美人ＤＪの沙里奈だった。

米良はスマートフォンを耳に当てた。

「何かあったのか？」

「米良さん、明るいうちにカーテンを閉《し》めて、照明を点《つ》けて出かけたでしょ？」

「ああ」

「立花さんとチェンジした刑事さんがね、米良さんが部屋にいないことに気づいたみたいよ。それでね、応援の捜査車輌がマンションの横に張りついてるの。どこにいるか知らないけど、検問に引っかからないようにして。多分、都内全域は危《ヤバ》いんだろうな」

「いま、名古屋に来てるんだ。東京駅構内の防犯カメラの映像をチェックされなければ、まず自宅に連れ戻される心配はないだろう」

「それなら、ひと安心ね。わたし、米良さんに元相棒を殺した奴を取っ捕まえさせてやりたいの」

「ありがとよ」

「もし麻布署の部下たちに追われたら、わたしの部屋に匿《かくま》ってあげる。ほら、灯台下《もと》暗しなんて言うじゃない？　案外、見つからないと思うのよ」

「そうだな。泊めてくれるのか？」

「うん、何日だって泊めてあげる。でもね、米良さんは居間の長椅子で寝て。わたしたちは飲み友達なんだから、弾みで腥《なまぐさ》い関係になったら、後が困るじゃない？」

「どうして？」

「妙に意識し合うようになったら、愉《たの》しくお酒を飲めなくなるでしょうが？」

「おれは、それでもいいよ」

「やだ、米良さん！　わたしを口説《くど》いてるわけ!?」

沙里奈は少し狼狽《ろうばい》したようだ。

「そっちに惚《ほ》れちまったみたいなんだ」

「恋愛対象は三十代半ばまでだって言ったと思うけどな」

「本当はおれ、まだ三十四なんだよ。男が若く見られると、何かと舐《な》められるよな。

だから、四十過ぎてると年齢《とし》を偽《いつわ》ってたんだ」

「三十四だったら、もっと肌に張りがあるものよ」

「特殊メイクで、わざと肌をくすませてるのさ。それ、見抜けなかったか。まだ沙里奈ちゃんも男性研究が足りないな」

「しぶといおっさんね。でも、米良さんは、いい奴だよ。わたし、ずっと飲み友達でいたいわ」

「予防線は二度も張るもんじゃない。いい女はカッコよくなくちゃな」

「はい、勉強になりました。とにかく、弔《とむら》い捜査をうまくやって」

「わかった。ありがとな」

米良は私物のスマートフォンを懐に収めた。

ささくれだっていた神経が、いつの間にか和《やわ》らいでいた。仄々《ほのぼの》とした気分だ。はるか年下の沙里奈を特別な他人と感じはじめているのか。そんな気がしないでもない。あるいは、疲れただけなのだろうか。自分でもよくわからない。気持ちを切り替えて、単独捜査の続行だ。

米良は立ち上がり、レジに急いだ。

2

出入口はオートロック・システムになっていた。

『志賀パークサイドコーポラス』だ。午後七時を過ぎていた。

米良は集合インターフォンに近づいた。若宮律子が娘の真帆と暮らしているのは、五〇一号室だった。米良はテンキーに右手を伸ばし、部屋番号を押した。

ややあって、女性の声がスピーカーから流れてきた。

「どちらさまでしょうか?」

「警視庁捜査一課の柊といいます。失礼ですが、若宮律子さんですね?」

「はい、そうです」

「義弟の冬樹さんのことで、お話をうかがいたいんですが、ご協力願えますか」

「それは構わないんですが、あら、どうしよう⁉」

「入浴されたばかりなのかな。それでしたら、出直すことにします」

「いいえ、違うんです。娘がピアノの先生の独奏会に出かけていて、まだ帰宅していませんの。部屋には、わたしひとりだけですので……」

「エントランスロビーで話をうかがいましょう」

「それでは失礼だわ。どうぞお入りになってください。いま、オートロックを解除します」

「では、お邪魔します」

米良は集合インターフォンから離れ、オートドアを通り抜けた。エレベーターに乗り込み、五階に上がる。

五〇一号室は、エレベーターホールの近くにあった。

米良はドアフォンを鳴らした。スピーカーは沈黙したままだ。ふたたびドアフォンのボタンを押しかけたとき、五〇一号室のドアが開けられた。

現われた律子は、細面《ほそおもて》の美人だった。肌が抜けるように白い。慎《つつ》ましやかだが、その仕種《しぐさ》は女っぽかった。大人の色香がにじんでいる。

米良は模造警察手帳をちらりと見せ、改めて名乗った。律子も自己紹介し、スリッパラックに腕を伸ばした。

米良は居間に通された。間取りは２ＬＤＫのようだが、各室が広い。リビングには黒いアップライト型のピアノが置いてあった。

「どうぞお掛けになってください」

律子が言って、ダイニングキッチンに移った。

米良はトラベルバッグをソファの横に置き、モケット張りの椅子に腰かけた。

北欧調のソファセットだった。家具や調度品は、どれも安物ではない。

少し待つと、洋盆《トレイ》を捧《ささ》げ持った律子がリビングに戻ってきた。ハーブティーを淹《い》れてくれたようだ。いい香りが漂ってくる。

律子が二つのティーカップをコーヒーテーブルに置き、米良と向かい合う位置に浅く坐《すわ》った。

「男性の方はあまりハーブティーは好まれないようですが、飲まれると、ストレスが和らぐと思います」

「そういうことなら、遠慮なくいただきます。われわれの仕事は緊張の連続ですんで、ストレスが溜まるんですよ」

「ええ、そうでしょうね」

「毎晩のように安い皿を自宅で叩《たた》き割ってる刑事もいます」

米良はそう言い、ハーブティーを口に含んだ。漢方薬のような味がして、それほどうまくはない。

「冬樹さんは、あの世で自分の運命を呪《のろ》ってるんじゃないかしら？」

律子がコーヒーテーブルの一点を見つめながら、低く呟いた。

「どういうことなんでしょう？」

「若宮と義弟は顔立ちが似てませんでしょ？」

「ええ、そうですね。若宮冬樹は、あなたのご主人の異母弟か何かだったのかな」

「実は、そうなんです。七年前に病死した若宮の父の精太郎《せいたろう》が愛人に産《う》ませたんですよ、義理の弟を」

「そうだったんですか。何か事情がありそうだとは思ってたんですが、母親は異《こと》なってたんですね」

「はい。冬樹さんは生後半年後に義父《ちち》の養子として若宮の家に引き取られ、わたしの夫と一緒に育てられたんです」

「異母弟が家に引き取られたとき、若宮拓海さんは四つだったわけか。それなら子供心にも、弟が自分の母親が産んだ子ではないとわかってたんでしょうね」

「ええ、夫はわかってたそうです。でも、亡《な》くなった義父は冬樹さんの出自《しゅつじ》を不憫《ふびん》に思ってたようで、夫以上にかわいがってたそうです。それから義弟《おとうと》が若宮家の養子であることを極力覚《さと》られないようにしなさいと、義母《はは》とわたしの夫に言い聞かせてたという話でした」

「亡くなられた義母は面白くなかったでしょうね、精太郎さんがお妾《めかけ》に産ませた子を実子のように育てさせられたんですから」

「ええ、そうでしょうね。故人の悪口を言うのは品のないことですが、姑《しゅうとめ》はずいぶん陰で冬樹さんをいじめてたようです」

「あなたのご主人は、どうだったのかな?」

「母親に焚《た》きつけられて、夫もだいぶ異母弟にひどいことをしたみたいです。冬樹さんのズック靴の中に画鋲《がびょう》を入れたり、コンパスの先で背中を突いたりね。姑は冬樹さんの食べ物に砂や小石を混《ま》ぜたこともあるそうです」

「やり方が陰湿だな。あなたの義母とご主人は精太郎さんに屈辱感を味わわされたんで、そうした腹いせをしたんでしょうね」

米良は言った。

「そうなんだと思います。それにしても、少しひどいですけどね。冬樹さん自身には、なんの罪もないわけですから」

「そうですね。あなたの義弟が出生の秘密を知ったのは、いつなんだろうか」

「夫の話によると、中一のころだったそうです。義父《ちち》が経営してた農薬製造会社の専務が酔った弾みで、冬樹さんは若宮拓海の異母弟であると本人に喋ってしまったらしいんです」

「その専務は何か悪意があって、余計なことを言ったんだろうか」

「いいえ、逆《っ》だったみたいです。義父《ちち》は、ハンディをしょって生を亨《う》けた冬樹さんに自分の会社を継がせる気だったらしいんですよ。専務は、そのことを義父から聞いてたようなんです」

「若宮冬樹にいじけたりしないで、まっすぐに生きろと励ましたかったんだろうな」

「ええ、専務にはそういう気持ちがあったんでしょうね。ですけど、多感な年頃です。冬樹さんは子育てを放棄した実母を恨《うら》んだでしょうし、未婚の女性を妊娠させた精太郎も赦《ゆる》せないと思ったはずです。そんなこともあって、義弟は次第に非行に走るようになったらしいんです」

「グレたくもなるだろうな。そんなことがあって、若宮冬樹は暴力団の組員になってしまったわけか」

「義弟《おとうと》の意思が弱かったんで、横道に逸《そ》れっ放しになってしまったんでしょう。ですけど、同情もしたくなりますよね。冬樹さんは育ての母親と異母兄に陰でいじめられつづけたわけですから」

律子が言って、なぜか複雑な表情を見せた。内面に何か苦悩するような事柄を秘めているのか。

「被害者の実父である若宮精太郎さんは、あなたの義弟が小杉組の盃《さかずき》を貰っても何も言わなかったのかな」

「亡くなった義父《ちち》は冬樹さんを自分の会社に入れて、経営の手ほどきをする気でいたようです。ですけど、義母《はは》とわたしの夫に強硬に反対されたこともあって、冬樹さんに事業を引き継がせる件は保留になったまま歳月が流れてしまったんですよ」

「そうですか。七年前に精太郎さんが亡くなって、遺産は誰に相続されたんです?」

「すべての財産を義母《はは》と夫の二人が相続しました」

「被害者も故人の子供なわけだから、相続権はあるはずですがね」

「冬樹さんの実母は十年前に亡くなったんですが、長期の入院加療費を義父《ちち》が払ってあげてたらしいんですよ。わたしの夫がその件を持ち出して、義弟に相続権を放棄させたんです」

「失礼ですが、精太郎さんの遺産額は?」

「相続税を差し引いても、五億円は下らなかったようです」

「あなたの義母が亡くなったとき、その分の遺産は拓海さんが独り占めしたわけですね?」

米良は確かめた。

「はい、その通りです。夫は、二号さんの子を育てさせられた義母《はは》の悔しさや怒りを痛いほど感じてたんでしょう。だから、冬樹さんの存在を疎《うと》ましく思ってたでしょうし、憎んでもいたにちがいありません。それで父親の遺産は、ほんのわずかでも異母弟には分け与えたくなかったんでしょうね」

「それほど仲がよくなかった若宮兄弟が去年の秋ごろから複数回、この名古屋市内で会ってたという証言を『ヤマト建工』の関係者から得たんですよ」

「えっ、そうなんですか⁉」

律子が目を丸くした。その驚き方がなんとなく不自然だった。若宮拓海の妻は何かを糊塗《こと》しようとしているのではないだろうか。

米良は、そう直感した。刑事の勘だった。

「その証言は、何かの間違いではないんでしょうか。二人は犬猿の仲だったんですよ。義理の両親の法事があったわけではありませんから、冬樹さんが実家に近づくことはないと思うんですよ」

「憎み合ってた兄弟も何かで利害が一致したんで、行き来するようになった。そう考えれば、あなたの夫が異母弟の若宮冬樹と名古屋で落ち合ってたとしても、なんら不思議じゃないな」

「含みのある言い方をされましたが、どういうことなんですか？　はっきりとおっしゃってください」

律子が米良の顔を直視した。

「借金だらけの日本は、公共事業の見直しがされるようになりました。すでに工事のストップが発表されたものもありますし、凍結されたプロジェクト事業は数多い」

「ええ、そうですね。夫は土木会社を経営してますが、わたし個人は必要のない公共事業は中止して、税金を有効に遣うべきだと考えています」

「その点については、まったく同感ですね。それはともかく、『ヤマト建工』は大きな収入源だった設楽ダムの工事が凍結されたんで、赤字経営に陥ったようですね」

「そのことは、夫から聞かされてました。それと夫が冬樹さんと会ってたという話は、どう繋がるんでしょう?」

「これは推測なんですが、あなたのご主人は異母弟の弱みを押さえて、非合法ビジネスに協力することを強《し》いてたのかもしれません」

「非合法ビジネスといっても、いろいろありますけど……」

「ええ、そうですね。麻薬ビジネスは手っ取り早く稼げます。聞き込みで、あなたのご主人が中京会の上の連中と親交があるという情報を得てるんですよ」

「事業の性格から裏社会の顔役たちに挨拶《あいさつ》しておかないと、営業活動がスムーズにできなくなるらしいんですよ。それで中京会の陣内茂《じんないしげる》会長はもちろん、十五人の理事たちに会社は盆暮れの付け届けをして、関係者の冠婚葬祭には不義理しないようにしてるようですね。感心できることではありませんが、必要悪なんだと諦《あきら》めてます」

「その程度のつき合いなんだろうか。ご主人は地元出身の民自党の大物国会議員の梅川善行に接近し、中京会の連中に中部地方の大手・準大手ゼネコンの企業不正や役員たちのスキャンダルの証拠を摑《つか》ませて、公共事業の元請けになったゼネコンから第一次下請けの仕事を回すよう迫ってたという情報もあるんですよ」

米良は言って、冷めかけたハーブティーを飲み干した。

「夫は会社を大きくしたいという野望に燃えてましたが、そこまで汚い手は使ってないと信じてます」

「奥さんとしては、そう思いたいでしょうね。しかし、冷静に考えてみてください。『ヤマト建工』は失礼ながら、社員百人にも満たない小企業です。そんな土木会社が数千億円の巨大公共事業の第一次下請け業者になるケースは、そう多くないはずですよ」

「夫が中京会から覚醒剤か何かドラッグを卸《おろ》してもらって、異母弟の冬樹さんに売らせてたとでもお疑いなんですか？」

「中京会が民間会社の社長に麻薬を卸すなんてことは考えられないな。そんな無防備な裏ビジネスをしたら、たちまち警察に尻尾《しっぽ》を摑まれてしまいます」

「あっ、そうですね」

「すでに一部のマスコミが報道してますが、殺害された若宮冬樹さんは愛人の高峰亜紀を使って、合成麻薬ＭＤＭＡをネットで密売してたようなんですよ。痩《や》せ薬と偽ってね」

「そのことは知ってます。刑事さんは、夫と冬樹さんが手を組んで合成麻薬をどこかで手に入れて、こっそり売ってたのではないかと推測されてるんですか⁉」

「ええ、まあ。しかし、ＭＤＭＡは第三者から仕入れてたんじゃなく、自分らで密造してたんじゃないのかな。わたしは、そう睨《にら》んでるんですよ」

「何か根拠でもおありなんですか？」

律子が訊《き》いた。

「根拠はありません。第六感です。科学捜査の時代にずいぶんアナクロなことを言うとお思いでしょうが、十年以上も刑事をやってると、これが驚くほど的中するんですよ」

「でも……」

「若宮社長が名古屋周辺でＭＤＭＡを密造してたんで、異母弟の冬樹さんはちょくちょく郷里に戻ってたんじゃないかな。そうなら、あなたの義弟は腹違いの兄貴に何か弱みを握られた可能性がある。それは何だったのか。そいつがわかれば、捜査は大きく進展すると思います」

「そうでしょうか」

「そのあたりのことを奥さんは、ご存じなんではないのかな？　これも、単なる勘ってやつなんですがね」

米良は、律子の整った顔をまじまじと見た。

「わたし、知りません。何も知りませんよ」

「若宮冬樹さんは、亭主の横暴さに泣かされてた兄嫁を何かと庇《かば》ってたという証言もあるんですよ。世間ではよくある話ですが、義弟は密かに兄貴の嫁さんに横恋慕《よこれんぼ》してた。兄嫁もだんだん義理の弟に心を惹《ひ》かれ、ついに一線を越《こ》えてしまった。それを知った寝盗《ねと》られ兄貴が怒り、異母弟に悪事の片棒を担がせた。そんなふうに筋を読むこともできそうだな」

「やめてください。わたしは、そんなふしだらな女ではありません。夫も子もいるのに、義理の弟と邪《よこしま》な間柄になるなんて……」

律子が全身を小刻みに震わせはじめた。顔からは血の気が引き、眼球は涙で大きく盛り上がっていた。

義弟との間に何かがあった。それは間違いなさそうだ。

米良は確信を深めた。しかし、あえて何も言わなかった。詰問《きつもん》することは、逆効果だろう。そのことは経験則《けいけんそく》で学んでいた。

「わたし、わたし……」

律子の目から、涙の雫《しずく》が零《こぼ》れた。

涙は糸を曳《ひ》きながら、頬を伝った。震える細っそりとした肩が痛々しい。膝の上に置いた拳《こぶし》は、きつく握られていた。指先は白っぽかった。

「奥さん、どうしても言いたくないことだったら、無理に告白しなくてもいいんですよ」

「は、話します。わたし、去年の二月に丸尾町の自宅で義弟《おとうと》に力ずくで体を奪われてしまったんです。そのとき夫はオフィスに出かけ、娘の真帆は登校していて、家にはわたししかいませんでした。不意に訪ねてきた冬樹さんは台所からステンレスの文化庖丁を持ち出して、わたしに裸になれと命じたんです。目が据《す》わって、殺気立ってました」

「あなたは竦《すく》み上がって、逆《さか》らえなくなってしまったんですね」

「ええ、そうです。義弟は獣のようにわたしを抱くと、蛮行《ばんこう》を詫《わ》びました。そして義《ち》父《ち》の遺産を独り占めにした主人の資金の半分を吐き出させるためには、わたしを穢《けが》さざるを得なかったんだとも言いました。それから、その後……」

「奥さん、もういいんだ」

「義弟はわたしに口唇愛撫を強《し》い、そのシーンをデジカメで撮《と》りました。彼は淫《みだ》らな映像を脅迫材料にして、わたしの夫の財産を半分吐き出させる気でいたようです。しかし、主人は逆に義弟を強姦（現在強制性交）罪で訴えると強気に出たんです」

「それで、冬樹の計画は失敗に終わったのか」

「わたしは不可抗力ではありましたが、義弟にレイプされたわけですから、夫に離婚を申し出ました。しかし、主人は世間体を考えて、離縁はしてくれませんでした。でも、夫と同じ家で暮らすわけにはいきません。ですから、娘と一緒にこちらに移ったんです」

「娘さんは何も言わずに、あなたと一緒にこのマンションに移ってきたんですか？」

「はい。真帆は父親の浮気癖が直らないことを知ってましたんで、わたしの側についてくれてたんでしょう」

「いい娘さんですね」

「ええ。まだ中一ですけど、少しは頼りになってます」

「あなたのご主人は義弟《おとうと》の弱みをちらつかせて、合成麻薬をネットで密売しろと脅迫したんではないかな。冬樹さんは仕方なく愛人の高峰亜紀と『ビューティー・スマイル』でＭＤＭＡを売り捌《さば》いてた。ドラッグビジネスで荒稼ぎした金の多くは、あなたの夫に渡されてたと思うんだが……」

「主人の入金については、わたし、まったくわからないんです。結婚当初から一カ月分の生活費をまとめて渡されて、それで遣《や》り繰《く》りしてきただけなんですよ」

「そうですか。合成麻薬の密造工場に見当はつきます？」

　米良は問いかけた。

「いいえ、見当はつきません。ただ、主人が義弟を殺したのかもしれないとは思っていました」

「えっ⁉」

「義弟《おとうと》はゴム粘土で鼻と口を塞がれて、窒息死してしまったんですよね。主人は若いときからカラー粘土を使って、動物や鳥をよくこしらえてたんです。小学生のころから図工の類は好きだったそうです」

「冬樹さんが殺された日、あなたの夫はどこでどうしてたんだろうか」

「事件当日は午前中に東京に行ったそうです。わたし、なんとなく不安になったんで、会社に電話して、主人のアリバイを調べてみたんですよ。専務と常務の二人が同じ証言をしてますんで、義弟が死んだ日は夫は都内にいたはずです」

「そうなら、あなたの不安は的中したのかもしれないな。冬樹さんは麻薬密売の儲けの取り分を巡《めぐ》って、異母兄と揉めたんだろうか。それで、自分の条件を呑《の》まなかったら、ドラッグビジネスのことを警察に喋ると開き直ったのかな。筋者《すじもの》が堅気の兄貴の言いなりになりつづけるとも思えないから、そうなのかもしれない」

「そうですね。もともと彼は、わたしの主人には憎しみを持ってたはずですから。夫が犯人なら、真帆は殺人者の娘ということになってしまうのね。そんなことになったら、わたし、娘を道連れにして無理心中をします」

「奥さん、まだご主人が冬樹さんを殺《や》ったと決まったわけじゃないんです。早まったことはしないようにね」

「え、ええ」

「ちょっと訊きにくいんですが、ご主人には愛人がいるんでしょ？　不倫相手のことを知ってたら、数えてもらいたいんです」

「夫の現在の愛人は有馬恵利華《ありまえりか》という名で、二十七、八歳のはずです。去年まで栄町の高級クラブのナンバーワンだったみたいですけど、いまは『エトワール』というミニクラブのママをやってるはずです。若宮が店の権利を買ってやったみたいですよ」

「その店は、どのへんにあるんです？」

「呉服町通《どおり》の丸吉《まるよし》第三ビルの七階にあるそうです」

「そうですか。わたしがここにお邪魔したことは、若宮さんには黙っててくださいね。お願いします」

米良はソファから腰を浮かせた。トラベルバッグを手に取る。

律子も立ち上がった。

米良は礼を言い、玄関ホールに足を向けた。

3

闇の奥で何かが動いた。

米良は歩《ほ》を運びながら、暗がりを透《す》かして見た。

おぼろながら、人影が目に留まった。相手の背恰好《せかっこう》には見覚えがあった。

さらに目を凝《こ》らす。

物陰に身を潜めているのは、『ヤマト建工』の専務だった。リストラ退職を強要された植草を羽交《はが》いじめにしていた五十男だ。

『志賀パークサイドコーポラス』から、四十メートルあまり離れた場所だった。若宮社長に命じられ、どうやら専務は自分を尾《つ》けていたようだ。迂闊《うかつ》だった。

偽造警察手帳の表紙しか見せなかったことで、怪しまれてしまったのか。そうではなく、若宮に何か疚《やま》しさがあって、警視庁刑事の捜査の進み具合を知りたくなったのだろうか。

後者だとすれば、『ヤマト建工』の社長は異母弟の殺害に関わっている疑いがありそうだ。

若宮は異母弟が妻の律子を辱《はずかし》めたことを脅迫材料にして、合成麻薬の密造に引きずり込み、ネット販売させていたのか。だが、何らかのトラブルがあった。若宮は保身のため、ゴム粘土で異母弟を窒息死させたのだろうか。

米良は踵《きびす》を返した。『志賀パークサイドコーポラス』の前を通過する。律子が娘と暮らすマンションの並びに割に広い公園があった。志賀公園だ。

予想通り、背後から靴音が響いてきた。専務の足音だろう。

米良は志賀公園に足を踏み入れた。

人っ子ひとりいない。樹木が影絵のように連《つら》なっていた。梢《こずえ》や枝が風に揺れ、遊歩道では枯葉が舞っている。葉擦《はず》れの音も耳に届く。潮騒《しおさい》に似た音だった。

米良はトラベルバッグを小脇に抱え、遊歩道を数十メートル駆けた。右側の植え込みの中に分け入り、太い常緑樹の幹の後ろに隠れる。

二分ほど待つと、誰かが園内に入ってきた。抜き足だった。

園灯のほぼ真下で、尾行者が立ち止まった。

紛《まぎ》れもなく『ヤマト建工』の専務だった。黒っぽいウールコートのボタンを掛け、灰色のマフラーをしている。

両手には黒革の手袋を嵌《は》めていた。いかにも寒そうだ。首を縮めている。

専務が中腰になって、樹木の間に視線を投げた。

米良はわざと灌木《かんぼく》の枝葉を鳴らしつつ、遊歩道に躍《おど》り出た。専務がぎょっとして、逃げる素振りを見せた。

米良は地を蹴った。

ほとんど同時に、専務が走りだした。だが、すぐに足を縺《もつ》れさせた。

米良は造作なく追いついた。専務の片腕をむんずと摑み、自分の方に向かせる。

「こっちが『ヤマト建工』を出てから、ずっと尾けてきたのかっ」

「何を言ってるんです⁉　なんのことだか、わたしにはさっぱりわかりませんね」

「空とぼける気なら、あんたを公務執行妨害《ぼうがい》罪で現行犯逮捕することになるぞ」

「わ、わたしが何をしたって言うんだっ」

専務が息巻《いきま》いた。

米良は故意によろけ、片膝を遊歩道に落とした。

「乱暴はやめろ！」

「え？」

「あんたは、いま、こっちを強く突き飛ばした。不意を衝《つ》かれたんで、不覚にも片方の膝を遊歩道についてしまったんだ」

「わ、わし、おみゃあさんを突き飛ばしておらんで」

専務が口を尖《とが》らせた。

「名古屋弁で凄《すご》んでも、効果はないぜ」

「なんもしとらんがな、わしは」

「両手をゆっくりと前に出せ。これから手錠を掛ける。とりあえず所轄の中村《なかむら》署に連行して、じっくりと取り調べるよ」

「勘弁してちょ。わし、別に悪いことなんかしとらんで」

「往生際が悪いな」

米良は右手を腰に回し、手錠を取り出す真似《まね》をした。

公安刑事たちは不審者が素直に職務質問に応じなかった場合、わざと自分で転んで公務を妨害されたことにしている。〝転び公妨《こうぼう》〟と呼ばれている反則技だ。やむなく米良は、彼らと同じ手を使ったわけだ。幾分、後ろめたかった。

「とろ臭《くさ》いこと言わんでちょ。わし、善良な市民ですっ。その証拠もあるでよ」

「警察にしょっ引かれたくなかったら、運転免許証を見せてくれ」

「いいですよ」

相手が標準語に戻って、懐を探った。米良は運転免許証を受け取り、園灯の光に翳《かざ》した。

専務は門脇章敬《かどわきあきたか》という名で、五十六歳だった。現住所は名古屋市守山《もりやま》区になっている。米良は運転免許証を門脇に返した。

「『ヤマト建工』の専務であることを認めるなっ」

「は、はい」

「若宮社長の指示で、こっちを尾けたんだろ？」

「それは……」

「やっぱり、手錠《ワッパ》出すか」

「やめてくれ。それは、やめてちょ。おっしゃる通りです。若宮社長に言われて、おたくを尾行したんですよ。社長はおたくが偽刑事かもしれないから、正体を突きとめてほしいと言ったんです。だけど、本物の刑事さんだったんですね」

「偽刑事なんかじゃない」

「社長の奥さんとお嬢さんが『志賀パークサイドコーポラス』に住んでることは、会社を早期退職した植草に教えてもらったんでしょ？　おたくら二人は、会社の近くにある喫茶店に入っていきましたからね」

「そんなことより、こっちの質問に答えてくれ。社長の弟の冬樹が先日、北新宿の自宅マンションで殺されたことは知ってるな？」

「もちろん、知ってますよ。びっくりしました」

「若宮冬樹が殺害された日、社長は午前中に上京してるね？」

「えーと……」

「社長を庇ったりすると、あんたも罰《ばっ》せられることになるかもしれないぞ」

「うちの社長が弟さんの事件に関与してるんですか⁉」

門脇は驚きを隠さなかった。

「その疑いがないわけじゃないんだ。若宮兄弟は仲が悪かったようだな」

「社長の弟さんは横道に逸れちゃいましたんで、生き方がまるっきり違ってたんでしょう。それに詳しいことは知りませんが、冬樹さんは腹違いの弟だそうですよ。刑事さんは、そのことをご存じでした？」

「ああ、知ってる。そんな兄弟が去年の秋ごろから名古屋市内で複数回、会ってたという情報をキャッチしたんだ」

「そうなんですか。わたし、そのことは知りませんでしたわ。もともと社長は身内のことは、めったに喋ったりしなかったんでね」

「若宮兄弟は何か裏ビジネスをしてたようなんだが、思い当たらないか？」

「さあ、わかりませんね。だいぶ前に社長は社の業績が悪化したんで、何かを副業にしないといけないと言ってました。それで、ある女性にミニクラブの経営を任せたんですが、まだ黒字にはなってないようですわ」

「その女性というのは、『エトワール』のママの有馬恵利華のことだな？」

「そこまで調べ上げとったのか。ええ、そうです。うちの社長は女好きですからね。『ヤマト建工』が倒産の危機に晒《さら》されてても、女遊びはやめられないんだろうな。でも、社長は逞《たくま》しいから、会社を潰《つぶ》すようなことはないでしょう」

「若宮拓海は何かダーティー・ビジネスで荒稼ぎしてたんだろう。それはそうと、社長は中京会の陣内会長と親しくしてるとか？」

「否定はしません。地元の顔役に睨《にら》まれたら、土木会社の経営なんかできませんからね」

「若宮社長は中京会の人間を使って『飛鳥組』の弱みを押さえ、公共事業の第一次下請け業者にしろって迫ったという情報もあるんだが……」

「うちの社長は、『飛鳥組』の会長や社長にかわいがられてるんですよ。どちらも野望家がお好きみたいですから。『飛鳥組』が落札した公共事業の土木工事を回してもらえるのは、それだからなんでしょう。裏社会の人間とつき合いがあるからって、社長はそこまであくどいことはしてないと思うがな。わたしは、そう信じてます」

「若宮社長は、かつて国交省の族議員だった地元出身の梅川善行議員ともかなり親しいらしいね？」

米良は質問を重ねた。

「梅川先生は、中部地方を東京や大阪クラスの巨大経済圏にすることを願ってるんですわ。ですんで、地元の経済人を全面的に支援してくれてるんですよ。私利私欲だけで政治活動をしてきたわけではないはずです」

「そうだろうか。梅川善行の族議員ぶりが何度もマスコミに批判されたがな」

「マスコミは梅川先生を〝悪代官〟みたいに書きたてましたが、俠気《おとこぎ》のある立派な政治家ですよ。地元では多くの人たちに熱く支持されてるんです。愛知県人の前で梅川先生の悪口なんか言ったら、袋叩《ふくろだた》きにされちゃいますよ」

「だとしても、言いたいことは言わないとな。言論の自由は法律で認められてるんだ。誰が何を言ってもいいのが民主主義社会でしょ？」

「それはそうなんですが……」

門脇が鼻白んだ顔つきになった。

「話を戻すが、若宮冬樹が殺された日、社長は東京に商用で出かけたのかな」

「平河町《ひらかわちょう》にある梅川先生の事務所に行ったはずですけど、わたしは細かいことは聞いてません。多分、先生が主宰してる勉強会に顔を出したんでしょう」

「勉強会？」

米良は訊き返した。

「ええ。梅川先生は保守本流の民自党のベテラン国会議員たち約三十人と各省のキャリア官僚、財界人らと勉強会を立ち上げたんですよ。『フェニックスの会』というグループ名だったと思います」

「梅川が発起人なのかな？」

「ええ、そう聞いてます」

門脇が言って、ウールコートの襟《えり》を立てた。寒気に耐えられなくなったのだろう。

「そろそろ解放してやろう。ただし、こっちが植草さんや社長夫人と接触したことは若宮拓海には報告しないでもらいたい」

「わかりましたよ。おたくが偽刑事ではなかったことは伝えても問題ないでしょ？」

「ああ、それはな。ただ、異母弟殺しの件で若宮拓海を怪しんでる様子だったとは言わないでほしいんだ。それから、若宮兄弟が何かダーティー・ビジネスをしてたんではないかと嗅《か》ぎ回っていることもね」

「もし社長に喋ったら、どうなるんです？」

「卑劣な手段を用《もち》いても、おたくを犯罪者に仕立てる」

「本気なんですか⁉」

「ああ。ある事情があって、こっちは捨て身で捜査をしてるんだ。おれの頼みを無視したら、重い濡衣《ぬれぎぬ》を着せる。連続殺人鬼にして、刑務所送りにしてやるからな」

「警察手帳を見せてくれないか。現職警官がそこまで言うかな。もしかしたら、刑事になりすましてる企業恐喝屋じゃないの？」

「話は決裂だ。あんたを犯罪者に仕立てることにしよう」

「疑って、悪かった。うちの社長には、尾行の途中で刑事さんを見失ってしまったとでも言っておきますよ」

「そうしてくれ。もう帰ってもいいよ」

米良は顎《あご》をしゃくった。

門脇が安堵《あんど》した表情でうなずき、急ぎ足で歩み去った。米良は志賀公園を出て、大通りまで歩いた。タクシーの空車を目で探す。

少し待って、米良はタクシーを拾った。呉服町通に向かう。丸吉第三ビルの前で車を降り、飲食店ビルの間に入り込んだ。

米良はトラベルバッグから濃いサングラスを取り出し、目許《めもと》を覆《おお》った。万年筆型の特殊拳銃を摑み出し、上着の内ポケットに突っ込む。

米良は丸吉第三ビルに足を踏み入れ、エレベーターで七階に上がった。

ミニクラブ『エトワール』は、奥まった場所にあった。逆U字形の黒い扉に金文字で店名が掲《かか》げられている。かなり目立つ。

ドアを開けると、ホステスたちの嬌声《きょうせい》が響いてきた。

米良は素早く店内を見回した。若宮拓海の姿は見当たらない。右手にカウンターがあり、通路の左手に六卓のテーブル席があった。

先客は一組だった。初老の男たち三人がそれぞれドレス姿のホステスを侍《はべ》らせ、低いスツールには白っぽい着物姿の女性が浅く腰かけていた。二十七、八歳だろうか。派手な顔立ちで、髪をアップに結《ゆ》い上げている。個性的な美女だが、それほど和服は似合っていない。ママと思われる。

黒服の若い男が大股で近づいてきた。

「いらっしゃいませ。おひとりさまでしょうか？」

「客じゃねえんだ。おれは中京会の者《もん》だよ」

米良は地元のやくざを装った。

「店のオーナーが陣内会長とおつき合いさせていただいておりますので、当店はみかじめ料は免除されてるはずですが……」

「そんなチンケな用で来たんじゃねえ。若宮拓海が面倒見てやってるママってえのは、和服を来てる女だな？」

「はい、そうです」

「ママは有馬恵利華って名だよな」

「そうです」

「おれは陣内会長の指示で、ここに来たんだ。若宮のことで、ママにちょっと確かめなきゃならねえことがあんだ。ママをちょっと呼んでくれや。店の前で待っててらあ」

「わかりました。少々、お待ちいただけますか。すぐにママを呼びますんで」

黒服の男が怯《おび》えた目で言い、フロアの奥に向かった。

米良は店を出た。斜め前に階段の降り口があった。そこは、エレベーターホールや通路から死角になる場所だった。

米良は、そこまで歩いた。トラベルバッグを足許《あしもと》に置き、セブンスターをくわえる。

米良はくわえ煙草で、ママを待った。

一分そこそこで、『エトワール』から綸子《りんず》の着物をまとった女が走り出てきた。米良は黙って手招きした。

「若宮さんから店を任されてる有馬恵利華です。中京会のみなさんのおかげで、おかしな客はまったく寄りついてません」

ママが立ち止まって、深々と頭を下げた。香水が甘く鼻腔《びこう》をくすぐる。

「そいつは結構だ」

「陣内会長さんの名代《みょうだい》としてみえたとうかがいましたが、理事の方なんですね」

「そう。布川仁《ふかわひとし》ってんだ」

米良は思いついた姓を騙《かた》り、火の点いたセブンスターを床《フロア》に落とした。サングラスのフレームを押さえながら、靴底で煙草の火を荒っぽく踏み消す。

恵利華が全身を強張《こわば》らせ、伏し目がちになった。

「あんた、いい女だね。色っぽいな」

「ありがとうございます」

「実は、妙な噂が耳に入ったんだよ。あんたのパトロンのことなんだがな」

「どういった噂が？」

「若宮拓海が腹違いの弟の冬樹とつるんでさ、中京会《うち》の縄張り内《シマウチ》で合成麻薬のMDMA《エクスタシー》を密造してるって噂だよ。弟のほうがてめえの愛人《レコ》を使って、錠剤を瘦せ薬と称してネットで売ってたって話なんだ。弟は関東義誠会小杉組に足《ゲソ》つけてたんだが、兄貴のほうは一応、堅気《ネス》だ」

「そうですね」

「陣内会長は若宮拓海に目をかけてた。けど、素人《トウシロ》に麻薬《ヤク》を売《バイ》されたんじゃ、おれたちの立場がねえ」

「は、はい」

「だからさ、器《うつわ》のでっけえ会長もさすがにご立腹ってわけよ。あんたのパトロンは、どこでＭＤＭＡを密造してたんだい？」

「わたし、知りません。そんな話は、社長から一度も聞いたことがないもんで。若宮さんが合成麻薬をこっそり製造して弟に密売させてたなんて、信じられないわ。噂は悪質なデマなんではありませんか。わたし、そう思います」

「そうじゃなさそうなんだ。『ヤマト建工』はリーマン・ショック以降、受注量が下降線をたどる一方だったからな。渡世人をなめやがって」

米良は憤《いきどお》って見せ、上着の内ポケットから万年筆型の特殊拳銃を取り出した。

「何なんですか、それは？」

「万年筆型の特殊拳銃さ。弾《たま》は二発入ってる」

「まさかわたしを……」

恵利華を頬を引き攣《つ》らせた。

「動くんじゃねえぞ」

「えっ⁉」

「じっとしてるんだ」

米良は恵利華の背を壁に押しつけ、着物の裾《すそ》を大きく割った。むっちりとした白い内腿《うちもも》が露《あらわ》になった。

「な、何をするんですか⁉」

恵利華が、いまにも泣きだしそうな顔つきになった。米良は姿勢を低くして、ペン型超小型銃の銃口をぷっくりとした恥丘に押し当てた。和毛《にこげ》の中だ。

「大事なとこを血みどろにされたくなかったら、合成麻薬の密造工場がどこにあるか吐くんだなっ」

「わたし、本当に知らないの。お願いだから、早く特殊な拳銃をどけてください」

「おれを騙《だま》したら、あんたは名古屋港内に浮かぶことになるぜ」

「社長よりも、自分の命のほうが大切です。殺されてまで若宮さんを庇う気はないわ。打算だけで繋がってる相手なんだから」

「そうかい。何かヒントになることを知らねえか？」

「ヒントになるかどうかわかりませんけど、去年の秋ごろ、わたしのマンションで愛し合った後、若宮社長は急に車で出かけていったの。祖父江町の方に行くとか言ってました」

恵利華が言った。セクシーな唇は、わなわなと震えていた。

確か祖父江町には、父親が経営していた農薬製造会社の工場と事務所があったはずだ。その廃工場で合成麻薬は密造されていたのだろうか。

「荒っぽいことをして、悪かったな。勘弁してくれや」

米良はトラベルバッグを摑み上げ、恵利華から離れた。後味の悪さは、しばらく消えそうにもなかった。

4

民家は一軒も見当たらない。

廃工場は雑木林と畑に囲まれていた。

若宮兄弟の亡父が経営していた農薬製造会社の工場と事務棟は、闇の底に沈んでいる。真っ暗だった。

米良はレンタカーの運転席に坐っていた。名古屋市の中心街で借りた車は、スカイラインだった。色はメタリックグレイだ。

午後十時を過ぎていた。

米良は『エトワール』のママが洩《も》らした言葉から、合成麻薬の密造工場は祖父江町の廃工場と見当をつけた。そして車を借りる前に、双眼鏡、小型懐中電灯、逆鉤《ユニバーサル・フック》付きのロープなどを買い込んだ。むろん、廃工場内に忍び込むつもりでいた。

しかし、廃工場にも事務棟にも人のいる気配はしない。米良は長嘆息《ちょうたんそく》した。

その直後、懐で刑事用携帯電話が振動した。レンタカーに乗り込んだとき、マナーモード《ポリスモード》に切り替えておいたのだ。

米良はポリスモードを摑み出した。ディスプレイを見る。発信者は、上司の水谷課長だった。

米良は身構えるような気持ちで、通話キーを押し込んだ。

「いま、どこにいるんだ?」

水谷の声には、怒気が含まれていた。

「どこって、八雲の自宅マンションですよ」

「嘘つけ！　昼間、ずっと部屋のカーテンが閉まってるんで、木崎が不審に思ったんだよ。それで、部屋のインターフォンを数え切れないほど鳴らしたらしい。だが、まったく応答はなかったそうだ。おまえは部屋にいるように見せかけて、非常階段から自宅マンションを抜け出したんだなっ。で、露木刑事殺しの事件《ヤマ》をこっそり調べてるんだろうが！」

「課長、そうじゃないんですよ。木崎が何度もインターフォンを鳴らしたことは知ってます」

米良は澄ました顔で言い繕《つくろ》った。

「知ってたって⁉」

「ええ」

「なんで応答しなかったんだ？　すぐにわかるような嘘をつくんじゃないっ」

「そう思われても仕方ないんだろうな。実はぎっくり腰で、動くに動けなくなっちゃったんですよ。洋服箪笥《だんす》の上の箱を取ろうとして左腕を思いきり伸ばした瞬間、腰に激痛が走ったんです。痛みを堪《こら》えて腹這《ば》いになったきり、十センチも動けなくなってしまったんですよ」

「本当なのか？」

「もちろんです。なんとか床を這って進もうと思ったんですが、少しでも体を動かすと、気が遠くなるような激しい痛みに見舞われて……」

「声は出せたはずだ。木崎が部屋を訪ねたとき、大声で救いを求めなかったのはどうしてなんだね」

「みっともない姿を部下に見られたくなかったんですよ。這ってトイレにもいけない状態なんで、小便を垂れ流すほかなかったんです。大きいほうは我慢できますが、おしっこは待ったがきかないでしょ？」

「ああ、そうだな」

「そんなわけなんで、木崎を呼ばなかったんですよ」

「いまも腹這いになった状態で、小便を垂れ流してるのか？」

「ええ。しかし、少し痛みが和らいできたんで、体を左右に動かせるようにはなりました。このままの姿勢でじっとしてれば、そのうち這えるようになるでしょう」

「しかし、それじゃ辛《つら》いだろう。マンションの管理を任されてる不動産屋を教えてくれよ。明朝一番に木崎に不動産屋に行ってもらって、マスターキーでドアのロックを外してもらうから」

「課長、待ってください」

「何だ？」

「部下には部屋を見られたくないんですよ」

「裏ＤＶＤを大量に集めたのか？」

「その程度なら、どうってことはないんですが、部下たちには絶対に室内を見られたくないんです」

「米良、まさか下着泥棒じゃないんだろうな。盗み集めたブラジャーやパンティーがごっそり段ボールか何かに詰まってたら、シャレにもならないぞ」

水谷が言った。

「課長、おれを変態扱いしないでほしいな」

「冗談だよ」

「しかし、こっちの趣味はノーマルじゃないのかもしれないな」

「えっ⁉　おまえの趣味って、何なんだ？」

「誰にも喋らないって、約束してもらえます？」

「ああ、口外しないよ」

「死んだ女房の形見《かたみ》の着物に面白半分に袖《そで》を通してから、なんか病みつきになっちゃって……」

「米良の趣味は女装だったのか⁉」

「ええ、まあ。だから、部屋に女物の服やウィッグがたくさんあるんですよ。それを部下の木崎に見られたら、死にたくなるほど恥ずかしい思いをするでしょう」

米良は、もっともらしく言った。むろん、女装趣味などない。苦し紛れの作り話だった。

「人はわからんもんだな。万事に男っぽい米良が自宅で密かに女装してるとはね。化粧もしてるのか？」

「ええ、薄化粧ですがね」

「こりゃ、たまげた！　世の中、どうなってるんだ⁉」

「自分自身も驚いてるんですよ。でも、女装すると、なんだか別人格になった気がして、ストレスが解消されるんです。だから、癖《くせ》になっちゃったんでしょうね」

「それにしても……」

「課長も一度、試してみるといいと思うな」

「やめてくれ」

「そういうことなんで、部屋のカーテンを閉めて、電灯を点けっ放しにしてあるんですよ。別に部屋を抜け出してるわけじゃないんで、安心してください」

「そうだったのか」

「課長、新宿署の堀切さんにおれがぎっくり腰で動けなくなったことを伝えてくれませんかね。堀切刑事課長は、こっちが露木殺しの犯人《ホシ》を追ってると疑ってるようなんで」

「そんなことはしてないんだな？」

「ええ、してませんよ。こっちは謹慎中の身ですんで、そんなことはしませんって」

「いまの言葉を信じるぞ」

「そうしてください。それはそうと、新宿署の捜査本部《チョウバ》はそろそろ露木殺しの真犯人《ホンボシ》

のは別人みたいなんだよ」

を割り出したんじゃないんですか？」

「小杉組の若宮冬樹を重要参考人と見てたらしいんだが、どうも露木刑事を射殺した
「新たな物証が出たんですね？」

「新宿署の堀切課長によると、若宮はアレルギー体質だったらしくて、火薬や硝煙《しょうえん》の臭《にお》いを嗅ぐと、咳《せき》が止まらなくなるそうなんだ。小杉組の組員たちの証言で若宮冬樹が護身用にグロック26を不法所持してたことは間違いないんだが、事件現場で犯人の咳を耳にした者もいないそうだから、若宮冬樹はシロなんじゃないのか」

「そうなんですかね」

「誰かが若宮冬樹の犯行と思わせ、後日、ゴム粘土で窒息させたんだろう。若宮の情婦《おんな》だった高峰亜紀も無灯火のワンボックスカーで轢《ひ》き殺されてるし、その二人は合成麻薬をネットで売り捌いてたって話だから、麻薬密売に関与してる人間が露木刑事、若宮冬樹、高峰亜紀の三人を始末したんじゃないのかね」

「そうだったとしたら、露木は合成麻薬の密売組織に迫ってたんだろうな」

「堀切さんたち捜査本部は、そういう見方をしてるみたいだぞ」

「そうですか」

「そう遠くないうちに刑事射殺事件は解明されるだろうから、米良は自宅でおとなし

くしててくれ。いいな？」

水谷課長が先に通話を切り上げた。

米良は、折り畳んだポリスモードを懐に戻した。捜査本部が先に露木を殺害した犯人を逮捕したら、もう故人に借りを返せなくなる。米良は焦りを覚えはじめた。

これまでの調べでは、若宮拓海が一連の事件に関わっている疑いが濃い。合成麻薬の密売を巡って、若宮兄弟が対立していたとしたら、『ヤマト建工』の社長が異母弟とその愛人を葬《ほうむ》る気になったことは推測できる。

しかし、たとえ露木にドラッグビジネスの証拠《ふく》を押さえられたとしても、現職の刑事まで手にかけるものだろうか。素朴な疑問が膨らんだ。

若宮拓海は露木の抹殺《まっさつ》には気乗りしなかったのだが、共犯者か黒幕が刑事まで始末することにしたのか。米良は頭が混乱してきた。

このまま名古屋の市街地に引き返したら、レンタカーを駆って祖父江町まで来た意味がない。

米良は助手席のフロアマットからトラベルバッグを掴み上げ、双眼鏡、小型懐中電灯、フック付きのロープを取り出した。それらをコートのポケットに突っ込み、静かにスカイラインを降りる。万年筆型の特殊拳銃は上着の内ポケットの中だ。

レンタカーは土手道に停めてあった。

左手の斜面の下は河川敷《かせんしき》だ。その向こうに、木曽川が流れている。暗くて川面《かわも》は判然としない。耳を澄ますと、かすかに水の音が聞こえた。川から吹きつけてくる風が頬を嬲《なぶ》る。

米良は歩きだした。コートの裾が翻《ひるがえ》り、はたはたと鳴った。スラックスも脚《あし》にまとわりつく。

百メートルほど進むと、右手に元農薬製造会社が見えてきた。

万年塀が張り巡らされ、道路寄りに格納庫のような大きな工場がある。事務棟らしき建物は鉄筋コンクリート造りで、三階建てだった。敷地は七、八百坪だろうか。

ほどなく米良は、元農薬会社の正門に達した。両開きの大きな鉄扉《てつび》は閉ざされ、二つの門柱の間には錆《さ》びた太い鎖が渡してある。

車輪の痕《あと》はないか。

米良は小型懐中電灯を手に取って、スイッチをオンにした。光輪《こうりん》は小さい。門の前にタイヤの痕は残っていなかった。車で合成麻薬を運び出した痕跡はうかがえない。

米良は小型懐中電灯を少しずつ横に振っていった。

すると、左側の門柱のそばの塀の際《きわ》に煙草の吸殻が散らばっていた。

一本や二本ではない。少なくとも、十数本の吸殻が落ちている。米良は何か見えない力に背を押され、その場所に近づいた。

足を止めた瞬間、危《あや》うく声をあげそうになった。吸殻は、どれもショートホープだった。しかも、フィルターには嚙んだ痕がくっきりと残っている。

撃《う》ち殺された露木は生前、同じ銘柄の煙草を喫《す》っていた。それだけではない。フィルターを嚙む癖があった。単なる偶然とは思えなかった。

露木は、ここで張り込んでいたにちがいない。米良は確信を深めた。

吸殻の数から推察して、露木は三時間前後は張り込んでいたと思われる。ということは、目の前の廃工場のどこかで合成麻薬ＭＤＭＡが密造されていた可能性があるわけだ。

米良は小型懐中電灯を消し、ベルトの下に差し込んだ。

門扉《もんぴ》の間から、奥の三階建ての建物に視線を注ぐ。

ちょうどそのときだった。雲に隠れていた月が顔を出した。

米良は目を凝《こ》らした。建物は暗かったが、何か小さな光点が見える。防犯カメラの作動ランプだった。

米良は慌《あわ》てて門扉から離れ、右の門柱に身を寄せた。

防犯カメラが作動しているのは、事務棟の中に誰かがいる証拠だろう。廃工場に接近する者をチェックしていることは間違いなさそうだ。

三階建ての建物内のどこかで、合成麻薬が造られている疑いが濃くなった。どの窓も真っ黒だ。

ＭＤＭＡは地下室で密かに造られていたのか。おそらく、現在も密造されているのだろう。そうでなければ、防犯カメラを作動させる必要はない。

米良は万年塀に沿って二十メートルほど横に移動し、ユニバーサル・フック付きのロープの束《たば》をほどいた。

ユニバーサル・フックを宙に投げ、万年塀の向こう側の突起部分に嚙ませる。ロープを張ってから、米良は万年塀をよじ登った。

着地するなり、身を屈める。

人の姿は見えない。足音も近づいてこなかった。

米良は逆鉤《ぎゃくかぎ》を外して、手早くロープを回収した。ロープを腰に三重に巻きつけ、コートのポケットから双眼鏡を摑み出す。

米良は中腰で門のそばまで進み、工場棟と事務棟に目をやった。誰かに気づかれた様子はなかった。

米良は双眼鏡を目に当て、レンズの倍率を最大にした。

ナイトスコープではないから、昼間のように物が見えるわけではない。闇は闇だった。それでも防犯カメラがずっと近くに見える。

防犯カメラは一定の速度で首を百八十度に振っていた。

米良はカメラのアングルを確認してから、工場棟に走り寄った。言うまでもなく、中腰だった。

米良は体の重心を爪先《つまさき》に掛け、足音も殺した。

観音開きの巨大な引き戸は、三十センチあまり開いていた。

米良はベルトの下から小型懐中電灯を引き抜き、スイッチを入れた。光を下から徐々に上げていく。

だだっ広い工場には、機械類は一台もなかった。棚《たな》も見えない。

うっすらと薬品の臭《にお》いが残っていたが、合成麻薬の密造工場ではなさそうだ。

米良は防犯カメラのアングルを目で確かめながら、三階建ての建物に忍び寄った。と、モーターの低い唸《うな》りが耳に届いた。発動機の音なのか。ベルトコンベヤーの回転音ではないようだ。

米良は建物の裏手に回った。

そこには、一台のミニバンが駐《と》めてあった。事務棟の中に人がいることは、もはや疑いがない。ミニバンの近くにガラスの嵌まったアルミ製のドアがあった。淡く電灯の光が洩れている。

米良は、両手に革手袋を嵌めた。

アルミの扉《とびら》に抜き足で近づき、耳を寄せる。ノブに手を掛けると、予想に反して施錠はされていなかった。

米良はノブを少しずつ回し、ドアを細く開けた。小さな常夜灯《じょうやとう》が点いているだけで、通路は薄暗い。

米良は建物の中に潜《もぐ》り込んだ。

通路の途中に階段があった。二階は静まり返っている。

三階からも物音は響いてこない。二階と三階は無人なのだろう。

米良は足音を殺しながら、通路を進んだ。

その先は事務フロアになっていた。

暗かった。フロアの片隅にスチールデスクが六卓ほど寄せられ、その上にはスチールキャビネットが積み上げられている。

その手前には、古びたソファセットが見えた。だが、埃《ほこり》には塗《まみ》れていない。明らかにいまも使われていた。

フロアの左側にハッチがあった。

その隙間から照明の細い光が零れている。地下室が合成麻薬の密造工場になっているのか。

米良はハッチに歩み寄り、片膝を落とした。

モーター音に交じって、男たちの話し声が這い上がってくる。日本語ではなかった。ポルトガル語だった。

愛知県や静岡県には、数万人の日系ブラジル人が住んでいる。その大半は自動車部品工場の派遣工《はけん》として働いていたのだが、リーマン・ショック以降は失職した者が多い。

経済的に余裕のある出稼ぎ労働者たちは相次《あいつ》いでブラジルに帰国したが、航空券を買えない男女は日本で働き口を懸命に探している。

だが、再就職率は低い。生活に困窮《こんきゅう》した日系ブラジル人の幾人かが生きるため、麻薬の密造に携《たずさ》わっているのだろうか。考えられなくはないだろう。

「みんな、口を動かさないで、手を動かしてくれよ」

突然、ハッチの真下で男の日本語が響いた。アクセントに癖はなかった。日本人と思われる。

責任者なのか。声から察して、年配者にちがいない。

「ちょっと一服してくるだけだから、サボったりするなよ」

男が言って、石段を上がりはじめたようだ。

米良はハッチから離れ、斜め後ろの壁にへばりついた。ハッチが押し開けられ、事務フロアが明るんだ。

降り口から現われたのは、六十代半ばの白髪の男だった。

瘦身《そうしん》で、割に背は高かった。青っぽい作業服の上にボア付きの防寒コートを重ねている。

潜んでいる米良には、まるで気づいていない様子だ。ハッチを閉めると、六十五、六歳の男は通路に足を向けた。

建物の外で煙草を喫う気なのか。

米良は忍び足で男を追った。歩きながら、小型懐中電灯をベルトの下から引き抜く。

男が急に立ち止まって、振り向いた。出入口の手前だった。

「警察だ。両手を頭の上で重ねろ！」

米良は小型懐中電灯で、相手の顔面をまともに照らした。男が小手《こて》を翳《かざ》して、眩《まぶ》しそうに目を細めた。

米良は手早く男の体を探った。

刃物や銃器は所持していなかった。防寒コートのポケットから財布を抜き取ると、運転免許証が入っていた。

白髪男は亀渕勇《かめぶちいさむ》という名で、六十六歳だった。現住所は愛知県内になっている。

「愛知県警の方ですか？」

「いや、東京の刑事だ。亀渕、前科《マエ》持ちなのか？」

「とんでもない。わたし、六十二歳まで『グロリア製薬』の名古屋工場で働いてたんですよ。学歴がないんで、十代の後半から生産ラインで胃腸薬、精神安定剤なんかを製造してました。六十でいったん停年になったんですが、その後も二年は契約社員として働かせてもらってたんです」

「大手製薬会社で真面目に働いてきた人間が、なんで麻薬の密造なんかするようになったんだ？」

「えっ⁉」

「ハッチの下の地下室で合成麻薬のＭＤＭＡを密造してるんだろ、日系ブラジル人の男たちを使って」

「ああ、なんてことなんだ」

「ちゃんと答えろ！」

「はい、そうです。申し訳ありません。わたしね、悪質なマルチ商法に引っかかってしまって、退職金千八百万円をそっくり詐取《さしゅ》されちゃったんですよ。年金だけで暮らすのは心細かったんで、つい若宮さんの誘いに乗ってしまったわけです」

「雇い主は、『ヤマト建工』の社長の若宮拓海だな？」

「ええ、そうです。どこでどう調べたのか知りませんが、若宮さんはわたしが長いことグロリア製薬に勤めてたことを知ってて、月に八十万になるアルバイトをしないかと持ちかけてきたんです。わたしはお金に目が眩《くら》んでしまって、知り合いの化合薬品メーカーからＭＤＭＡの原材料を横流ししてもらってたんですよ」

「合成麻薬の密造を開始したのは？」

「去年の八月中旬からです。地下室にいる五人の日系ブラジル人の男たちは、若宮さんが見つけてきました」

亀渕が喋りながら、目をしばたたかせた。

米良は懐中電灯の光を相手の胸のあたりまで下げた。

「若宮は、弟の冬樹が死ぬまで密造したＭＤＭＡを引き渡したんだな？」

「そうみたいですが、品物《ブツ》は『ビューティー・スマイル』に直《じき》に搬入するんではなく、品川の貸コンテナにいったん運んでたようですよ。それで若宮さんの弟が必要な分だけ貸コンテナから取り出して、買い手に宅配便で送ってたみたいです」

「若宮兄弟が中心になってＭＤＭＡの密造と密売をやってたんだろうが、ほかに仲間がいたんじゃないのか？」

「そのへんのことは、わたし、わかりません。ただ、若宮さんは弟がいなくなっても、新たな納入先が見つかったんで、引きつづきフル稼働で少しでも多くＭＤＭＡを製造してほしいと言ってました」

「そうか。この密造工場を嗅ぎ当てた東京の刑事がいると思うんだが、張り込まれてる気配は？」

「わたしは感じませんでしたが、若宮さんは警察の人にマークされてるかもしれないと言ってましたね」

「ほかに何か言ってなかったか？」

「わたしが手を引きたいと言ったら、若宮さんは不都合な人間はこの世から消えてもらうから何も心配はいらないと何度も言いました。だから、わたし、いまも危ないアルバイトを……」

亀渕がうなだれた。

若宮拓海が異母弟の犯行と見せかけ、露木賢太を犯罪のプロに撃たせたのだろう。

そして、彼自身はゴム粘土で冬樹を窒息死させ、さらに高峰亜紀もワンボックスカーで轢《は》いたのではないか。あるいは、亜紀は第三者に無灯火のワンボックスカーで撥《は》ねさせたのかもしれない。

「刑事さん、わたし、どうなるんです？」

「とにかく、地下室に案内してくれ」

米良は亀渕の背後に回り込み、貧相な肩を押した。

第五章　殺人連鎖の真相

1

刺激臭が鼻腔《びこう》を刺す。

化学変化させたアンフェタミン分子の薬臭だろうか。

米良は息を詰めながら、亀渕の後から石段を下った。地下室は思いのほか広かった。五十畳ほどのスペースだ。

タンクに似た形の機械が三基あり、その下部のパイプから粘液が成型器に送り込まれている。錠剤に固められた物はトンネル状の巨大な乾燥機を潜《くぐ》り、ベルトコンベヤーに落とされていた。

錠剤は、ピンクと白の二種類だった。どちらもＭＤＭＡだろう。

作業服姿の男が五人いたが、誰も米良に気づかない。それぞれが忙しそうに立ち働いていた。

四人の風貌は日本人そのものだ。ひとりだけ彫《ほ》りが深く、エキゾチックな面立《おもだ》ちだった。ブラジルは多民族国家だ。ポルトガル系やドイツ系白人、アフリカ系黒人、インディオ、アジア人の混血化が進んでいる。

日本からブラジルに移民した一世は、男女ともに同じ民族と結婚したケースが圧倒的に多い。だが、二世になると、他《た》の人種と結ばれることも稀《まれ》ではなくなった。そのため、三世や四世の中には日系ブラジル人といっても外見は日本人離れしている者もいるわけだ。

「機械をストップさせろ」

米良は、石段の下で亀渕に命じた。

亀渕がポルトガル語で何か叫んだ。ブラジルの公用語は、ポルトガル語である。日本に出稼ぎにきている日系ブラジル人のほとんどが三世か四世だ。片言の日本語しか喋《しゃべ》れない者が少なくない。

モーターの音が相前後して止《や》んだ。

亀渕が大声で五人の男を呼び寄せた。男たちが顔を見合わせ、不安そうな表情で近づいてくる。二、三十代ばかりだ。

「おれが刑事であることを伝えてくれ」

「五人とも、日本語の日常会話はできますよ。複雑な話題は駄目ですけどね」

「そう」

米良は亀渕に言って、五人の日系ブラジル人に自分が刑事であることを伝えた。合成麻薬MDMAの密造は、法律違反だとも付け加えた。

五人の日系ブラジル人がひと塊《かたまり》になって、母国語で低く囁《ささや》き合った。

「勝手に喋るなっ」

米良は声を張った。すると、白人の血の混《ま》じった二十代後半の男が言葉を発した。

「わたしたち、ビタミン剤を造ってただけ」

「よく言うぜ。そっちの名は？」

「あなたの日本語、わかりません」

「都合が悪くなると、ポルトガル語を使うのか」

「彼の名前は、セルジオです。セルジオ三倉《みくら》です」

亀渕が米良に教えた。セルジオが顔をしかめ、母国語で何か罵《ののし》った。

「二種の錠剤を持ってきてくれないか」

米良は小声で亀渕に言った。

亀渕がうなずき、ターンテーブルに歩み寄った。桃色と白色の錠剤を一粒ずつ抓《つま》み上げ、すぐに引き返してきた。米良は二つの錠剤を受け取り、それぞれ舐《な》めてみた。

間違いなくMDMAだった。

「どっちもビタミン剤なんかじゃない。合成麻薬だ」

「わたしたち、警察に行きたくない。捕まりたくないよ。わたし、明日、銀行《バンコ》に行く。あなたにお金あげるね。だから、捕まえないで」

　セルジオが言った。

「おれを金で買収する気かっ」

「お金だけじゃ駄目なら、わたしのナモラーダを紹介してもいいね」

「ナモラーダ？」

「恋人のことね。その娘《こ》のお祖母《ばあ》ちゃん、ポルトガル人だから、肌の色白い。ファゼー・アモールしてもいいよ」

「どういう意味なんだ？」

「男と女が寝ることね。彼女の性器《セクソ》、よく締まる。あなた、気持ちよくなるよ」

「下卑《げび》た笑い方をするな。屑《くず》野郎だな、おまえは」

　米良はセルジオを睨《にら》みつけた。

　セルジオの表情が険《けわ》しくなった。仲間たちがセルジオを小声でなだめた。セルジオは、忌々《いまいま》しげに仲間の手を振り払った。殺気立っている。

「どうした？」

「わたし、おまえを殺して逃げる」

「逃げられるものなら、逃げてみろ」

米良は怯《ひる》まなかった。

セルジオが作業服の内ポケットを探《さぐ》った。摑《つか》み出したのは、折り畳み式のナイフだった。フォールディングナイフの刃が起こされた。

「銃刀法違反も加わったな」

米良はセルジオに告げた。

亀渕と四人の日系ブラジル人が、口々にセルジオに制止の言葉をかけた。しかし、セルジオは耳を傾けようとしなかった。

血走った目で間合いを詰めてくる。

米良は、腰に巻いたロープを解《と》いた。左手でロープの端を摑んだとき、セルジオがナイフを逆手《さかて》に握った。すぐに奇声を発し、高く跳《と》んだ。

米良はバックステップして、ユニバーサル・フックを飛ばした。

逆鉤《ぎゃくかぎ》はセルジオの右手首に喰《く》い込んだ。セルジオが呻《う》めいた。

米良はロープを一気に手繰《たぐ》り、セルジオを引き寄せた。

相手の股間と右膝を蹴る。連続蹴りを受け、セルジオが二度呻いた。フォールディングナイフが床に落ち、一メートルほど滑走した。

米良は踏み込んで、肩口でセルジオを弾いた。

セルジオが体をくの字に折りながら、尻《しり》から床に落ちた。米良はフックをセルジオの顔面に叩《たた》きつけ、さらに胸板を蹴りつけた。

セルジオが動物じみた唸《うな》り声をあげ、四肢《しし》を縮める。米良は残りの日系ブラジル人たちを床に這《は》わせ、逆鉤付きのロープを腰に巻きつけた。

「わたしたち全員、パトカーに乗せられるんですね」

亀渕が観念した表情で呟《つぶや》いた。

「パトカーを呼ぶ前に、まだ訊《き》きたいことがある」

「何でしょう？」

「ここに中京会の者が来たことは？」

「一度もありません。ただ、若宮さんが新たな納入先が見つかったと言ってましたんで、それは中京会の直系の組なんではないかと思ってました。若宮社長は中京会の陣内会長と親しいと言ってましたんでね」

「おたくの勘は正しいと思うよ。堅気が合成麻薬を大量に売り捌《さば》くことなんてできないからな。若宮拓海は密造したＭＤＭＡを中京会に卸《おろ》して、汚れた金で『ヤマト建工』の赤字を埋める気なんだろう」

「ええ、そうなんでしょうね」

「汚れた金の一部は、民自党の梅川議員に流れてるんだろう。若宮、そんなことを洩《も》らしてなかったか？」

「そういう話は聞いたことがありませんね。若宮社長は、なぜ梅川代議士に裏金を渡さなきゃならないんです？」

「梅川は国交省の族議員のボス格で、公共事業の入札に口を挟んでた。もっとストレートに言えば、梅川は自分と関係の深いゼネコンに落札させようと根回しをしてた。『ヤマト建工』が大手ゼネコンの『飛鳥組』の第一下請け業者になれたのは、梅川の口添えがあったからだろう」

「そうなんでしょうね。若宮さんの会社は決して大きくはありませんからね。何か裏技を使わなければ、大きな公共事業なんか請け負えないでしょう」

「だろうな」

米良は口を結んだ。

そのすぐ後、石段に靴音が響いた。米良は体ごと振り返った。

あろうことか、階段を降りてきたのはナイジェリア人のサムだった。サムは銃身を短く切り詰めたイサカの散弾銃《ショットガン》を構えていた。アメリカ製だ。

「おまえの雇い主は若宮拓海だったんだなっ」

米良はサムに言った。サムがにやついて、石段の中ほどで足を止めた。

「おい、どうなんだ？」

「この前、小杉組の組長に頼まれたと言ったのは嘘ね」

「クンタって友達《ダチ》はどこにいる？」

「あいつはいない。おまえが強いんで、ビビっちゃったね」

「若宮拓海は新宿署の露木にこの密造工場のことを知られたんで、そっちに彼を始末させたのかっ。そうなんだろうが！」

「わたし、余計なことは喋っちゃいけないことになってる」

「そうかい。若宮におれを撃《う》ち殺せって命じられたようだな」

米良は言いながら、上着の内ポケットにさりげなく手を入れた。万年筆型の特殊拳銃に指先が触《ふ》れた。

「動くな」

サムがショットガンの引き金を絞った。

重い銃声が轟《とどろ》いた。銃口から、赤みを帯びた橙色《だいだいいろ》の銃口炎《マズル・フラッシュ》が吐き出された。

米良は床に伏せた。

放たれた散弾が前髪を掠《かす》める。粒弾《りゅうだん》が床で跳《は》ねた。

斜め後ろにいた亀渕が呻いて、横倒しに転がった。太腿に何発か散弾がめり込んだようだ。セルジオたち五人の日系ブラジル人が地下室の奥に走り、おのおの機械や棚《たな》の陰に隠れた。

「次はちゃんとシュートする」

サムが散弾銃を構え直した。二連銃だった。

米良は俯《うつぶ》せになったまま、懐《ふところ》から特殊小型銃を取り出した。底の部分のタッチを押し込む。銃身部分から、引き金が下がってきた。

サムが銃口を下げた。

米良は先にペン型特殊銃の引き金《トリガー》を絞り、横に転がった。ほとんど同時に、イサカが銃声を響かせた。

サムが短く呻いて、石段に坐り込んだ。特殊銃の小口径弾がサムの左の太腿に当ったのだ。敵の散弾は扇《おうぎ》の形に散ったが、誰にも当たらなかった。

サムが散弾銃の銃床を杖代《つえが》わりにして、怯《おび》えた顔で立ち上がった。退散する気になったのだろう。米良は起き上がった。

事務フロアに這い上がったサムが驚きの声をあげた。待ち受けていた者に、いきなり全身にガソリンをぶっかけられたようだ。

米良は石段に走った。

ステップに足をかけたとき、ハッチのあたりで着火音がした。サムの絶叫が米良の耳を撲《う》った。ガソリンを吸った衣服に火の点いた煙草《たばこ》か、ターボライターを投げつけられたらしい。

ハッチに炎が見えた。と思った瞬間、火達磨《ひだるま》になったサムが転げ落ちてきた。

米良は本能的に跳びのいた。

サムは階段の下で二回転ほどしたが、すぐに動かなくなった。頭髪や肉の焦《こ》げる臭いが漂いはじめた。

「消火器はないのか？」

米良は大声で亀渕に問いかけた。亀渕が唸りながら、首を横に振った。

「みんなで作業服の上着で火を消してやれ」

米良は言って、石段を駆け上がりはじめた。
四、五段上がったとき、ハッチから玉虫色《たまむしいろ》に光る液体が注《そそ》ぎ込まれた。ガソリンだ。ポリタンクは見えたが、敵の姿は視界に入らない。石段は、瞬《またた》く間に濡れた。
ガソリンに火を点《つ》けられたら、大惨事になりかねない。

米良は滑《すべ》るステップを一段ずつ上がった。上がりきらないうちに、上から火の点いた紙が投げ込まれた。

発火音がし、目の前に大きな炎が生まれた。

ハッチが閉ざされ、その上にスチールデスクが置かれたようだ。重《おも》しなのだろう。

米良は階段から飛び降り、坐り込んでる亀渕に走り寄った。すでにサムは黒焦げになりつつあった。

「ありませんか？」

「ありません。あっ、ガソリンがこっちまで流れてくる。ハッチからは脱出できないんでしょ？」

「ああ。なんとか脱出しないと、全員が焼け死ぬことになる」

「誰かガソリンを撒《ま》いて火を点けたんでしょう？」

「おそらく若宮が、中京会の者に不都合な人間ごと合成麻薬の密造工場も灰にしてくれと頼んだんだろうな」

「わたし、まだ死にたくないよ」

「落ち着くんだ。とにかく、階段から離れよう」

米良は亀渕を摑み起こした。腿《もも》の銃創《じゅうそう》は四、五カ所だった。射入孔《しゃにゅうこう》は小さく、出血量もたいしたことはない。

「刑事さん、換気孔がありますよ。割に大きな孔《あな》で、人間もすっぽりと入れるでしょう。エアダクトは、一階の裏口の横まで延びてます」

「よし、そこから脱け出そう」

「は、はい」

「おれの肩に摑まれ」

「そうさせてもらいます」

亀渕が米良の肩に片腕を回し、五人の日系ブラジル人に換気孔の前に集まるよう指示した。五人は一斉《いっさい》に走りだした。

米良は亀渕を支えながら、正面の右手にある換気孔に向かった。

亀渕は足を引きずりながら、懸命に歩いている。生に対する執着心はだいぶ強いようだ。

米良には守らなければならない家族はいなかったが、まだ死ぬわけにはいかない。歩《ほ》を進めながら、振り向く。地下室の床の三分の一は、すでに火の海だった。

炎と黒煙に包まれたサムの体は、完全に炭化していた。セルジオ三倉が走り寄ってきて、ばつ悪げに話しかけてきた。

「さっきはごめんなさい。わたし、逃げたかったんで、狡《ずる》いことを考えてしまった。あなたに捕まってもかまわないよ。だけど、まだ死にたくない」

「おれもだよ。まだ、どうしてもやらなきゃならないことがあるんだ。みんなで協力し合って、この地下室から脱け出そう」

「はい！　換気孔《スイン》、ちょっと高い所にあるね。でも、誰かに肩車してもらえば、わたし、外せるよ」

「それじゃ、仲間に協力してもらって、早く換気孔のファンを外してくれ」

米良はセルジオを急《せ》かした。

セルジオが仲間に声をかけ、ドライバーを横ぐわえにした。彼は仲間のひとりに肩車してもらうと、ドライバーで換気孔の留具《とめぐ》を外した。手早かった。ファンを床に落とす。

「怪我人が先だ」

米良は亀渕を肩に担《かつ》ぎ上げ、最初にエアダクトに潜らせた。

セルジオが四人の仲間を次々に肩車し、ダクトに押し上げた。米良はセルジオを脱出させてから、ユニバーサル・フックを使ってダクトの口に這い上がった。

管の中は真っ暗だったが、等間隔に凹凸があった。割に進みやすい。

ダクトチューブはわずかに傾斜がつけられていた。這い進んでいくと、外気が少しずつ吹き込んできた。

そんなとき、表で短機関銃《サブマシンガン》の連射音がした。

男たちの呻き声が重なり、人の倒れる音も聞こえた。米良は万年筆型特殊拳銃を握り、ダクトチューブの中を這い進んだ。

建物の外に出ると、被弾した亀渕と五人の日系ブラジル人が倒れていた。誰も身じろぎ一つしない。六人とも息絶えてしまったようだ。

敵は近くにいるにちがいない。

米良は姿勢を低くして、足を踏み出した。

そのとき、通用門の方から掃射された。低周波の捻りのような発射音だった。黒いフェイスキャップを被った男は、イスラエル製のUZI《ウージー》ミニを持っていた。米良は寝撃ちの姿勢をとり、相手の右脚に狙いを定めた。引き金を絞る。

フェイスキャップの男が呻いて、屈《かが》み込んだ。命中したらしい。

米良は身を起こした。

ちょうどそのとき、パーリーグレイのRV車が通用門の前に滑り込んできた。スライドドアが開けられた。フェイスキャップの男が車内に素早く乗り込んだ。RV車は急発進した。スライドドアを開けたままだった。

米良は通用門から飛び出した。

早くもRV車は闇に紛《まぎ》れていた。米良は遣《や》り場のない怒りを圧《お》し殺して、事務棟を見た。地下室から油煙が噴《ふ》き出していた。刺客《しかく》を放ったのは若宮拓海だろう。

事件通報をしたら、厄介《やっかい》なことになる。消防車も呼ぶわけにはいかない。

米良は、レンタカーを駐《と》めてある土手道に向かって走りはじめた。

2

同じ映像が、またアップになった。

元農薬製造会社の事務棟は、すっぽりと炎に包まれていた。もくもくと吐き出されている黒煙は何とも無気味だ。

米良は喫《す》いさしの煙草の火を消した。

名古屋市西区那古野《なごの》一丁目にある和風旅館の一室だ。米良は午前八時半に部屋で朝食を摂《と》ってから、ずっとテレビのニュースを観《み》ていた。

どの局も昨夜の放火殺人事件を競《きそ》うように報じているが、焼死した黒人男性の身許や出火原因には触《ふ》れなかった。まだ検証の結果が出ていないのだろう。

正体不明の男に短機関銃で射殺された亀渕と五人の日系ブラジル人の氏名や年齢は明かされたが、犯人については何も手がかりがないと繰り返されるばかりだった。米良の姿を目撃した者はいなかったようで、一切報道されなかった。

廃工場の所有者である若宮拓海は今朝《けさ》早く自宅前で報道陣の取材を受けたが、放火殺人事件には何も思い当たることはないと述べていた。父親が他界した直後に工場棟と事務棟を封鎖し、表門と通用門も厳重に閉じたはずだと語っていた。

廃工場内に設置されていた防犯カメラや発電機についても、知らないの一点張りだった。若宮はホームレス集団か犯罪者グループが無断で廃工場に入り込んでいたのではないかと報道関係者に喋り、早々に家の中に引っ込んでしまった。

米良はテレビのスイッチを切った。

十時四十分を過ぎていた。チェックアウト・タイムは十一時だった。米良は座卓から離れ、トラベルバッグを手に取った。部屋は二階の端にあった。

米良はフロントに降り、精算を済ませた。

旅館は堀川《ほりかわ》沿いに建っている。五条橋《ごじょうばし》の袂《たもと》だった。

米良は旅館の専用駐車場に回り、レンタカーのスカイラインに乗り込んだ。エンジンをかけたとき、懐で刑事用携帯電話が着信した。

電話をかけてきたのは、本庁第一機動捜査隊の花岡岳人だった。

「米良さん、新情報です。露木刑事がですね、なぜか民自党の梅川善行の平河町の事務所を張り込んでたことがわかったんですよ」

「情報源《ネタモト》は？」

「新宿署の平賀君です。彼は露木警部補の遺品のデジカメのＳＤカードをチェックしてて、そのことに気づいたんですよ。たった一カットなんで、捜査本部の連中は見過ごしてしまったらしいんですがね。その画像には、梅川議員と中京会の陣内会長が連れだって事務所から出てくるところが隠し撮《ど》りされてたそうです」

「撮影日時は？」

「それは不明だとのことでしたが、被写体の二人は冬服だったという話です。多分、去年の初冬以降なんでしょうね。梅川と陣内は、にこやかな顔つきだったそうです」

「そう」

「平賀君は米良さんを目標にしてるようで、あなたの役に立ちたいみたいですよ。だから、こっちに新情報を流して、それとなく米良さんに教えてほしいってことだったんでしょう。なかなか憎いことをやりますね。詳しいことは彼に訊いてください」

「いや、それはやめとこう」

「えっ、どうしてです？」

「おれにこっそり捜査情報を流してたことが堀切刑事課長や本庁の捜一の連中にバレたら、彼の立場が悪くなる。平賀は将来、いい刑事《デカ》になるだろう。だからさ、つまらないことで失点を与えたくないんだ」

「米良さんは漢《おとこ》ですね」

「花岡ちゃんのほうが、おれよりずっと俠気《おとこぎ》があるよ。露木の事件からはもう手が離れてるのに、協力してくれたんだから」

「被害者は、われわれの身内でしたからね。殉職した仲間は一日も早く成仏《じょうぶつ》させてやりたいですもん。それはそうと、単独捜査は進んでます？」

「だいぶ事件の裏が透《す》けてきたよ」

米良は経過をかいつまんで話した。

「そういうことなら、一連の事件の真犯人《ホンボシ》は若宮拓海に決まりでしょ？『ヤマト建工』の社長は廃工場で合成麻薬MDMAを密造してることを露木警部補に知られてしまったんで、異母弟の冬樹の犯行に見せかけて、まず刑事を始末した。それで麻薬ビジネスの取り分か何かで揉《も》め、異母弟の冬樹とその愛人の高峰亜紀を抹殺《まっさつ》した。おそらく実行犯は、サムとかいうナイジェリア人だったんでしょう」

「おれもそんなふうに筋を読んだんだが、なんとなくすっきりとしないんだよ。若宮は合成麻薬の密売を冬樹から中京会にシフトする気になったんだろうが、昨夜《ゆうべ》、廃工場の事務棟を焼き払わせて、元製薬会社社員や日系ブラジル人五人を始末させたと思われるんだ」

「若宮は廃工場でMDMAを密造してることを露木刑事に知られてしまったんで、いったん危《ヤバ》い物証を消す気になったんだと思います。それで、別の場所に新たに合成麻薬の密造工場をこしらえるつもりなんでしょう。もう製法なんかは知ってるんでしょうからね」

「しかし、原材料は『グロリア製薬』に長く勤めてた亀渕って男が入手してたんだぜ」

「中京会なら、原材料を仕入れるルートがあるでしょ？　若宮は異母弟を切り捨て、中京会と手を組んで荒稼ぎする気になったんだと思うな」

「それで、汚れた金を民自党の梅川に闇献金してたんだろうか」

「ええ、そうなんでしょう」

花岡が言った。

「中京会の陣内会長も地元出身の大物国会議員に恩を売っておいて損はないと算盤《そろばん》を弾いて、汚れ役を引き受けたんだろうか」

「そういう構図なんでしょうね」

「花岡ちゃん、ちょっと待ってくれ。そうなら、合成麻薬の密売のことが発覚して困るのは若宮拓海だけじゃないぞ。中京会の陣内会長や梅川代議士も同じだ」

「ええ、そうなりますね。露木警部補を亡《な》き者にしたのは、いったい誰なんだろうか」

「そのうち首謀者の面《つら》が透けてくるだろう。ありがとな」

米良は花岡に謝意を表し、通話を切り上げた。

若宮拓海は、まだ昭和区丸屋町にいるかもしれない。米良は聞き込みと称して強引に自宅に上がり込み、『ヤマト建工』の社長を締め上げる気になった。それが最も手っ取り早い。

米良はスカイラインのエンジンを始動させ、昭和区に向かった。

　二十分そこそこで、若宮兄弟が育った家を探し当てた。豪邸で、敷地も広い。冠木《かぶき》門《もん》の横には車庫があり、ベンツとレクサスが並んで納められている。

　若宮邸の前には、大勢の報道関係者が群がっていた。邸内はひっそりと静まり返り、窓はシャッターで閉ざされている。

　若宮は自宅のどこかで、息を潜めているようだ。米良はスカイラインを若宮邸の車庫の手前に停めた。

　そのとき、地元テレビ局の報道記者が門柱に近づいた。三十七、八歳の男性記者だった。米良はレンタカーのパワーウインドーを下げた。男性記者がインターフォンを鳴らした。

　ややあって、スピーカーから応答があった。若宮夫人の律子の声だった。

「奥さん、ご主人から依然として何も連絡がないんですか？」

　報道記者が社名を告げてから、早口で問いかけた。

「はい」

「オフィスにも顔を出してないんですよ。若宮さんはきのうの晩の事件にはまったく心当たりがないと今朝のインタビューでは答えてましたが、本当は思い当たることがあるんではありませんか。それで、雲隠れしたとも……」

「わたしは何も知らないんです」

「愛知県警は、火災現場で射殺された亀渕勇という元製薬会社の社員が去年の夏ごろから市内で若宮さんと会ってた事実を摑んでるんですよ。それからですね、地下室から合成麻薬の成分も検出されてるんです。撃ち殺された日系ブラジル人たちは亀渕という男と一緒に麻薬を密造してたんじゃないですか、若宮さんに雇われて」

「主人は、そこまで危ないことはしてないと思います」

「それなら、姿をくらます必要はないはずです。何か後ろ暗いことをしてたから、われわれマスコミを避けたんでしょ？」

「若宮を犯罪者扱いしないでください。失礼ですよっ」

「しかし……」

「お引き取りください、近所迷惑ですので」

律子の声が途絶《とだ》えた。

米良はレンタカーのパワーウインドーを上げ、一〇四で若宮宅の固定電話の番号を教えてもらった。すぐに電話をかけたが、いっこうに先方の受話器は外れない。律子はマスコミ関係者からの問い合わせの電話と思ったのだろう。

米良はコールサインを鳴らしつづけた。だいぶ経《た》ってから、律子が電話口に出た。

「夫の居所は知らないんです、本当に」

「奥さん、わたしです。警視庁捜査一課の柊ですよ」

「ああ、東京の刑事さんでしたか」

「実はわたし、いまお宅の前にいるんです。マスコミの連中がたくさん押しかけてきて、迷惑してるようですね」

「ええ。本当に若宮は自宅にはいないのに、新聞社やテレビ局の人たちは引き揚げてくれませんの」

「そうですか。別居されてる奥さんがご自宅にいるのは、どうしてなんです？」

米良は訊《たず》ねた。

「早朝に夫から電話がありまして、すぐこちらに来いと言われたんですよ。それで、仕方なく自宅に戻ったんです」

「お義父《とう》さんが経営されてた農薬製造会社の事務棟がきのうの夜、放火されたことは当然、ご存じですよね？」

「はい。地下室に身許のわからない焼死体と通用門の近くに六つの射殺体が転がっていたというニュースは、テレビで知りました」

「愛知県警は、地下室で合成麻薬ＭＤＭＡの成分を検出してます。ご主人が撃ち殺された男たちにＭＤＭＡを密造させてたことは間違いないでしょう」

「ああ、なんてことなんでしょう。夫は、密造した合成麻薬を義弟に売らせてたんですね？」

「それも間違いないだろうね」

「主人は、若宮は自分が逮捕されると思って、逃げる気になったんでしょうか。ええ、きっとそうにちがいないわ。夫は合成麻薬を密造しただけではなく、冬樹さんもゴム粘土を使って殺害してしまったのね」

「その疑いはありますが、まだ若宮さんが異母弟を殺害したという決め手はありません」

「だけど、義弟《おとうと》が殺された日、夫は東京に行ってるんですよ。粘土細工を趣味にしてることを考えると、主人が冬樹さんの自宅マンションを訪ねて、ゴム粘土で鼻と口を覆い、窒息死させたとしか思えないんです」

「こっちも最初は、そう推測したんですよ。しかし、よく考えると、あまりにも無防備でしょ？　粘土細工が好きな人間が殺人の凶器にゴム粘土を選ぶなんて、逆に不自然な気がしませんか？」

「言われてみれば、確かにそうですね。わざわざ自分が犯人だと教えてるみたいで、ちょっと変だわ。若宮の趣味が粘土細工だと知ってる人間が夫の仕業《しわざ》と見せかけ、義弟の冬樹さんを殺したんでしょうか？」

「そうなのかもしれません。若宮さんと親しくしてた者は、たいてい趣味のことは知ってたのかな？」

「ほとんどの方が知ってたと思います。若宮は出来のいい粘土細工はニスを塗《ぬ》って、自分の部屋や会社の社長室にも飾ってありましたので」

　律子が言った。米良は、社長室の棚の上をよく見なかった。ニス仕上げされた粘土細工が置かれていたかどうかは思い出せない。

「それから夫はお気に入りの粘土細工をスマホのカメラで撮って、その画像を取引先の方や知人にも見せてたようです」

「ご主人の趣味を知ってるのは、わずか数人ではないわけだ。そうなら、若宮さんを殺人者に仕立てたかもしれない人物は簡単には絞れないな」

「ええ、そういうことになりますね。夫が合成麻薬を密造して、それを異母弟の冬樹さんに売らせてたことは間違いないんでしょうけど、娘のためにも人殺しをしてないと祈りたい気持ちです。殺人犯の娘という重い十字架を背負わせるなんて、親としてはたまりませんもの」

「それは切なくて哀《かな》しいですよね」

「あっ、もしかしたら……」

「ご主人が犯罪のプロに地下室に火を放たせ、密造に携《たずさ》わってた男たちを射殺させたのではないかと思われたんでは？」

「え、ええ。そうなんでしょうか？」

「その可能性はゼロではないでしょうね。合成麻薬を密造してたことが発覚したら、ご主人の人生は暗転します。麻薬取締法違反で逮捕されれば、社会的な信用を失って、『ヤマト建工』は倒産の憂《う》き目《め》を見ることになるでしょう。家族も世間から白眼視《はくがんし》されるかもしれません」

「でしょうね」

「そうなったら、人生は終わりだと思って、ご主人が不都合な人間たちの口を封じる気になったとも考えられるな。しかし、人殺しの罪は重い。まして五人も六人も始末したら、死刑は免《まぬか》れないでしょう。たとえ自分の手は直に汚さなくても、殺人教唆《きょうさ》の罪はきわめて重いものになる」

「それは当然の報《むく》いです」

「ええ、そうですね。家族のいる男なら、人殺しまではやらないんじゃないだろうか。ご主人は異母弟が死んだ後も、合成麻薬の密造をつづけてた」

「中京会に売ってもらうつもりだったんでしょうか？　裏社会の人でなければ、麻薬なんか売り捌けませんから」

「まだ裏付けは取ってませんが、奥さんが想像した通りなんでしょう。ご主人が中京会に密売を依頼したのか、逆に中京会に弱みにつけ込まれてＭＤＭＡを大量生産しろと脅迫されたのかはわかりませんがね」

「若宮は会社の資金繰《ぐ》りに困ってたようですから、自分のほうから麻薬密売の件を中京会の陣内会長に持ちかけたんではないかしら？　そうなら、夫が昨夜《ゆうべ》の事件の主犯格だったのかもしれません。ああ、若宮は娘の一生を台なしにしてしまったのね」

「奥さん、ご主人も人の親なんです。悪事の発覚を恐れたからといって、ひとり娘をそこまで苦しめたりはしないでしょう？」

「そう思いたいですけど、若宮は根がエゴイストですから……」

　律子が語尾をくぐもらせた。

「もし中京会がご主人の弱みにつけ込んで合成麻薬を大量に密造することを強《し》いていたんなら、昨夜の放火殺人事件を引き起こしたのは中京会なんだと思います」

「なぜ中京会は密造工場を焼き払って、こっそり合成麻薬を造ってた人たちまで射殺する必要があったんです？　警察は、廃工場の地下室でＭＤＭＡが密造されてることを嗅《か》ぎつけたんでしょうか？」

「ええ、多分ね。先日、射殺された新宿署の露木刑事が廃工場を張り込んでた痕跡があるんですよ。実はきのうの晩、わたし、祖父江町の元農薬製造会社に行ってみたんです」

「そうだったんですか⁉」

「この目で、事務棟の地下室でＭＤＭＡが密造されてるのを見てきました。これは愛知県警やマスコミ関係者には内緒にしていただきたいんですが、黒いフェイスキャップを被った男が短機関銃《サブマシンガン》で六人の男を撃ち殺して、待機してた仲間のRV車で逃走したのを目撃したんですよ」

「えっ、そうなんですか。なぜ、そんな大事な目撃証言を愛知県《こちら》の捜査関係者には内緒にしておくんです？　警視庁の手柄にしたいのね」

「そうではありません。ご主人が中京会に口を封じられる心配があったからですよ。きのうの放火殺人が中京会の仕業と感じ取って、若宮社長は身に危険が迫ったと思い、どこかに潜伏したのかもしれない」

「ミニクラブを任せてる女性の自宅マンションにでも、隠れてるんでしょうか」

「その女性は有馬恵利華さんですね？」

「はい、そうです。夫の愛人からも聞き込みをなさったのね。そうなんでしょう？」

「ええ、まあ。『エトワール』のママのことは、中京会の会長も理事たちも知ってるはずです」

「そうでしょうね。愛人宅に身を潜めてたら、すぐに見つけられてしまう。だから、ママの自宅には行かないわね」

「奥さん、ご主人は殺されるかもしれないんです。居所に心当たりがあったら、教えてください。別荘はあります？」

「別荘と呼べるほどのセカンドハウスではないんですけど、知多《ちた》半島の南知多町に数年前に夫は中古住宅を買ったんです。須佐湾《すさわん》を見下ろせる高台にある二階建ての洋風住宅です。前の持ち主が洋画家で時々、アトリエとして使ってたという話でした。しかし、足腰が弱くなったとかで手放したんですよ」

「どんな外観なんです？」

「南欧風の造りで、瓦《かわら》はオレンジ色です。外壁は真っ白だったそうですが、いまはだいぶ色がくすんでます」

「そのセカンドハウスは中京会の連中には知られてないんですね？」

「ええ、多分。でも、もう知られてるのかもしれません」

「ほかに思い当たる所は？」

「ありません」

「そうですか。ご主人を保護したら、奥さんに連絡します」

米良は電話を切ると、車をバックさせはじめた。

3

坂道を登り切った。

米良はレンタカーを左折させた。南知多町の高台である。

いくらも走らないうちに、スペイン風の造りの二階家の前に出た。

屋根瓦はオレンジ色で、外壁は白い。若宮のセカンドハウスにちがいない。傾斜地に建っている。敷地は広かった。

米良はスカイラインを停めた。

両手に革手袋を嵌《め》めてから、そっと車を降りる。かすかに潮の香《か》がした。

眼下には、須佐湾が見える。入江のような形状で、十数隻の漁船が舫《もや》われていた。

伊勢湾に繋《つな》がっているはずだが、湾内は凪《な》いでいた。

陽光を吸った青い海は美しくきらめいている。光の鱗《うろこ》は、どこか幻想的だった。水平線の彼方《かなた》で、空と海原が一つに溶け合っていた。

沖合の向こうに霞《かす》んで見えるのは、答志島《とうしじま》か。

米良は新婚二年目の夏、死んだ妻と渥美《あつみ》半島の伊良湖《いらこ》から三重県の鳥羽《とば》まで伊勢湾フェリーで渡ったことがある。信州育ちの亡妻は海に憧《あこが》れを懐《いだ》きつづけていたせいか、まるで少女のように船上ではしゃぎ通しだった。

そのときの情景が、ありありと脳裏に蘇《よみがえ》った。

米良は少し感傷的な気分になった。短い夫婦生活だったが、亡妻の瑞穂は自分と結婚したことを後悔していなかっただろうか。振り返ってみると、ろくに妻に尽くしていない。

まさかこんなに早く伴侶《はんりょ》と死別するとは想像すらしていなかった。人の命には限りがあることをつい忘れていた。だから、何も女房孝行はできなかった。そのことが悔《く》やまれてならない。

米良はセンチメンタルな気持ちを振り払って、洒落《しゃれ》た白い鉄扉《てっぴ》を押した。まともに若宮を訪ねる気はなかった。

扉はロックされていない。米良は門扉《もんぴ》を抜け、石畳のアプローチを進んだ。内庭全体に西洋芝が植えられていた。テラスにはガーデンチェアが見える。車庫には、銀灰色のレクサスが駐めてあった。

一階の居間のドレープカーテンは左右に払われ、白いレースのカーテンだけが下がっている。若宮拓海がセカンドハウスに滞在していることは間違いないだろう。

米良はポーチに上がり、玄関ドアのノブに手を掛けた。内錠が掛けられ、ノブは回らなかった。

米良は建物の脇を抜き足で進み、裏庭に回った。

海側の斜面の自然林は、そのまま残されていた。樹間の向こうに海が見える。

赤松の太い枝を何気なく振り仰《あお》ぐと、何かがぶら提《さ》がっていた。

なんと若宮だった。その首には、ロープの輪が深く喰い込んでいる。

若宮はうなだれた恰好《かっこう》だった。首を括《くく》っていた。茶色のガウンの下には、ベージュのパジャマを着ている。

パジャマのズボンは濡《ぬ》れていた。尿失禁したのだろう。うっすらと便臭も漂ってくる。血の気がなく、顔は紙のように白い。

若宮のほぼ真下には、横倒しになった踏み台が転がっている。

米良は屈み込んで、地面をよく見た。枯れた下草の上には、深く靴痕が彫り込まれている。二十六、七センチだろうか。

あたりに靴もサンダルも見当たらない。

変だ。自殺を装った他殺臭い。若宮は裸足《はだし》だった。米良は、死者の足の裏を覗《のぞ》き込んだ。

泥や枯れ草は付着していない。誰かが若宮の意識を何らかの方法で混濁《こんだく》させ、裏庭に担《かつ》ぎ出し、首にロープの輪を掛けたのだろう。

米良は家屋に走り寄った。

右端に台所の勝手口があった。ドアはロックされていなかった。米良は建物の中に入り、土足でフロアに上がった。

台所に接して、十畳ほどの食堂があった。テーブルも椅子もずれてはいない。

ダイニングの向こうに二十畳ほどの居間があった。リビングソファやコーヒーテーブルも乱れていない。居間で人が揉み合った痕跡はうかがえなかった。

ただ、香水の残り香がうっすらと漂っている。その匂いは嗅いだ記憶があった。確か若宮の愛人の有馬恵利華が同じ香水を使っていたはずだ。銘柄まではわからないが、甘ったるい濃厚な香りであることははっきりと憶《おぼ》えている。男の欲情をそそるような匂いだった。

若宮はセカンドハウスに落ち着くと、恵利華を呼び寄せたのか。そうだとしたら、彼女も殺害されてしまったのだろうか。

居間の隣は十五畳ほどの板張りの部屋になっていた。

窓側に黒革のオットマンが置かれているだけで、ほかに家具も調度品も目に留《と》まらない。以前の持ち主がアトリエとして使用していたのだろう。

米良は広い玄関ホールに移った。

階段を駆け上がり、二階の各室を検《しら》べる。階段の近くにゲストルームらしい十畳ほどの洋室と八畳の和室があった。

どちらにも『エトワール』のママの死体は転がっていなかった。

廊下の左側に浴室、洗面所、トイレ、納戸《なんど》が並んでいたが、どこにも異変はなかった。右側の端に十二畳ほどの寝室があった。

裏庭側にダブルベッドが置かれ、正面にはチェストと飾り棚が見える。右側は造り付けのクローゼットになっていた。

ベッドの横のサイドテーブルの上に若宮拓海の遺書が載《の》っていた。パソコンで打たれたプリントアウトが一枚、封に入れられているわけではなかった。無造作に遺《のこ》されているだけだった。

寝室には、香水の匂いが濃く立ち込めていた。恵利華がベッドルームにある程度の時間いたにちがいない。彼女の死体はどこにもなかった。殺されて、別の場所に遺棄《いき》されたのだろうか。

米良はプリントアウトを抓み上げ、目で字を追った。

若宮拓海は『ヤマト建工』の赤字分を補う目的で、異母弟と合成麻薬の密造を祖父江町の廃工場で去年の夏から開始したことを最初に告白していた。若宮は冬樹が義姉の律子をレイプした事実を脅迫材料にして、異母弟にＭＤＭＡをネットで密売させたことも綴《つづ》ってあった。冬樹の愛人の高峰亜紀が『ビューティー・スマイル』のダミーの責任者であることも付記されていた。

新宿署の露木刑事に合成麻薬密売の尻尾を摑まれたことで、若宮は異母弟にペナルティーを科したと記述している。そして、露木を冬樹に撃ち殺させた後、自分が異母弟と高峰亜紀を葬《ほうむ》ったと打ち明けている。

さらに若宮は、前夜の放火殺人事件の首謀者は自分だとも書いていた。サム、五人の日系ブラジル人、亀渕男を殺害したのは金で雇った広島の元やくざだと記していたが、実行犯の詳細は明らかにしていない。

自ら人生に終止符《ピリオド》を打つ気になったのは、罪の重さに耐えられなくなったからだと吐露《とろ》している。中京会や民自党の梅川議員のことには一切触れていなかった。

米良は読み終えて、遺書は偽物だと直感した。

若宮拓海が生きていては困る人間は、中京会の陣内会長と梅川代議士だろう。中京会は若宮拓海に頼まれ、『飛鳥組』の企業不正や重役たちのスキャンダルを摑んでいた疑いがある。それだけではない。若宮とつるんで、合成麻薬の密売で荒稼ぎする気でいたようだ。

民自党の梅川善行は若宮から汚れた金を受け取っていたと思われる。そのことが表沙汰になったら、政治家生命を絶たれるだろう。

陣内と梅川は共謀して、邪魔者の若宮拓海を抹殺する気になったのではないか。その前に二人は合成麻薬の密売の物証を押さえた露木刑事を無法者に射殺させて、若宮冬樹の犯行と見せかけたのではなかろうか。さらに若宮拓海が異母弟、高峰亜紀、五人の日系ブラジル人、亀渕を始末させせたと捜査当局に思わせたくて、偽の遺書を作成させたと疑える。

しかし、まだ状況証拠にすぎない。立件《りっけん》できるだけの証言か、物的証拠が必要だ。

米良はそう考えながら、ベッドカバーと寝具を大きくはぐった。

すると、白いフラットシーツに小さな染《し》みがあった。鼻を近づけてみる。

麻酔液の臭《にお》いがした。若宮拓海は何者かにクロロホルムかエーテルを嗅がされ、意識を失ってしまったのだろう。その間に裏庭に担ぎ出され、縛《しば》り首にされたにちがいない。

米良は枕を浮かせた。

と、シーツに女性の栗色がかった長い髪と口紅が付着していた。若宮の愛人の髪は、マロン色だった。恵利華が麻酔液を吸った布を若宮の口許《くちもと》に押し当てたのか。

そうだとしたら、彼女は中京会の会長か梅川代議士に抱き込まれたのだろう。

梅川は女狂いだという噂がある。ミニクラブの美人ママはパトロンの若宮を見限って、国会議員の何番目かの愛人になる気になったのだろうか。それとも、夜の名古屋でのし上がるには中京会の陣内会長の力が必要だと打算が働いたのか。

米良は寝室を出て、階下に降りた。

そのとき、外でパトカーのサイレンが聞こえた。高台に住む者が赤松の枝から垂れている若宮に気づいて、一一〇番通報したのかもしれない。

米良は急いで台所に走り、勝手口から裏庭に出た。

耳をそばだてる。パトカーは坂道を登っているようだ。

米良は駆け足で若宮のセカンドハウスから離れ、スカイラインに乗り込んだ。車首を変え、坂道を下りはじめる。

坂の途中でパトカーと擦《す》れ違ったが、怪しまれた様子はうかがえなかった。

米良は一気に坂道を下り、レンタカーを国道二四七号線に乗り入れた。

左手に海を見ながら、常滑《とこなめ》市まで直進する。大野《おおの》海水浴場の近くでスカイラインを路肩《ろかた》に寄せ、米良は若宮拓海の自宅に電話をかけた。

少し待つと、律子が受話器を取った。

「警視庁の柊です。奥さん、お気の毒なことになりました」

「えっ、夫に何かあったんですね？」

「そうです。セカンドハウスの裏庭の太い赤松の枝から、ご主人が……」

「若宮は首を吊《つ》ったんですか⁉」

「ご主人は自ら命を絶ったんではなく、自殺に見せかけられて殺されたんだと思います」

「だ、誰が若宮を殺したんです？」

「まだ犯人の特定はできませんが、おおよその見当はついています。しかし、決め手を摑んだわけではないんで、具体的な名は申し上げられません」

「自殺を装った他殺だと思われる理由は？」

「ご主人は裸足だったんですが、足の裏はまったく汚れてなかったんですよ」

「裏庭には西洋芝が植わってませんから、少しは土や枯れ草が付着するはずですけど」

「ええ、そうですね。ご主人は、二階の寝室で麻酔液を嗅がされたんだと思います。気を失ってる間に裏庭に担ぎ出されて、首にロープの輪を掛けられたんでしょう」

米良は、それ以上のことは故人の妻に伝えられなかった。

夫が糞《くそ》と小便に塗《まみ》れて息絶えたことは、後で知ればいいことだ。わざわざ故人のイメージを損なわせるようなことまで喋る必要はないだろう。

「わたし、すぐ一一〇番します」

夫人が涙声で言った。別居中とはいえ、まだ夫婦だったわけだ。連れ合いの訃報《ふほう》に接し、やはりショックと悲しみに襲われたのだろう。

「もうパトカーが現場に着いてます。近所の方が通報したようです」

「そうですか」

「ご主人が他殺されたということは間もなくはっきりするでしょうから、所轄署と愛知県警が捜査に乗り出すはずです」

「若宮は義弟《おとうと》と組んで合成麻薬の密売をしてて、何か闇社会の人たちとトラブルになったんでしょうか？」

「まだ断定はできませんが、ご主人の裏ビジネスの分け前を貰ってた奴らが黒い関係を暴《あば》かれることを恐れて、若宮さんの口を塞《ふさ》ぐ気になったんでしょうね。奥さん、ご主人がＭＤＭＡの密造を腹違いの弟と一緒にやってたことは確かなはずですが、一連の殺人事件には関与してないようですよ」

「ゴム粘土を使って冬樹さんを窒息死させたのは、若宮じゃないんですね？」

「そう思います。真犯人がご主人の犯行と見せかけたくて、幼稚な偽装工作をしたんだろうな。若宮さんは、新宿署の露木刑事や高峰亜紀の事件にもタッチしてない気がする。それから、昨夜の放火殺人事件にも関わってないでしょう」

「夫は人殺しはしてなかったんですね。麻薬の密造だけだったなら、わたしたち母娘《おやこ》は少し救われます。もちろん若宮の不正は恥ずべき犯罪行為ですけど、娘とわたしは心中しないで済みそうです。二人で支え合って、なんとか前向きに生きていけるような気がしてきました」

「ええ、ぜひそうしてください。それはそうと、奥さんに頼みがあるんですよ」

「頼みですか？」

「そうです。訊きにくいことなんですが、有馬恵利華の自宅の住所をご存じでしたら、教えてほしいんですよ」

　米良はためらいながらも、問いかけるほかなかった。

「『エトワール』のママ、夫の死に何らかの形で関わってるんですか⁉」

「有馬恵利華が、ご主人を自殺と見せかけて殺した犯人に協力した疑惑が出てきたんですよ。何か打算が働いて、パトロンだったご主人を裏切ったんでしょう」

「なんて恥知らずな女なんだろう。若宮はかなり無理をして、愛人に『エトワール』を持たせてやったはずです。それなのに、あまりにも恩知らずだわ」

律子が珍しく感情を露《あらわ》にした。本妻のプライドをずたずたにされて、亡夫の愛人に以前から敵意を感じていたにちがいない。

「奥さんの言う通りだな。有馬恵利華はご主人の経済力に惹《ひ》かれてただけで、精神的に惚《ほ》れてたわけじゃなかったんでしょう。現に彼女、わたしには平然とパトロンとはお金で繫がってるだけだとうそぶいてました」

「最低の女だわ。どんなに綺麗《きれい》でも、人間としては下《げ》の下ですよ」

「わたしも、そう思うな」

「有馬恵利華は、東《ひがし》区東桜一丁目の『名古屋タワーヒルズ』の一一〇八号室に住んでるんです。夫名義でその部屋を借りてやってるんで、管理会社から書類が自宅に届いたんですよ。それで、女の直感で『エトワール』のママをそこに住まわせてるんだなと思ったわけです」

「女性の直感は的中することが多いから、まず間違いないでしょう。追っつけ所轄署から奥さんに連絡が入ると思います」

「わかりました。刑事さんは東京に戻られるんですか？」

「いいえ、まだ戻れません。刑事殺しの犯人を突きとめるまで名古屋にいますよ。奥さん、くどいようですが、地元の警察の者にはわたしのことは内密に願いますね」

米良は電話を切ると、ふたたびスカイラインを走らせはじめた。

恵利華の自宅マンションに着いたのは、小《こ》一時間後だった。

『エトワール』のママは、やはり一一〇八号室に住んでいた。だが、留守だった。

米良はスカイラインを『名古屋タワーヒルズ』の斜め前に停め、張り込みを開始した。

恵利華がイタリア製の小型車で帰宅したのは、午後五時過ぎだった。ペパーミントグリーンのフィアットは地下駐車場に潜《もぐ》った。車内には彼女しか乗っていなかった。

米良はレンタカーを降り、十八階建ての高層マンションの地下駐車場の横まで歩いた。シャッターが下ろされ、地下駐車場には入れない。居住者は車の中からリモート・コントローラーを使って、シャッターを作動させる仕組みになっている。

米良は植え込みの小石を拾い上げ、出入り口の際に屈み込んだ。

五、六分過ぎたころ、シャッターが巻き揚げられはじめた。地下駐車場から、ドルフィンカラーのＢＭＷが走り出てきた。ドライバーは三十代半《なか》ばの男だった。高層マンションの居住者だろう。

BMWが遠ざかった。

シャッターが下降してきた。米良はシャッターの真下に小石を置いた。シャッターが小石を噛み、自動的に上昇しはじめた。

米良は小石を抓み上げ、シャッターを潜《くぐ》り抜けた。

額に小手《こて》を翳《かざ》して、スロープを駆け降りる。防犯カメラに自分の姿が写ったはずだが、顔面は不鮮明だろう。

恵利華のフィアットは、奥まった専用スペースに駐めてあった。自分の部屋で寛《くつろ》いでいるようだ。

米良は地下駐車場から、エレベーターで十一階に上がった。一一〇八号室のドアフォンを鳴らす。

一分ほど経ってから、恵利華の声で応答があった。

「一一〇八号室に住んでる者ですが、うっかり洗面所を水浸しにしてしまったんですよ。お宅の洗面所の天井に染みができてませんか。ちょっと見ていただけます？」

米良は言って、ドア・スコープの死角に入った。

「あら、大変！　ちょっと見てきます」

恵利華がいったんインターフォンの受話器をフックに戻した。待つほどもなく、彼女の声がスピーカーから響いてきた。

「別に水漏れはしてないみたいですよ」

「よかった！　お詫《わ》びに家内が作ったクッキーを持ってきたんです。よかったら、召し上がってください」

「水は漏れてなかったんだから、なんか悪いわ」

「でも、何時間か経ったら、お宅の天井に染みができるかもしれません。とりあえずお詫びということで、クッキーを受け取ってほしいんですよ」

米良は大声で言った。

チェーンが外され、シリンダー錠が解かれた。米良は息を詰めた。

ドアが開けられた。

米良は、すかさず室内に躍《おど》り込んだ。恵利華が驚き、一メートルほど後ずさった。

「サングラスをかけないと、面識があることを思い出してもらえないかな」

「あっ、その声は中京会の理事に化けて、お店に来た男ね」

「当たりだ。おれは、こういう者なんだよ」

米良は偽造警察手帳を恵利華の眼前に突きつけた。

恵利華が蒼《あお》ざめ、奥に逃げようとした。米良は彼女の右手首を摑んで、引き寄せた。

甘ったるい香水の匂いが鼻腔をくすぐる。

「この香水だ。間違いない」

「な、何よ、その独《ひと》り言《ごと》は！」

「そっちはパトロンの若宮拓海に電話で呼ばれて、南知多町のセカンドハウスに行ったなっ。二階の寝室で若宮に布を染み込ませた麻酔液を嗅がせて、パトロンを眠らせた。その後、連れの男が裏庭に若宮を担ぎ出して、首を括ったように工作した。そうなんだろっ」

「わけわかんないこと言わないで。わたしは午前中ずっと部屋にいたし、午後に買物に行っただけよ。手を放してっ。痛いじゃないの！」

「女に手荒なことはしたくなかったんだが、やむを得ないな」

「わたしに何をする気なのよっ」

恵利華が全身で暴れた。

米良は玄関マットの上に土足で上がり、左腕を恵利華の首に回した。手前に引き寄せ、右手の五指で彼女の頬を強く挟む。

ほんの数秒で、恵利華の顎《あご》の関節は外れた。彼女は喉の奥で呻きながら、その場にしゃがみ込んだ。すぐに横に倒れ、のたうち回りはじめた。ミニスカートが大きく捲《めく》れ上がり、黒い網タイツの奥まで晒《さら》した。

米良は後ろめたかったが、容赦《ようしゃ》はしなかった。恵利華は涙と涎《よだれ》を撒き散らしながら、散弾を浴びた野生動物のように転げ回りつづけた。

米良は懐に手を入れ、ＩＣレコーダーの録音スイッチを押した。

それから彼は恵利華の上体を引き起こし、顎の関節を元通りにしてやった。恵利華が長く息を吐き、肩で呼吸を整えはじめた。

「若宮の首にロープの輪を掛けて、太い枝に吊るしたのは中京会の若い衆なんじゃないのか？」

「えっ⁉」

「読めたよ。そっちは若宮に見切りをつけて、中京会の陣内会長の情婦《おんな》になったってわけだ。そうなんだなっ」

「な、なんでわかるの⁉」

「刑事の勘ってやつさ。陣内が、若宮兄弟の麻薬密売の証拠を押さえた新宿署の露木を組員の誰かに射殺させた。そして次に若宮兄弟、高峰亜紀、サム、五人の日系ブラジル人、亀渕勇も始末させた。中京会は自分らで合成麻薬を密造して、売り捌く気になったんだな？」

「わたしは何も知らないの。陣内会長と他人でなくなってから、パトロンだった若宮からＭＤＭＡの製法を探り出したり、スパイめいたことをやらされてただけだから。嘘じゃないわ」

「ほかにも何か隠してることがありそうだな。正直に吐かないと、そっちを殺人の共犯者として愛知県警に引き渡すぞ」

「意識を失った若宮を赤松の枝に吊るしたのは、中京会室下《むろした》組の若頭の代田雄大《しろたゆうだい》って男よ。それから陣内会長は合成麻薬の卸元になって、荒稼ぎする気でいるみたい」

「その汚れた金の何割かは民自党の梅川善行に回すつもりでいるんだろうな？」

「わたし、そこまでは知らないわ。本当に知らないのよ。わたし、殺人の共犯者なんかじゃないわ。若宮の口許にクロロホルムを染み込ませた布を押しつけただけだもの。殺人の共犯者扱いされたくないわ」

「れっきとした共犯者じゃないかっ」

「ね、なんとかならない？　わたしのこと、目をつぶってくれるなら、警察に協力するわよ」

「それじゃ、陣内会長をこの部屋にうまく誘い込んでくれ」

「色仕掛けで会長を誘《おび》き出せってことね？」

「そうだ」

「いいわ。わたし、やってみる」

恵利華が言った。米良は目で笑い返した。だが、恵利華と裏取引する気はまったくなかった。

「すぐに陣内に電話してくれ」

米良は恵利華を摑み起こした。

4

ダブルベッドが軋《きし》みはじめた。

恵利華が自宅マンションに誘い込んだ中京会の陣内会長と睦《むつ》みだしたようだ。

米良は口の端を歪《ゆが》めた。寝室のウォークイン・クローゼットの中である。

時刻は午後六時数分前だ。

陣内が恵利華の自宅を訪れたのは、およそ三十分前だった。むろん、会長ひとりで来訪したわけではない。一一〇八号室の玄関先まで、陣内は護衛役の若い構成員を伴っていた。

そのボディーガードは会の本部事務所に戻れと会長に指示され、ただちに踵《きびす》を返した。陣内は用心棒が去ると、恵利華と一緒にざっとシャワーを浴びた。そして、寝室で肌を重ねたのである。

米良は陣内が無防備な状態になったら、ウォークイン・クローゼットから飛び出すつもりだ。そのことは恵利華に伝えてあった。

彼女は十八歳のときに水商売の世界に入っただけあって、驚くほど強《したた》かだった。財力や権力を持つ男たちに上手に甘えながら、逞《たくま》しく生きてきたようだ。

変わり身が早い。捨て身で世を渡ってきたのだろう。狡《ずる》い性格だが、いつでも開き直れる度胸や勁《つよ》さも持ち合わせていた。

「恵利華、なんか変だで。おみゃあ、いつもと違うがや」

陣内が訝《いぶか》しげに言った。

「そんなことないって。いつもと同じよ」

「いや、おかしいわ。無性《むしょう》にナニしたくなった言うて、わしに電話してきたくせに、あんまり濡れてにゃあで」

「会長にはしたないことを口走ったでしょう、わたし？」

「まあな。わし、少し驚いたで。恵利華が今夜は店に出ないから、朝まで突きまくってなんて電話してきたんでにゃ」

「そう言ったことが、なんだか急に恥ずかしくなっちゃったのよ。だから、いつもよりも潤《うる》み方が……」

「いまさら上品ぶることないがね。どっちかっちゅうと、おみゃあは淫乱女だて」

「そうなのかな」

「絶対、そうだがや。感度もええ。だから、よがりまくるんだて。けど、きょうは変だて。心配ごとがあるんか？」

「ううん、特にないわ」

「おみゃあ、若宮の死に顔見たんじゃにゃあか？」

「わたしは、ずっと二階の寝室にいたから、彼が死ぬとこは見てないの。室下組の代田さんが若宮を肩に担ぎ上げて、寝室から出ていったところまでは見てるけどね」

「そうきゃ。代田には汚れ役をやらせてもうたから、一度、恵利華を抱かせてやるきゃ」

「会長、なんてことを言うの！」

「冗談やて。おみゃあは、わしの大事な女だで、誰にも抱かせせんわ。若宮のことは早く忘れんと、いかんで。ええな？」

「彼のことを早く忘れさせて。ね、会長……」

「よし、よし。おみゃあも少し気を入れんと、いかんがね」

「ええ、わかったわ。会長、乳首を吸って！」

　恵利華が、あけすけにせがんだ。

「そこだけでいいんにゃな？」

「もういじわるなんだから！」

「ねぶってほしいのは、おっぱいの先っぽだけやないやろ？　下の恥ずかしいところもたっぷり舐めてほしいんやないか？」

「会長、もっといやらしいことをいっぱい言ってちょうだい」

「好き者やな、おみゃあは」

陣内が好色そうに笑い、恵利華の乳首を吸いつけた。恵利華が小さく喘《あえ》ぎはじめた。喘ぎは、ほどなく淫蕩《いんとう》な呻《うめ》きに変わった。

米良はクローゼットの中折《なかお》れ扉《とびら》を細く開けた。総身彫りの刺青《いれずみ》を施した陣内が恵利華の裸身にのしかかり、豊満な胸に顔を埋めていた。恵利華がなまめかしい呻き声をあげ、顎をのけ反らした。陣内が両手で柔肌を撫《な》でながら、徐々に体の位置を下げはじめた。

恵利華が切なげな表情で、こころもち腰を迫《せ》り上げた。次の愛撫を促《うなが》したのだろう。陣内が恵利華の両膝を立たせ、秘めやかな部分に顔を寄せた。恵利華は反《そ》り身になった。陣内が舌を乱舞させはじめる。

米良は中折れ扉を折り曲げ、ベッドに駆け寄った。

「おみゃあ、どこにおったん？」

陣内が驚いて、顔を上げた。

米良は無言で、陣内の側頭部を靴の先で蹴りつけた。

陣内が唸《うな》って、恵利華の上から転げ落ちた。恵利華がベッドから滑り降り、手早く素肌にナイトガウンを羽織《はお》った。

「警視庁の者だ」

米良は陣内に模造警察手帳を見せ、恵利華をダブルベッドの端に坐らせた。

「おみゃあ、わしを売ったんか⁉」

陣内が恵利華に尖《とが》った目を向けた。

「会長、ごめんなさい。わたし、この刑事さんに若宮を麻酔液で眠らせたことを知られちゃったのよ」

「なんやと⁉」

「この刑事さん、南知多町の若宮の別荘に行ったみたいなの。それでね、赤松の枝からぶらさがってる彼の死体を見たらしいのよ。だから、わたし、室下組の代田さんが若宮の首にロープの輪を掛けたことを白状しちゃったの。会長、もう観念しましょうよ。でもね、この刑事さん、買収できそうな感じなの。裏取引したほうがいいと思うんだけどな」

「買収する必要なんかにゃあがね」

陣内がにっと笑い、長い枕の下に手を滑り込ませた。摑み出したのはオータガ32だった。

アメリカ製のハンマー内蔵式のポケットピストルだ。ステンレス製で、全長は約十一センチと小さい。口径は七・六五ミリだが、威力のあるシルバーチップ弾薬を使用できる設計になっていた。

「さすが会長ね。これで、形勢逆転だわ。この刑事、撃っちゃえば？　そうしないと、若宮を自殺したように見せかけて代田さんに始末させた会長は危《ヤバ》いでしょ？」

恵利華がけしかけ、ベッドから立ち上がった。

「そうだにゃ」

「わたしも、殺人の共犯者にはなりたくないのよ。この刑事ね、中京会の理事に化けて、お店に来て、いろいろ探りを入れてきたの。危《ヤバ》いことをいろいろ知ってるみたいよ」

「そりゃ、まずいわな。なんとかせんと、いかん。どうしたもんか」

「会長、早く始末してよ」

「その前に、やらんといかんことがあるで、ちょっと待っとってちょ」

陣内が長い枕を掴み上げ、オータガ32をすっぽりとくるんだ。

「そうして銃声を掻《か》き消すわけね」

「マンションの連中にピストルの発射音を聞かれると、厄介なことになるでな」

「そうね。わたし、少し離れるわ」

「おみゃあは、そこにいてちょ」

「え？　なんでなの？」

「すぐにわかるでよ」

「そう」

恵利華が小首を傾《かし》げた。

次の瞬間、くぐもった銃声がした。米良は身を屈めた。

撃たれたのは恵利華だった。顔面をまともに撃ち砕《くだ》かれた彼女は後方にぶっ倒れ、そのまま動かなくなった。声ひとつ発しなかった。

フローリングの床に仰向《あおむ》けに倒れた恵利華は、ほぼ大の字だった。

ナイトガウンの裾《すそ》が乱れ、内腿《うちもも》の奥まで丸見えだ。顔面はあらかた血糊《ちのり》で埋まっている。鼻梁《びりょう》の一部が欠《か》けて見えなかった。

血臭《けっしゅう》が濃い。硝煙《しょうえん》の臭《にお》いが拡散しはじめた。

「ひでえことをしやがる。若宮拓海から寝盗《ねと》った女だろうが！」

米良は身構えながら、ゆっくりと膝を伸ばした。陣内がポケットピストルを右手に握りながら、青いバスローブを身につけた。

「抱き心地のええ女やったけど、男を平気で裏切る。それは勘弁できんことやでな」

「だからって、殺《や》ることはなかっただろうがっ」

「生かしとったら、わしが困るがな」

「偽の遺書は、あんたがパソコンで打ったんだな？」

米良は訊いた。

「どうでもええやろうが。それより、後ろ向きになるか？　それとも、目をきつくつぶって死を迎えることにするか。好きなほうを選んでちょ」

「あんたは、新しい情婦《おんな》も平気で撃ち殺した。刑事のおれも本気で撃《ハジ》くつもりなんだろう。もう逃げ切れないな。しかし、このまくたばったんじゃ、死に切れない。おれの筋読みがどこまで当たってたか、どうしても知りたいんだ」

「根っからの刑事《デカ》なんやな、おみゃあは」

陣内が小ばかにした口調で言い、オータガ32を焦《こ》げ痕《あと》のある長い枕で覆った。

弾倉《マガジン》には六発入る。予《あらかじ》め初弾を薬室《やくしつ》に送り込んでおけば、フル装弾装は七発だ。

中京会の会長がそうしていたら、まだ六発が残っている計算になる。侮《あなど》れない。

米良は警戒心を緩《ゆる》めなかった。

これまでに暴力団組員に幾度も銃口を向けられたことがある。それだけで全身が竦《すく》み上がったりはしなかったが、やはり気持ちのいいものではない。

「冥土《めいど》の土産《みやげ》に真相ってやつを教えてやるきゃ」

陣内がダブルベッドの上で、胡坐《あぐら》をかいた。

「さっきと同じ質問だが、偽の遺書をパソコンで打ったのは？」

「わし、パソコンはいじれんのよ。アナログ人間ちゅうやつでな。文案ちゅうか、文章はわしが考えたんや。キーボードを叩いたのは室下組の若頭《カシラ》やっとる代田雄大だ。代田はまだ四十二やし、一応、大学出とる。けど、根性なしのインテリやくざじゃないで。腕っぷしも強いし、度胸もあるで」

「若宮拓海を殺《や》った理由を教えてくれ」

「あいつが腹違いの弟の冬樹と組んで合成麻薬を祖父江町の廃工場で密造して、ネットで痩《や》せ薬と称して売り捌いとったのはもう知ってるな？　おみゃあのことは、『ヤマト建工』にいるスパイから報告を受け取ったんや。あそこの門脇専務は、金に弱い男でにゃ」

「あの専務に若宮社長の行動をチェックさせて、ドラッグビジネスで荒稼ぎしてることを知ったわけか」

「そうだ。民自党の梅川先生の紹介で若宮と十年以上前に知り合《お》うたんで、だいぶ奴をバックアップしてやったんや」

「大手ゼネコンの『飛鳥組』の企業不正や重役たちのスキャンダルを中京会の若い者《もん》に押さえさせて、『ヤマト建工』が公共事業の第一次下請け業者になれるよう手を貸してやったんだな？」

「そうや。そんな恩義を忘れて若宮の野郎は異母弟の冬樹を引きずり込んで、中京会《うち》に内緒でドラッグビジネスをやりはじめおった。で、わしは若宮をちょいと締め上げちゃったのよ。したら、奴は公共事業の受注が激減したんで、会社の資金繰りがえらくなったとこぼしよった」

「それで？」

「同情でける点もあったんで、MDMA《エクスタシー》の密売には目をつぶってやることにしたがや。その代わりな、中京会が梅川先生に毎月カンパしてる二百万円を肩代わりせやと言うてやった。若宮は、わしの言う通りにしてくれた。それはええんやが、若宮兄弟は新宿署の露木って刑事に麻薬《クスリ》の裏ビジネスの証拠を押さえられよった。失敗《ドシ》な話だで」

「中京会に飛び火が及ぶと考え、あんたは若宮拓海に露木を始末しろと命じた。しかし、若宮は命令に従おうとしなかったんだな？」

「奴は弟の冬樹に露木を殺《や》れと言うたらしいんやが、合成麻薬の儲けをそっくり自分にくれれば、手を汚してもいいという返事だったそうや。わしは太い野郎だと思ったんで、若宮に腹違いの弟を始末しろと言うたんだ。けど、若宮の奴は母親は違うけど、冬樹とは父親が同じだからとか言い訳して、なかなか……」

「あんたは焦《じ》れて、若宮冬樹の犯行と見せかけ、中京会の人間に露木を射殺させた。それで凶器のグロック26を冬樹の自宅マンションのプランターの土の中に隠させ、次に若宮拓海の仕業と偽装して、彼の異母弟をゴム粘土で窒息死させたんだなっ」

「だいたい合《お》うてるわ」

「実行犯は誰なんだ？」

「露木、若宮冬樹、それから高峰亜紀って女を殺《や》ったのは、サムとかってナイジェリア人やよ。サムは若宮拓海が新宿で拾ってきた黒人やが、金でいくらでも雇い主を裏切る野郎だったんや。わしが中京会の客分にしてやると言うたら、とろ臭いアフリカ人は進んで手を汚してくれたわ」

「おれが、その話をすんなりと信じると思ってんのかっ」

米良は声を張った。

「わし、嘘なんか言うとらんで」

「実行犯は代田って奴なのか？　それとも、代田の舎弟《しゃてい》なのかっ」

「同じことを何度も訊くなや」

「くそったれ！」

「もう死にたくなったんか？」

陣内がポケットピストルに人差し指を深く絡めた。

「まだ撃つな」

「さっきの威勢はどうしよった？」

「若宮拓海が眠ってる間に代田って奴に殺《や》らせたのは、民自党の梅川に麻薬ビジネスで得た金をカンパしてることを他言されたくなかったからか？」

「それもあるが、中京会《うち》で合成麻薬を密造する気になったんよ。もう製法のノウハウは知っとるんでな。だから、代田のとこの若い衆に昨夜《ゆうべ》……」

「地下室を焼き払わせ、サム、五人の日系ブラジル人、亀渕って『グロリア製薬』の元社員を射殺させたんだなっ」

「ああ、そうだ。話は終わりや。念仏でも唱《とな》えろ！」

「殺されてたまるかっ」

米良は逃げると見せかけ、陣内に組みついた。

弾《はず》みで一発、爆発した。しかし、銃弾は当たらなかった。

米良はポケットピストルを奪い取ると、陣内の背後に回り込んだ。左腕を陣内の首に回し、喉を強く圧迫する。手加減したチョークだったが、中京会の会長は十数秒で気絶した。

米良は陣内をダブルベッドから蹴落とし、オータガ32の短い銃身を口の中に突っ込んだ。銃口で喉の粘膜《ねんまく》を突きつづけると、陣内が意識を取り戻した。米良は銃身を引き抜いた。

「露木を射殺したのはサムじゃないなっ」

「く、苦しい！　まだ息ができんで、わし」

「ごまかすな。一度死んで、この世に戻れたら、あの世がどんな所か教えてくれ」

「わ、わしを殺す気きゃ⁉」

「場合によってはな」

「撃たんでくれ。露木という刑事を殺《や》ったのはサムじゃない。サムは誰も殺してないわ。若宮兄弟と高峰って女を始末したのは、室下組の代田雄大だ。けど、新宿署の刑事を死人《マンジュウ》にしたんは誰だか知らん。信じてちょ」

「会長、見苦しいぜ。それでも、中京会のトップなのかっ。いい加減に観念しろ！」

「露木という刑事には、梅川先生が若宮から汚れた裏献金を貰ってるほかに別の弱みを握られたようなんや。おそらく先生が自身と『フェニックスの会』のメンバーの名誉を守りたくて、誰かに露木を始末させたんや思う。わし、それ以上のことは知らんがな。嘘やないで」

「後は愛知県警に引き継《つ》いでもらう」

米良は、陣内の両膝を力まかせに踏み潰《つぶ》した。

陣内が体を丸め、唸りはじめた。米良は寝室を出て、居間に移った。陣内の衣服は長椅子の上に乱雑に重ねられていた。

米良は上質なカシミヤジャケットから陣内のスマートフォンを摑み出した。

5

表に出る。

案の定、自宅マンションの前に覆面パトカーが見えた。米良は肩を竦《すく》めた。名古屋から戻った翌日の午後二時過ぎである。

米良は朝のテレビニュースで、中京会の陣内会長が有馬恵利華の自宅マンションで緊急逮捕されたことを知った。

会長は所轄署刑事に痴情《ちじょう》の縺《もつ》れから愛人を射殺したと自供したが、一連の事件については何も供述しなかった。室下組の代田の犯行を喋ったら、中京会の存続が危《あや》うくなる。それだけではなく、民自党の梅川議員も庇《かば》い通したかったのだろう。

陣内は、米良のことも警察関係者には話さなかったようだ。恵利華の知人男性に痛めつけられたと供述しただけらしい。一連の事件に関わっていたことを隠したかったからだろう。

しかし、米良にとってはありがたいことだった。陣内が警察手帳を持った男に暴行を加えられたと事実を話していたら、米良は怪しまれただろう。

黒い捜査車輌の運転席から、部下の木崎が姿を見せた。

「ぎっくり腰は、もう完全に治ったようですね」

「ああ、もう大丈夫だ」

「よかったですね。実はわたし、米良さんのことを疑ってたんですよ。部屋にいると見せかけて、こっそり外に出たんじゃないかとね」

「謹慎中にそんなことをしたら、今度こそ懲戒免職になるだろう。おれは、もう四十過ぎだぜ。無茶なことはしないって」

「しかし、殺された露木刑事は二年前まで相棒だったわけでしょ？　それに水谷課長から聞いたところによると、米良さんは露木さんに何か借りがあったとか？」

「そうなんだが、服務違反で職を失いたくないからな。ちょっと近くのコンビニに買物に行ってくるよ。おれを怪しんでるんだったら、従《つ》いてきてもいいぞ」

「いいえ、そこまでは……」

「そうか。なら、弁当と煙草を買ってくる」

米良は木崎に背を向けた。

百数十メートル先に行きつけのコンビニエンスストアがある。米良は籠抜《かごぬ》けする気でいたのだが、店に裏口があったかどうか。それを確かめたかった。

米良はコンビニエンスストアに入り、レジに立っている五十年配のオーナーに声をかけた。

残念ながら、店の通用口は建物の横にあるという話だった。真裏にある民家の高い塀の上には、鋭い忍び返しが連《つら》なっているらしい。

籠抜けを諦《あきら》めたとき、店に美人ＤＪの沙里奈が飄然《ひょうぜん》と入ってきた。

米良は彼女を陳列台の陰に導《みちび》き、名古屋での出来事を手短に語った。さらに部下の監視を擦《す》り抜けたいと考えていることも明かした。

「そういうことなら、わたし、また芝居をしてあげる」

「どんな手を思いついたんだい？」

「バイクに乗った引ったくり犯にバッグを持ち去られたことにするわ。覆面パトカーの横を大声で叫びながら、犯人を追っかける真似《まね》をすれば、木崎って部下は車から降りてくるんじゃない？」

「ああ、多分な。しかし、いいのか？」

「え、何が？」

「おれのために、そこまで無理をさせちゃってもいいのか」

「大事な飲み友達が困ってるのに、何もしないわけにはいかないでしょ？」

「いい女だね、おまえさんは。本気でのめり込みそうだ」

「どさくさに紛れて、口説《くど》かないで。とにかく、わたしに任せておいて」

沙里奈が言いおき、店の外に走り出た。

米良も表に出て、目で彼女の動きを追った。沙里奈が大声をあげながら、不意に駆けだしはじめた。木崎が覆面パトカーから現われ、沙里奈を呼びとめた。

米良は反対方向に走りだし、最初の脇道に足を踏み入れた。裏通りを駆け抜け、表通りでタクシーを拾う。

米良は笹塚の露木宅に急いだ。前夜、陣内は露木が梅川議員の秘密を握ったようだと洩らしていた。それは、いったいどんなことなのか。未亡人のあずみから探り出す気になったのだ。

『笹塚エクセレントレジデンス』に着いたのは、およそ三十分後だった。

米良はタクシーを降りると、マンションの近くで花とクッキーの詰め合わせを買い求めた。亡《な》くなった露木の妻は在宅していた。

米良は七〇二号室を訪れた。あずみに花と菓子折を渡し、和室に置かれた遺骨の前に正坐する。間取りは2ＬＤＫだったが、各室は広い。

故人に線香を手向《たむ》けてから、あずみに非公式捜査で知り得たことを明かす。

「米良さんがそこまでしてくださってたなんて、ありがたい話です」

「露木、いや、露木君には恩義があるんでね。そんなことより、彼は生前、奥さんに民自党の梅川議員のことで何か洩らしてなかった？」

「梅川善行のことね、かつて国交省の大物族議員と言われてた」

「そう。梅川は若宮兄弟が合成麻薬で得た汚れた金の一部を受け取ってただけではなく、民自党のタカ派議員たち約三十人やキャリア官僚、財界人らと『フェニックスの会』を結成し、野党潰《つぶ》しを企んでるようなんだよ。おそらく梅川は民友党幹部たちの弱みを摑みたくて、何か法に触れるようなことをしてたんだろうな」

「そういえば、露木は非番の日に『黒い素顔』とかいうスキャンダル雑誌を発行してる元総会屋の宇部要《うべかなめ》の行動を探ってると洩らしたことがあったわ」

あずみが答え、茶を淹《い》れた。

六十代半ばの宇部は大企業の〝与党総会屋〟として、株主総会で不穏な発言をする〝野党総会屋〟たちを黙らせ、長いこと企業用心棒を務《つと》めていた。そんなことで、財界人との交友もあった。民自党の国会議員たちとも、よくゴルフをしていた。

宇部は十数年前にスキャンダル月刊誌を創刊し、各界の著名人のゴシップ記事を載せていた。発行部数は五千部前後のはずだが、広告スポンサーは有名企業ばかりだった。おおかた広告主の弱みを押さえ、出稿を強要しているのだろう。

「あっ、思い出しました。『黒い素顔』の発行人の宇部は、築地のなんとかって老舗料亭で民自党の梅川代議士と会ってたことがあるそうよ」

「そう。おおかた梅川は、宇部に民友党の幹部たちのスキャンダルを見つけてくれと頼んだんだろう」

「考えられますね」

「マスコミはアクの強い幹事長が民友党を牛耳ってるように報じてるが、大学の先輩に当たる高名な政治評論家によると、最大野党を実質的に動かしてるのは幹事長を後ろで支えてる二人の異色財界人らしいんだよ」

「その二人は半導体メーカーの名誉会長の稲垣恭之進《いながききょうのしん》と調味料製造会社の六代目社長の茂原為良《もばらためよし》でしょ？」

「そう。梅川は、そのリベラルな二人の財界人のスキャンダルを押さえてくれと頼んだのかもしれないな」

「そうなんでしょうか」

「奥さん、もう少し待ってほしいんだ。露木君の事件に梅川善行が何らかの形で関与してることは間違いないと思う」

「米良さんのお気持ちはありがたいんだけど、あまり無理はなさらないで」

「わかってるよ」

米良は未亡人と故人を偲《しの》び、四十分後に辞去した。

京王線で新宿に出て、レンタカーを借りる。車は紺色のカローラアクシオだった。

『黒い素顔』の発行所は四谷三丁目にある。米良は宇部の会社に向かった。

目的地に着いたのは、二十数分後だった。

米良は宇部のオフィスを訪ねた。あいにく宇部は商用で大阪に出かけ、明日の夕方に帰京予定だという。

米良はレンタカーを平河町に向けた。梅川の事務所の近くにカローラアクシオを路上駐車し、新聞記者を装って電話をかける。

受話器を取ったのは公設第一秘書だった。梅川は自分の事務所にいた。米良は取材の申し入れと称して国会議員の数日先のスケジュールを聞き出し、じきに通話を切り上げた。

あえて私物のスマートフォンを使ったのは、梅川に揺さぶりをかけてみたかったからだ。相手が不審がれば、何かボロを出すかもしれない。米良はそれを期待したのである。だが、梅川議員はいっこうに外出する様子がなかった。

米良は張り込みを続行した。

梅川が事務所から姿を見せたのは、午後八時過ぎだった。

秘書は伴っていなかった。梅川は少し歩き、タクシーを拾った。米良はレンタカーで、タクシーを追尾《ついび》した。

梅川がタクシーを降りたのは、赤坂のみすじ通りにある土佐料理の店だった。

米良は十分ほど経ってから、同じ店に入った。待ち合わせの相手を探す振りをして、店内を眺める。

梅川は奥のボックス席にいた。

向かい合っている五十六、七歳の男には、見覚えがあった。米良は、ほどなく思い出した。

男は、なんと民友党の衆議院議員の大串隆文《おおぐしたかふみ》だった。大串は十年ほど前まで、民自党に属していた。その後、民友党に移り、党の役員に名を連ねているベテランだ。

しかし、民友党が政権を取ったとき、大串は閣僚はおろか副大臣にも任命されなかった。

梅川はかつての同僚議員だった大串を抱き込んで、スパイめいたことをさせていたのだろうか。それを露木に勘づかれ、梅川は焦《あせ》って犯罪のプロに抹殺を依頼したのか。その程度のことでは、殺人の依頼はしないだろう。多分、露木は梅川議員の致命的な悪事を知ってしまったと思われる。それは何だったのか。

米良は、梅川と大串のいるテーブル席の斜め横の席について、ビールと料理を注文した。通路は割に広く、梅川たちの遣《や》り取《と》りは耳に届かない。

米良は料理に少し箸《はし》をつけると、手洗いに立つ振りをして立ち上がった。

梅川たちのいるボックス席の横で屈み、靴の紐《ひも》を結び直す真似をした。耳をそばだてる。

「梅川先生、まさか戸辺一貴が口を割ったりしないでしょうね」

大串が小声で言った。

米良は一瞬、聞き違えたのかと思った。しかし、確かに大串は、〝戸辺一貴〟と口にした。同姓同名にすぎないのだろうか。

「きみは気が小さいんだな」

梅川議員が蔑《さげす》むような口調で言った。

「しかし、戸辺の気が変わったら、大変なことになります。わたしは去年の十一月、例の目障《めざわ》りな財界人を車で撥《は》ねようと……」

「おい、声が高いよ。ここは料亭の奥座敷じゃないんだぞ」

「ええ、そうですね。少し気をつけます。しかし、例の彼が心臓に疾患《しっかん》のある女友達に痩せ薬だと嘘をつき、合成麻薬のＭＤＭＡを服《の》ませて死なせたことを悔やんでるとしたら、梅川先生との密約を破って、わたしが無灯火の車で稲垣恭之進を轢《ひ》き殺そうとしたことを拘置中に喋ってしまうかもしれませんでしょ?」

「固有名詞は口にするな。きみは自滅したいのかっ」

「そんなわけないでしょ！　自分の党の幹部たちに嫌われてるんで、梅川先生の話に乗ったんじゃありませんか。わたしが民自党に復党したときは、民自党の最大派閥に迎え入れてくれるんでしょうね?」

「その約束は必ず守るよ。わたしは将来、大串君を閣僚にする気でいるんだ。その根回しもしてある」

「梅川先生は、そこまで考えてくださってたのか。嬉しいな」

「われわれ民自党の国会議員が敵の後見人である変わり者の二人の財界人に接近したら、すぐ疑われてしまう。だが、民友党の国会議員の大串君なら、あの二人に近づける。きょう、きみを呼び出したのは相談があったからなんだよ」

「先生、相談の内容をおっしゃってください」

大串が声をひそめた。

米良はいったん結び直した靴紐をほどいて、ふたたび耳に神経を集めた。戸辺一貴は米良の姪《めい》の留衣と一緒にいるとき、大串が無灯火の車で最大野党を背後で支えている稲垣恭之進を撥ね損なったシーンを目撃したのだろう。大串は冷静になってから、二人の目撃者がいたことを思い出した。戸辺は、社名入りの書類封筒を持っていたのではないか。あるいは、大串に会社のバッジを見られたのかもしれない。

稲垣殺しを依頼した梅川代議士は公設秘書か調査会社の調査員を使って、若い男の素姓を調べさせた。その結果、男の目撃者が戸辺一貴と知ったのではないか。

梅川は戸辺に会い、何かおいしい話で抱き込んだのだろう。そのとき、戸辺の連れの風野留衣に先天性の心臓疾患があることを教えられたのではないか。そして、梅川善行は留衣を薬物中毒死させることを思いつき、若宮拓海が密造した合成麻薬ＭＤＭ

Aを戸辺に渡したのだろう。

　そう推測すれば、得心がいく。米良は、留衣の死と露木の殉職がリンクしていることに心底びっくりした。だが、もはやそのことは疑いの余地がない。

「大串君、戸辺一貴のことは不安に思う必要はないよ。彼には有能な弁護士を付けてやったから、風野留衣に渡した錠剤は痩せ薬だと信じてたと主張し、犯意はまったくなかったと訴えつづけるだろう。むろん、錠剤の入手先も吐いたりしないだろうさ」

「梅川先生、戸辺にはどんな人参をぶら提《さ》げたんです？」

「戸辺は政治家に憧れてるんだよ。東京拘置所から出たら、彼をわたしの私設秘書にしてやると言ったんだ。それで区議会議員からスタートさせ、都議会議員、国会議員になるまで面倒を見てやると付け加えてやったんだよ」

「本気で、そうしてやるおつもりなんですか？」

「まさか……」

「梅川先生は悪人ですな」

「大串君、その言い種《ぐさ》はないだろう。わたしは、きみの失敗の尻拭《しりぬぐ》いをしてやったんだぞ。きみが民友党の陰の大物支援者を首尾よく亡《な》き者にしてれば、こちらは余計な苦労をしなくても済んだんだ」

「そうおっしゃられると、返す言葉がありません」

「わたしのほうは、『フェニックスの会』のメンバーと着々と野党潰しに力を注いでる。例の元総会屋が民友党の元閣僚全員の弱みを押さえてくれるはずだよ」

「そうですか」

「大串君、きみは民友党の支援者である二人の財界人を片づけてくれないか」

梅川が言った。

「先生、本気なんですか⁉」

「ああ、本気だとも。あの二人がこの世から消えてくれれば、民友党は解体してしまうだろう」

「しかし……」

「何もきみ自身が手を汚す必要はない。外国人マフィア、傭兵《ようへい》崩れ、元自衛官、破門された元組員といった連中から、慎重に実行犯を選べばいいんだよ。どうせなら、二人の車に時限爆弾装置でも仕掛けさせて、派手に始末させてくれ」

「先生、そこまでやるのはいくらなんでも……」

「やりすぎかね？」

「ええ」

「大串君、きみは本気で民自党に戻りたいと思ってるのか？」

「国会議員になったからには、一度は閣僚になってみたいですよ」

「だったら、ためらってないで……」

「ですが、犯罪者にはなりたくないんですよ」

「大串君、何を言ってるんだっ。きみは、もう犯罪者じゃないか。きみは去年十一月のある夜、日比谷の帝都ホテルの近くで稲垣某を盗んだクラウンで轢き殺そうとした。相手がとっさに身を躱《かわ》したんで、目的は果たせなかったがね」

「そ、それは梅川先生に頼まれたから、仕方なく……」

「わたしは、きみに何かを頼んだことはないよ」

「いまさら、何を言ってるんですっ」

大串が声を荒《すさ》ませた。

「何か証拠でもあるのかな？」

「そう言われても……」

「きみの出方次第では、戸辺一貴に去年の十一月下旬の夜に日比谷で目撃したことを証言させてもいいんだよ。ついでに教えておこう。わたしの上着の内ポケットには、ICレコーダーが入ってる」

「なんですって⁉」

「大串君との遣り取りは、そっくり録音されてるはずだ」

「それなら、梅川先生の弱みも収録されてるわけでしょ？」

「ああ、そうだね。わたしは、大串君と心中してもいいと思ってるんだよ。それほど民自党が永久に政権を執《と》りつづけることを切望してるんだ。大串君、どうするね？」

「先生には負けました。少し時間をください。じっくり実行犯を見つけますんで」

「そうかね。どうしても適任者が見つからなかったら、新宿署のツのつく刑事を葬ってくれた彼にもうひと働きしてもらうか」

「平賀という彼は、本庁のＳＰやＳＡＴ《サット》隊員よりも射撃術に長《た》けてるらしいですね」

「また、固有名詞を出したな」

「あっ、すみません！」

「話はこれで打ち切りだ。皿鉢《さわち》料理を食べたら、別々に店を出よう。ライバル関係にあるわれわれが二人っきりで会ってたら、痛くもない腹を探られるからな。大串君、個室の予約ができなかった場合は、会う前に必ず連絡してくれよ」

「家内に予約してもらったんですが、てっきり個室を押さえてくれてると思ったんですよ。女房は、一般席の予約しか取れなかったとは言わなかったんで」

「教育し直すんだな、かみさんをさ」

「ええ、そうします」

二人は料理を食べはじめた。

米良は立ち上がって、梅川たちの席に近づいた。二人の国会議員が、ほぼ同時に目を剝《む》いた。

米良は梅川の顔面に強烈な右フックを浴びせ、大串の横っ面に左フックを見舞った。二人が呻いて、椅子から転げ落ちた。

いまの自分には、梅川たちを緊急逮捕はできない。米良は二人を半殺しにしたい衝動を抑《おさ》え、本庁機動捜査隊の花岡のポリスモードを鳴らした。

電話が繋がった。米良はテーブルの脚《あし》を蹴りつけ、一連の事件が解決したことを伝えはじめた。

一時間数十分後である。

米良は、新宿署の近くにある警察の独身者用宿舎の横に停めたレンタカーのカローラの中にいた。独身者寮は、待機寮とも呼ばれている。

米良は花岡に梅川、大串の両国会議員の身柄を引き渡すと、すぐに赤坂の土佐料理店を出た。こちらに来る途中、彼は新宿署に電話をかけた。刑事課強行犯係の平賀誠吾巡査部長は午後七時半過ぎに退署したという。

しかし、まだ待機寮には戻っていない。

平賀が同じ署に勤務していた露木を射殺したと知っても、まだ米良は信じられない気持ちだった。だが、梅川が大串との密談で嘘をつかなければならない理由はない。

平賀が露木を殺害した動機は何だったのか。

米良は紫煙《しえん》をくゆらせながら、考えはじめた。新宿署勤務時代を思い起こしてみる。二人の課は異《こと》なっていたが、露木と平賀はきわめて友好的に映った。米良を交じえて三人で酒を酌《く》み交わしたことも一度や二度ではない。

平賀と露木は互いを評価し合って、同志的な連帯意識も胸に秘めていたはずだ。そういう二人にいったいどんな確執《かくしつ》があったのか。

どちらも熱血漢で、価値観も似ていた。だが、所属していたセクションは刑事課と生活安全課と別々だった。

手柄を競い合って、いがみ合うことは考えられない。金銭の貸し借りでトラブルがあったとも思えなかった。

平賀は独身である。性質《たち》の悪い女に引っかかり、腐れ縁がつづいていたのか。そのことを梅川代議士と親交のある元総会屋の宇部要に知られてしまったのだろうか。梅川は平賀の弱みをちらつかせて、露木を射殺することを強要したのか。

そうなのかもしれない。ただ、どうしても平賀が卑劣な脅迫に屈するような男には思えなかった。何か想像を超《こ》えるような事情があったのではないか。

米良はそう思いながら、短くなったセブンスターをカローラアクシオの灰皿に突っ込んだ。

車内には煙草の煙が澱《よど》んでいた。換気しはじめたとき、前方から男が歩いてきた。米良は目を凝《こ》らした。

近づいてくる人影は、平賀巡査部長だった。背広の上にトレンチコートを羽織り、両手をポケットに突っ込んでいる。すぼめた肩に哀愁がにじんでいた。

米良はレンタカーを降りた。

平賀は立ち止まったが、身を翻《ひるがえ》さなかった。暗がりにたたずんだままだ。米良は大股で平賀に歩み寄った。平賀が会釈《えしゃく》し、照れたような笑みを浮かべた。

「おまえを待ってたんだ」

「そうですか。自分、こういう瞬間が来ることを半ば予想してました」

「露木をグロック26で撃ち殺したのは、平賀、おまえだったんだなっ」

「ええ、そうです。驚かれたでしょうね。米良さんだけではなく、新宿署《うち》の連中は誰もがびっくりするでしょう。本庁の捜一の人たちもね」

「梅川に何か弱みを握られて、露木を殺らざるを得なくなったんだな？」

米良は確かめた。

「いいえ、そうではありません。軽蔑《けいべつ》すべき政治屋は自分の射撃術を見込んで、一千万円の臨時収入を稼がないかと話を持ちかけてきたんですよ」

「おまえ、金に目が眩《くら》んだのか⁉　たったの一千万円で警察官《サツカン》の魂を棄《す》てたのかっ。

そんな男とは思わなかったよ」

「お金なんか、どうでもよかったんです。梅川から貰った金は歌舞伎町のネットカフェで暮らしてる失業者やホームレス、それから街娼たちにくれてやりました」

「一種の義賊を気取りたくなったのかっ。人生はゲームじゃないんだ。ふざけるな！」

「さすがの米良さんも、犯行動機までは読めなかったんですね。少し残念です。あなたなら、きっとそこまで見抜くと思ってたんですが。味方のような振りをしたから、自分を疑ってもみなかったんでしょうね」

「露木との間に何があったんだ？」

「一年二カ月前、露木さんは二十四歳の外資系証券会社のＯＬを逮捕しました」

平賀は溜息《ためいき》をついて、言い継《つ》いだ。

「女は湯浅彩乃《ゆあさあやの》という名で、自分の従妹《いとこ》です。彩乃は母方の叔母のひとり娘なんです。叔母は彩乃が九つのときに夫と離婚して、女手ひとつで娘を育て上げたんですよ。従妹が大学を卒業して半年後、叔母は白血病で入院しました。血液の癌《がん》です」

「おまえの従妹は何をやったんだ？」

「彩乃は夜の歌舞伎町で中年男に声をかけてホテルに連れ込み、ビールに粉々に砕いた睡眠導入剤のハルシオンを混ぜて昏睡《こんすい》させて、相手の札入れから万札だけを抜いたんです」

「まともなOLが昏睡強盗まで働かなければならなかったのは、母親の入院加療費を払う必要があったからなんだな？」

「ええ、そうです。叔母の入院生活は一年以上にわたってましたし、保険適用外の輸入制癌剤を使ってたんで、毎月の支払いが百万円を超えてたんですよ」

「それは大変だ」

「叔母には、たいした貯《たくわ》えなんかなかったんです。彩乃の給料だって、年収三百万円そこそこでした。母親の病院の支払いを滞《とどこお》らせてしまって、従妹は心理的に追い詰められてたんですよ。自分は彩乃が生安課に検挙《アゲ》られそうだと聞いて、露木さんに叔母の命が燃え尽きるまで従妹の逮捕を待ってやってほしいと頼んだんです。叔母は余《よ》命《めい》いくばくもなかったんです」

「おれの知ってる露木なら、多少の猶予《ゆうよ》は与えそうだがな」

「ええ、露木さんはだいぶ悩んだようです。しかし、従妹の犯行件数は十三件だったんですよ。被害者のひとりは彩乃に百数十万円の現金を抜かれたため、自分の町工場を倒産させることになってしまいました。不渡手形を出してしまったんでね。そんなことがあったんで、露木さんは彩乃の逮捕に踏み切ったんですよ」

「苦渋の選択だったんだろうな」

「そうだったんでしょう。自分が同じ立場だったら、露木さんと同じことをしたと思います。でもね、叔母は娘の犯罪を知らされて、入院先の屋上から飛び降り自殺してしまったんです。従妹も数日後に東京拘置所の独居房で……」

「死を選んだんだな？」

「はい。下着を引き裂いて紐状《ひもじょう》に縒《よ》って、それで首を括《くく》りました。叔母と従妹が自死したのは運命だったんでしょう。従妹は自業自得ですよね。ですんで、露木さんを逆恨《さかうら》みするのは筋違《すじちが》いでしょう。それはわかってたんですが、血縁者としては……」

「平賀の私的な感情はわからないでもないが、おまえは露木に甘えすぎてたな。おれたちは生身の人間だが、法の番人なんだ」

「ええ、そうですね。露木さんには、なんの非もありません。悪いのは自分です。一生かかって、露木さんに償《つぐな》うつもりです」

「そうしてやれ」

「叔母や従妹の件で露木さんを逆恨みしたことは間違いないんですが、自分はジェラシーを感じてたのかもしれません」

「ジェラシーだって？」

米良は訊き返した。

「はい。米良さんが新宿署《うち》にいたとき、露木さんとは名コンビでしたよね。あなたたちは運命共同体という感じで、命を預け合ってるように見えました。自分、あなたのことをリスペクトしてたんですよ。ですから、米良さんの相棒になることを切望してたんです。別にゲイではありませんが、露木さんのことが妬《ねた》ましくて仕方なかった。だから、露木さんのことを邪魔者と感じてたんですよ。身内のことで冷静さを失ってしまったのは、そういう気持ちもあったからだと思います。おかしな奴だと冷笑してください」

平賀が言った。

米良は黙したままだった。どう返事をすればいいのか。頭の中で懸命に言葉を探したが、ついに見つからなかった。

二人の間に重苦しい静寂が横たわった。

そのすぐ後、機動捜査隊の花岡から電話があった。

「いま新宿署にいるんですが、梅川議員がやっと全面自供しました。梅川は闇社会から入手したグロック26を平賀誠吾に渡して、露木刑事を撃ち殺してくれと依頼したそうです。成功報酬の一千万円は、もう払ったということでした」

「そう。大串は？」

「大串も、去年の十一月下旬の夜に盗難車で民友党の後援者である財界人の稲垣恭之進氏を轢き殺そうとしたことを認めましたよ。そのとき、戸辺一貴と米良さんの姪の風野留衣さんの二人に目撃されたんで、梅川に手を打ってほしいと泣きついたんだと自白《ウタ》いました。戸辺は勤務先の社名入りの封筒を持ってたそうです。そのことを大串から聞いて、梅川代議士は戸辺を抱き込んだんだと供述してます。戸辺一貴も明日には梅川に唆《そそのか》されて、米良さんの姪っ子を薬物中毒死させたことを白状すると思います」

「だろうな。中京会の陣内会長も一両日中には、何もかも自供するだろう。花岡ちゃん、いろいろ世話になったな。実は、おれの目の前に平賀がいるんだ」

「えっ、そうなんですか⁉　で、平賀は犯行を認めてるのかな？」

「ああ、全面自供したよ。間もなく本人が自首するはずだ」

米良は電話を切った。

平賀が両手を差し出した。笑顔だった。

「おれは停職中だぜ。手錠《ワッパ》なんて持ってないよ」

「あっ、そうでしたね」

「この車で新宿署まで送ってやる。後は、てめえで決着《オトシマエ》をつけろ」

「そうします」

「行こう」

米良は、先にレンタカーの運転席に入った。

平賀が助手席に坐る。ドアが閉《し》められた。

米良は車を穏やかに発進させた。

本書は二〇一五年五月に廣済堂出版より刊行された『捜査妨害　所轄署刑事』を改題し、大幅に加筆・修正しました。

本作品はフィクションであり、実在の個人・団体などとは一切関係がありません。

文芸社文庫

報復捜査

二〇一八年四月十五日　初版第一刷発行

著　者　南英男
発行者　瓜谷綱延
発行所　株式会社　文芸社
〒一六〇－〇〇二二
東京都新宿区新宿一－一〇－一
電話　〇三－五三六九－三〇六〇（代表）
〇三－五三六九－二二九九（販売）

印刷所　図書印刷株式会社
装幀者　三村淳

©Hideo Minami 2018 Printed in Japan
乱丁本・落丁本はお手数ですが小社販売部宛にお送りください。
送料小社負担にてお取り替えいたします。
ISBN978-4-286-19688-6

贅沢なキスをしよう。
中谷彰宏

いいエッチをしていると、ふだんが「いい表情」に。「快感で人は生まれ変われる」その具体例をあげて、心を開くだけで、感じられるヒント満載！

全力で、1ミリ進もう。
中谷彰宏

失敗は、いくらしてもいいのです。やってはいけないことは、失望です。過去にとらわれず、未来から今を生きる――勇気が生まれるコトバが満載。

フェイスブック・ツイッター時代に使いたくなる「孫子の兵法」
村上隆英監修　安恒　理

古代中国で誕生した兵法書『孫子』は現代のビジネス現場で十分に活用できる。2500年間うけつがれてきた、情報の活かし方で、差をつけよう！

「長生き」が地球を滅ぼす
本川達雄

生物学的時間。この新しい時間で現代社会をとらえると、少子化、高齢化、エネルギー問題等が解消される――？　人類の時間観を覆す画期的生物論。

放射性物質から身を守る食品
伊藤　翠

福島第一原発事故はチェルノブイリと同じレベル7に。長崎被ばく医師の体験からも証明された「食養学」の効用。内部被ばくを防ぐ処方箋！